선 넘은 여자들

■ 일러두기

영어 및 한자 병기는 본문보다 작은 글씨로 처리했습니다. 인명 및 지명은 국립국어원의 외래어 표기법에 따라 표기했으며, 규정에 없는 경우는 현지음에 가깝게 표기했습니다.

선 넘은 여자들

바다 건너 길을 찾은 해외 워킹맘들의 이야기

김희정 외 지음

생각의창

바다 건너 워킹맘은
무슨 꿈을 꿀까

한국의 워킹맘이 해외에서 일하며 육아를 하는 사례는 점점 늘고 있다. 하지만 여전히 주변에서 흔히 듣거나 볼 수 있는 이야기는 결코 아니다. 그렇기에 많은 사람이 우리의 삶을 신기해하고 궁금해한다.

이 책을 쓰게 된 계기도 그러한 우리의 삶에 관심을 가져 준 여성학자들의 격려에서 시작되었다. 우리끼리 나누던 재미있는 에피소드를 가지고 책을 써보자는 이야기는 농담처럼 늘 했지만, 실제로 이뤄질 거라는 생각을 해보진 못했다. 그러나 그분들은 우리의 이야기가 누군가에게는 용기와 격려가 될 거라고 끊임없이 독려해주셨다. 그런 우여곡절 끝에 책이 나

오게 되었다.

일을 하는 것.

아이를 키우는 것.

해외에서 사는 것.

모두 쉽지 않은 일이다. 우리는 그 쉽지 않은 세 가지를 모두 해내려고 고군분투하며 전쟁 같은 하루하루를 살아간다. 그리고 세상의 모든 인생에는 각자의 어려움과 기쁨이 있듯이, 우리에게도 어려움과 기쁨이 깃든 각자의 스토리가 있다. 아마 더 어렵기도 하고, 더 즐겁기도 하고, 더 재미있기도 하고, 그러면서 한국에서 살아가는 워킹맘의 삶과는 조금 다른 이야기일 것이다.

우리의 이야기는 달고 쓰고 짜고 웃기고 슬프지만, 세상의 모든 엄마와 일하는 여자라면 공감할 수 있는 이야기일 것이라 감히 생각한다. 그리고 세계 최저의 출산율로 미래가 암울한 대한민국에, 결혼과 육아가 두려운 젊은 세대에, 나름의 메시지를 주지 않을까 생각한다. 사실 우리의 이야기는 그렇게 하고 싶어 시작된 이야기이기도 하다. 여기에 담긴 우리의 이야기는 정답이 아니다. 그냥 이런 삶의 방식도 있다는 것에 지나지 않고, 한국이 아닌 곳에서도 여러 가지 방식으로 삶은 계속된다는 새로운 시각을 던져줄 뿐이다.

삶은 우리에게 생각보다 많은 것을 제시한다. 그것을 들여다보고, 선택하고, 온몸으로 부딪히고, 만족하고, 후회하는 건 모두 개인의 몫이다. 이 책의 공동 저자인 열두 명의 글로벌 워킹맘에게도 오늘의 자리에 오기까지 각자 다른 사연과 계기와 선택이 있었다. 늘 자랑스러운 순간만 있었을 리 없다. 아마 우리 중 대부분은 지금 이 순간에도 어떤 종류의 고민이나 어려움으로 잠 못 들고 있을 수도 있다. 그래서 이 책은 자기계발서도 아니고, 성공 자서전도 아니다. 일하는 엄마들의 일상 에세이지만, 한국에서는 보기 힘든 조금 다른 일상과 생각의 방향을 제시하는 글이라고 해야 맞을 것 같다.

홍콩과 싱가포르에서 다양한 일을 하며 아이를 키우는 워킹맘들이 각자의 관점과 메시지를 담아, 가급적 다른 앵글로 써내려고 애썼다. 개인의 이야기뿐만 아니라 '우리'의 이야기도 담겨 있다. 워킹맘에게 서로를 응원하는 연대감이 얼마나 중요한지 실감했기 때문이다.

글을 읽는 단 한 사람이라도 재미와 의미를 느껴주길 바라는 마음이다. 지금 이 시간에도 부족한 잠을 쪼개가며 자신의 스토리를 만들고 있는 대한민국 아줌마들의 열정에 파이팅을 보낸다. 또 우리의 메시지가 언젠가 의미 있는 담론으로 이어지길 바라며, 이 책이 그 작은 소명을 다하길 빌어 본다.

차례

■ 김희정

부산에서 태어나고 자란, 이유 없이 영어를 좋아했던 소녀. 늦깎이 두 아이의 엄마로 데뷔를 하자마자 해외 근무를 시작했다. 홍콩에서 4년, 이후 싱가포르에서 3년 차를 맞이하고 있다. 소비재 마케팅 26년 경력으로 현재 글로벌 브랜드의 아시아 태평양 마케팅 헤드 역할을 하고 있다. 사람에 대한 관심과 애정이 많아 늘 실속 없이 바쁜 편이고, 본인 앞가림 빼고는 대체로 모든 일에 관여를 하는 편이다.

굿나잇 마미,
아이러브유 마미

"인생은 예측 불가능하고
나는 앞으로도 계속 배우고 자라고 즐길 것이다.
저 하늘 너머에는 또 다른 가능성이 있고,
나는 매일 다른 꿈을 꾸는 독수리처럼
언제나 새롭게,
그리고 더 높게 날아오를 수 있으니까."

10번 마을버스,
그날의 하늘

    나는 부산에서 태어났다. 고등학교를 졸업할 때까지 집 밖으로 나가본 경험은 10번 마을버스를 타고 학교를 오가는 길이 전부였다. 일탈이라면 그저 기말고사를 마치고 광안리 앞바다에서 친구들과 떡볶이를 먹으며 수다를 떠는 거였다. 그렇게 단순한 삶을 살았다. 그러면서 어쩌다 한 번씩 언젠가 이 갑갑한 동네를 벗어나 멀리멀리 떠나고 싶다는 생각을 했다.

    아마도 삼십몇 년 전의 어느 날이었을 것이다. 마을버스의 손잡이를 잡고 창밖을 보던 나는 문득 하늘을 날고 싶다는 생각을 했다. 그리고 다음 생엔 '새'로 태어나면 좋겠다고 생각했다. '그래, 나는 꼭 넓은 세상으로 갈 거야. 많은 걸 보고 배

울 거야. 나는 젊고 뭐든 할 수 있으니까. 이곳이 아닌 어딘가로 멀리멀리 날아갈 거야.'

가끔 하늘을 보면 문득 그날의 기억이 난다. 삼십몇 년이 지난 지금, 나는 세계 곳곳을 누비며 산해진미를 먹고, 너무 많은 사람을 만나며, 매일매일 새로운 삶을 살아간다. 내 여권에는 70여 개국의 스탬프가 찍혀 있고, 매일 20여 개국에 흩어져 있는 나의 팀원들과 통화하며, 그날의 상상처럼 한국과 멀리멀리 떨어진 곳에서 바쁘고 꽉 찬 삶을 살고 있다.

성공한 인생일까? 그건 잘 모르겠다. 행복한 인생일까? 그것도 잘 모르겠다. 내가 생각했던 행복의 정의는 매일 내일을 기대하며 잠들 수 있는 일상이었으니, 반 정도는 행복한 인생인 것 같기는 하다.

나의 이야기를 짧게나마 쓰기로 결심한 오늘, 당연한 일처럼 10번 마을버스 창밖으로 보이던 그날의 하늘이 제일 먼저 떠올랐다. 어른이 되면 멀리멀리 떠나리라 결심한 그날 그 하늘에서부터 이야기를 시작하는 것이 좋을 것 같아서다. 부산에서 태어나고 자란 시골 소녀는 어쩌다가 여기까지 오게 되었을까.

애증의 영어,
끝나지 않는 숙제

나는 중학교에 들어가서 ABCD를 처음 접했다. 운이 좋게도 영어를 좋아하는 취향을 갖고 태어났는지 만나는 순간부터 영어가 무작정 좋았다. 딱히 열심히 공부하지 않아도 영어 성적은 늘 만점에 가까웠다. 그리고 원래 진학하려는 방향과는 완전히 달랐지만, 운명처럼 대학에서도 영어를 전공했다. 하지만 그렇게 좋아하던 영어는 오히려 대학을 다니는 동안, 나의 자존감을 완전히 떨어뜨리는 존재가 되었다. 해외에서 거주하다 재입국한 교포 출신이 수두룩했던 학교 분위기에 기가 눌렸고, 원치 않던 대학에 입학하며 서울로 오게 된 내 자신이 시골 쥐 같았다. 매일 우울하게 학교를 오가면서 영어를 좋아했던 기억은 점점 사라져 갔다.

그럼에도 여전히 나는 알고 싶은 게 많은 호기심 천국에, 열정이 넘치는 학생이었다. 영어 우울증이 생기기 전에 들어간 영어 학보사 기자 활동, 노래하는 걸 좋아해서 무작정 쫓아다닌 밴드 활동, 아르바이트 등 바쁘지만 깊이 없는 하루하루를 보냈다.

그러던 어느 날, 단짝 친구가 해외여행 이야기를 하며 같이

가자고 했다. 바야흐로 1996년 한국은 여행 자유화 이후 IMF 직전의 버블이 한창이었고, 모든 대학생이 배낭여행 내지는 어학연수를 필수 코스처럼 다녀오던 시절이었다. 당장 떠나고 싶었지만 돈이 없었다. 나는 몇 개월간 닥치는 대로 아르바이트를 해서 가까스로 200만 원이라는 거금을 만들었고, 마침내 친구와 배낭여행을 떠날 수 있었다. 추운 겨울의 우리나라와는 반대의 계절을 가진 호주로 쉽게 목적지를 정했고, 가장 저렴한 비행기였던 싱가포르 경유 티켓을 샀다. 그렇게 해서 운명처럼 처음으로 밟은 외국 땅이 바로 3박 4일간 경유지로 짧은 여행을 하게 된 싱가포르였다. 지금 생각하면 묘한 운명이다. 그리고 드디어 난생처음으로 영어를 쓰는 거대한 나라, 호주에 도착했다. 친구와 나는 말 그대로 거대한 배낭을 짊어지고, 백패커스backpackers 숙소에 머물면서, 길에서 빵조각을 뜯어먹으며 여행을 했다.

배낭여행이 유행하던 시절이라, 우리는 꼭 배낭을 메고 가야 하는 줄 알았다. 내 덩치보다 더 큰 50리터짜리 배낭을 사고, 달랑거리는 알루미늄 컵과 잘 때 현금을 넣고 자야 한다는 말에 전대도 샀다. 이렇게 당시 유행하던 배낭여행 필수 목록을 하나하나 사 모으면서 신나게 준비를 했다. 하지만 싱가포르 스톱오버stopover를 거쳐, 꿈꾸던 서양 세계의 첫 도시 시드

니에 막상 도착하니 처음 며칠은 낯설고 무섭고 힘들기만 했다. 남녀 혼숙을 해야 하는 백패커스 숙소에서 한숨도 못 자고 지내다가 이대로는 죽겠다 싶어 비상금을 털어 싸구려 호텔로 옮기기도 했고, 기차표를 예매할 때는 영어가 제대로 통하지 않아 엉뚱한 목적지로 가기도 했다. 거리에서는 대놓고 인종차별이 난무했다. 하지만 나에게는 그 모든 두려움과 고생을 상쇄하고도 남는 것이 두 가지 있었다. 바로 하루 종일 들려오는 영어, 그리고 호주의 상쾌한 바람과 햇빛이었다.

그렇게 3주간의 여행을 끝내고 친구는 계획대로 한국으로 돌아갔지만, 나는 무작정 그곳에 남기로 했다. 스물한 살짜리 조그만 여자아이가 혼자서 계획에도 없던 해외 생활을 시작하기로 즉흥적으로 결심한 것이다. 생각해보면 나란 인간의 인생은 그때부터 그랬구나 싶다. 가진 거라곤 배낭 하나와 3주 동안 입을 옷뿐이었던 나는 돈 한 푼 없이 호주의 브리즈번Brisbane에서 일단 두 달을 버텨 보기로 했다.

그때 나에게 있던 신용카드로 현금서비스라는 걸 받을 수 있다는 사실을 알았기에, 두 달은 버틸 수 있겠다는 계산이었다. 나는 수중에 있던 돈이 다 떨어지자 드디어 은행 ATM에서 혼자 '현금서비스'를 시도해보기로 했다. (이때가 1996년이라는 것을 잊지 마라!) 늦은 저녁 시간, 뭔가 잘못되었는지 카드가

기계에 갇혀서 나오지 않았다. '이제 어떡하지? 호주에서 노숙자가 되는 건가? 대사관을 가야 하나?' 걱정으로 잠 못 이루는 밤을 보내고 문이 열리는 시간에 은행으로 달려갔다. 그리고 처음 만난 은행 직원에게 내가 내뱉은 문장은 이랬다. "The machine swallowed my credit card!(기계가 내 카드를 삼켰어!)" 그때 호방하게 웃으면서 도와줬던 직원의 표정이 기억난다. 별일 아니라는 듯 기계는 삼켰던 카드를 다시 뱉었고, 그렇게 찾은 현금으로 집을 구하고, 영어 학원을 등록하고, 공부를 도와줄 튜터tutor를 알아보며 나의 짧디짧은 어학연수가 시작되었다.

나는 24시간 영어가 들리는 호주가 너무 좋았다. 지금이야 동네마다 있지만, 당시만 해도 한국에는 대형 마트가 없었다. 난생처음 접해본 신문물이 너무 신기하고 좋아서 주말마다 마트에 가서 시간을 보내곤 했다. 파가 영어로 'spring onion'이고, 가지가 'eggplant'라는 걸 아는 것이 정말 재미있었다. 마트에는 매대가 1번에서부터 50번까지 있었는데 나는 일주일에 다섯 개씩 매대를 할당해서, 두 달 안에 마트 안의 모든 생활용품과 식재료의 이름을 다 외우기로 결심했다. 물론 결국 반의반도 외우지 못했지만, 제품마다 붙은 영어 이름을 하나하나 읽으며 감탄하고 또 감탄했다. 그게 왜 그렇게 재미있었을까.

한국에서 천생 게으름뱅이였던 나는 아침에 해가 뜨면 벌떡 일어나 자두를 하나 사서 옷에 쓱 닦아 먹으며 브리즈번 시청 앞 광장에서 호주의 여름 햇살을 즐긴 뒤 학원으로 걸어가곤 했다. 27년 전의 그 햇살과 풍경이 지금도 많이 생각난다. 나는 왜 그렇게 호주가 좋았을까. 아마도 온전하게 나에게만 집중할 수 있는 시간이었기 때문인 것 같다. 그때는 미래가 불안하지도 않았고, 뭐든 할 수 있을 것 같았고, 하고 싶은 게 많았다. 나를 괴롭히는 일상의 고민이 없던 유일한 시절이었다.

그렇게 두 달을 버텼을 때 돈이 떨어졌다. 나는 얼른 졸업하고 취직해서 이삼 년 열심히 저축한 다음, 반드시 '서양 세계'의 어딘가로 유학을 가겠다는 결심을 하고 귀국했다. 그리고 그해 가을에 한국은 IMF를 맞이했다. '라떼는' 스토리지만, IMF 직전에는 엔간한 학교면 전공에 상관없이 모두가 대기업으로 취업하던 시절이었다. 지금은 믿을 수 없겠지만 그때는 그랬다. 적당한 대학을 졸업하면 당연히 이름만 들어도 알 만한 기업 중 하나를 골라 입사하는 줄 알고 다들 한가로운 학창 시절을 보냈다. 하지만 IMF와 함께 졸업한 우리에게 세상은 갑자기 다른 얼굴을 내밀었다. 친구들 대부분은 2년 후에 다시 세상이 좋아질 것을 기대하며 대학원에 진학했지만 나는 그럴 여유가 없었다. 운 좋게 입사한 중견 기업에서 뭔지도 모르고 마케팅 업무를 시작했다.

우연히 시작한 마케팅 업무는 호기심 많고 무엇이든 일이 되는 방법을 찾고야 마는 내 성향과 매우 잘 맞았다. 그리고 2년 후 외국계 기업으로 옮기면서부터는 나의 잠재력도 폭발했다. 규모가 작았던 첫 직장에서는 전공자라는 이유로, 알량한 영어 실력을 가지고도 회사의 모든 영어 업무를 도맡아 했다. (가령 회장님이 외국 손님과 미팅할 때 영어 통역을 한다던가!) 부담은 있었지만 영어 공부의 좋은 기폭제가 되기도 했다.

외국계 회사로 이직해서는 본사와 직접 업무를 진행해야 하는 상황이 많이 발생했다. 꼭 호주의 마트에서 보내던 시간이 재현되는 것 같았다. 듣고 보는 모든 문장을 머릿속에 넣으려 노력했고, 상황과 영어를 꾸역꾸역 입력했다. 어느 정도의 시간이 지나자 영어 실력이 급속도로 늘었다. 크고 작은 영어 프레젠테이션의 기회가 생겼고, 해냈다는 성취감을 느끼면서 점점 더 영어 실력이 늘었다. 물론 공부도 열심히 해야만 했다.

덕분에 내 이십 대의 모든 시간과 자원은 영어 공부와 야간 MBA 과정을 마치는 데 바쳐졌다. 과장을 좀 하자면 한국에 있는 모든 영어 수업은 다 들어본 것 같다. 통역대학원 준비반,

각종 유학 준비반, 각종 시험 대비반 등등. 이뿐만이 아니었다. 퇴근해서 영어 채널을 틀어 놓으면 아침에 출근할 때까지 끄지 않았다. 10년 정도는 자면서도 영어 방송을 틀어 놓았던 것 같다.

이렇게 취미 생활을 하듯 자연스럽게 습득한 영어는, 이후 결정적인 순간마다 커리어의 기회를 크게 늘려 줬다. 지금도 대학생이나 사회생활을 막 시작하는 후배가 조언을 구해올 때면, 업무 관련 지식이나 실무 경력도 중요하지만 무엇보다 영어 실력이 최우선이라고 강조한다. 영어로 업무를 할 수 있는 능력은 향후의 커리어 보폭을 몇 배로 넓혀주는 지렛대가 된다.

기회는
느닷없이 온다

나는 항상 가진 게 별로 없는 사람이었다. 건강한 신체와 쓸 만한 두뇌를 주신 부모님께는 죄송한 말씀이지만, 특별한 능력도 물려받은 재산도 딱히 공부를 열심히 한 것도 아니었다. 하지만 우연히 접한 마케팅 업무를 시작으로 지금까지 26년간 늘 조직에서 인정받는 리더로 잘 성장해왔다.

특별한 자격증이나 기술을 필요로 하는 직무가 아니기 때문에, 옮기는 조직마다 새롭게 나의 가치를 증명해야만 했다. 그런데 회사마다 원하는 능력과 성과의 잣대가 너무나 달랐다. 마케팅이라는 업무 특성상 영업 성과를 지표로 보여줘야 하는 것은 당연하지만, 본질적 업무 이외에도 조직마다 다른 사내 평가 밸류value가 많았다. 그것을 빨리 캐치하고, 거기에 맞게 역량을 발휘하는 방법을 찾으려면 책에는 나오지 않는 스킬skill이 필요했다. 바로 'Street Smart'라거나 'Read the Room' 등으로 표현될 수 있는 것들이다. 한국말로는 눈치, 융통성에 해당하는 능력이다.

개인적으로 나의 경우에는 늘 크리에이티브creative한 접근을 하고 디테일detail을 챙겨야 하는 마케팅 업무가 성격에 잘 맞았다. 결혼을 늦게 한 덕분에 미친 듯이 업무에 집중할 수 있었던 초반의 전력 질주가 나의 커리어를 단단히 다져주기도 했다. 하지만 그 시간 동안 내가 받은 이런 메리트는 나중에 노산과 육아라는 큰 숙제로 다가왔고, 아직도 내 어깨를 짓누르는 큰 짐이 되고 있다. 인생엔 반드시 마이너스와 플러스가 같이 오는 법인가 보다.

미혼 시절의 대부분을 보낸 회사를 떠나 결혼과 출산을 마친 나는 지금의 회사로 자리를 옮겼다. 전 회사에 비해 규모가 작았지만, 업무의 전체적인 흐름을 경험할 수 있다는 점에서 매력적인 자리였다. 그만큼 내가 해야 할 일도 많았다. 문제는 내가 이제 업무와 육아를 병행하는 워킹맘이 되었다는 사실이었다. 육아는 내 일상을 회사 일만큼이나 복잡하게 만들었고, 나의 미션 리스트도 두 배로 늘어났다. 육아를 핑계로 커리어를 포기하고 싶지는 않았지만, 아이가 생긴 이후로 선택의 기준이 바뀌는 건 어쩔 수 없었다. 대기업을 떠나기로 한 여러 가지 이유 중 하나는 아이와 함께하는 시간을 지키기 위해서였다. 이제 커리어의 기준이 완전히 달라졌으니 다른 의미를 찾아야만 했다.

회사를 옮겼을 때, 예전 동료들이 새 회사에 대해 물으면 이렇게 대답했다. "소 잡던 칼로 닭 잡는 느낌이 없잖아 있지만, 대기업에서 소를 하루에 한 마리만 잡았다면, 이곳에선 하루에 닭을 한 백 마리씩 잡는 느낌이야!" 종류가 다른 배움이 있었고, 성취감도 있었다. 대기업에서 엄청난 예산을 써가며 전국민을 대상으로 마케팅을 하던 시절에는 배우지 못한 지혜를 배웠고, 상대적으로 비즈니스 전체를 보는 시각도 얻게 되었다.

그러던 어느날, 예상치 못한 곳에서 커리어의 방향이 다시 한번 꺾이게 되었다. 늦은 나이에 둘째를 낳은 지 1년도 채 되지 않은 시점, 나를 지켜본 지 반년이 채 안 되는 아시아 사장님이 솔깃한 제안을 했다. 아시아 전체 지역의 브랜드 마케팅 헤드 역할을 맡아보라는 것이었다. 그의 제안은 정말 기뻤지만, 돌도 안 된 둘째와 막 유치원을 다니기 시작한 첫째를 데리고 홍콩 본사에서 근무를 한다는 것이 어불성설이라 느껴졌다. 그런데 반농담처럼 전한 내 말에 남편이 매우 흥분하며 반드시 가야 한다고 등을 떠밀자, 내 마음도 움직이기 시작했다. 홍콩에서는 헬퍼(입주 가사 도우미)를 합리적인 비용으로 구할 수 있다는 것을 알게 되었고, 당시에 같이 살고 있었던 시어머니가 흔쾌히 같이 가주시겠다고 하는 등 분위기는 이미 홍콩으로 기울고 있었다.

처음 받아본 해외 이주 패키지는 사실상 홍콩행을 결정하는 가장 강력한 요인이 되었다. 급여가 크게 인상되는 것은 아니었지만, 집을 구하는 비용과 교육비, 홈티켓(매년 모든 가족의 고국 방문용 비행기표가 지원됨)을 포함한 패키지가 매우 좋아 보였다. 흔히 대기업에서 제공되는 주재원 패키지와 비슷했지만 반영구적, 즉 해고되지 않는 이상 계속 유지되는 패키지여서 더 좋은 것 같았다. 지금 생각해보면 홍콩에서 동급 인력이 받는 평균 정도의 수준이었지만, 한국에서는 본 적 없는 패키지 레터를 받아든 나는 다시 한번 바다 너머 어딘가에는 새로운 기회가 숱하게 널려 있다는 생각을 했다. 밖으로 한 발짝 발을 빼보지 않았으면 전혀 몰랐을 세계였다.

그렇게 나는 해외에서 풀타임 이상의 일을 하고, 두 명의 아이를 키우며 시어머니를 모시고 사는 극한의 미션을 시작하게 되었다. (그렇다. 공식적으로 시어머니는 나를 도와주러 오셨지만 내가 시어머니를 위해 해야 할 노력은 분명히 있었다.) '기러기 아빠'에 대비되는 말로, 혼자 아이들을 데리고 해외에서 일하는 워킹맘을 '독수리 엄마'라고 부른다는데, 나는 말 그대로 극단적인 독수리 엄마가 되었다.

불가능한 미션을 가능하게 만들기 위해 내 머릿속에는 항상 공적, 사적으로 크고 작은 일들의 리스트가 가득했다. 시간은 한정적이고 모두 내가 해야 할 일이므로 나의 해결책은 예전부터 지금까지 단 하나뿐이다. '그냥 지금 당장 일어나서 하는 것! 할 일이 보이면 그 자리에서 해치우는 것!' 이것이 바로 별것 아닌 나만의 비결이라면 비결이다. 그래서 어느 순간부터 내가 제일 싫어하는 단어는 '나중에'가 되었다.

생각해보면 그건 해외에서 워킹맘이 되었다고 생긴 습관이 아니었다. 원래부터 나는 목표 세우기를 취미처럼 하는 사람이었다. 연말에는 새해 목표를 세웠고, 그것을 다시 분기 목표, 월 목표, 주간 목표, 하루 목표로 나누는 것을 습관처럼 해왔다. 회사에서는 '점심 먹기 전까지 최소한 보고서 다섯 장은 쓰고 일어나겠다', '다음 회의 시간 전까지 이메일 열 개의 회신을 다 끝내겠다' 식의 목표를 세우고 달성하며 지냈다. 대부분의 커다란 목표는 반의반도 이루지 못했지만, 자리에서 일어나기 전까지 이메일 열 개를 회신하는 정도의 코앞에 닥친 작은 목표는 쉽게 해낼 수 있었다. 목표의 레벨을 다양하게 만들고 닥친 일부터 하나씩 해내던 습관이, 목표와 미션 리스트가 두 배 이상 늘어난 현재까지도 하루하루를 전투적으로 살아내는 데 많은 도움이 된 것 같다.

한국을 모르는
한국 아이들을 키운다는 것

나는 한국 나이로 38세에 첫째를, 그리고 42세에 둘째를 출산했다. 첫째와 둘째 모두 임신 7개월까지 표가 나지 않게 잘 숨기고 다녔다. 그러다 마침내 임신 사실을 오픈하고 출산휴가에 들어갔을 때 거래처에서 나를 찾는 전화가 오면, "이사님 출산하러 가셨습니다"라고 말해야 하는 직원들의 고충이 이만저만이 아니었다고 한다. 전화기 너머에서 들려오는 "네? 누가 뭘 하러 가요?"에 일일이 대응하는 것도 쉽지는 않았을 것이다.

현재 아이돌을 꿈꾸는 예쁜 틴에이저 딸과 이미 마음은 손흥민인 세상 귀여운 둘째 아들을 키우면서 꾸역꾸역 엄마 노릇을 하고 있지만, 나의 엄마 업무 품질 순위는 아마 하위 10%도 안 될 것 같다.

ABC도 모르는 아이를 낯선 나라로 데려와 국제학교 1학년에 무작정 집어넣은 지 일주일쯤 지난 어느 날, 학교에서 전화가 왔다. 아이가 없어졌다고 했다. 허겁지겁 학교로 달려가고 있는데 아이를 찾았다는 전화가 왔다. 아이는 화장실에 숨어 있다가 발견되었다. 한국의 동네 유치원을 다니다 갑자기 홍콩의 국제학교 1학년으로 입학한 아이는 미술 시간에는 미술실로, 체육 시간에는 체육관으로 가야 하는 이동 동선에 익숙하지 못했다. 이동 중 어딘가에서 길을 잃었고 갈 수 있는 곳이 화장실밖에 없어서 거기에 있었다고 했다. 아이 말에 얼마나 마음이 아팠는지 모른다. 그런 나와 달리 아이는 아무렇지도 않게 내일부터는 잘 찾아갈 수 있다고 했다. 낯선 환경에서 많이 상처받지 않은(혹은 상처받지 않은 것처럼 말해준) 아이가 너무 고마웠다. 이후로도 학교를 옮기고, COVID-19를 겪고, 나라를 옮기는 많은 변화를 겪었지만 잘 받아들이고 밝게 자라준 첫째가 지금도 고맙고 기특하다.

처음 홍콩에 들어갈 때 둘째는 21개월이 되던 시점이었다.

여러 가지 사정으로 둘째와 시어머니는 같이 입국을 하지 못한 채 한국에 남고, 나와 첫째와 남편만 먼저 홍콩으로 왔다. 어느 날 눈떠 보니 복작거리던 식구들이 모두 사라지고 할머니와 단둘이 남겨진 둘째는, 분리 불안 증세가 생겨서 할머니가 화장실 갈 때도 따라다녔다고 했다. 한 달 후 한국에 들어가 둘째를 안았을 때 아이는 날 알아보지 못하는 것 같았다. 내 얼굴을 한참 바라보던 아이는 시간이 좀 지나서야 환하게 웃으며 내 품에 안겨서는 떨어지려 하지 않았다.

그때 나는 앞으로 이렇게 마음 아픈 상황이 얼마나 많을까 생각하며, 과연 내가 내린 이 결정이 모두를 위해 좋은 것인지 여러 번 마음속으로 물어봤다. 사실 아직까지도 마음속에서 불쑥불쑥 떠오르는 질문이지만 대차대조표를 만들어 계산해 보지 않아도 플러스와 마이너스가 공존한다는 것을 알고 있기에 그냥 묻어두고 살고 있다.

둘째는 지금도 한국어를 잘하지 못한다. 홍콩으로 온 뒤 2년간 나는 1년에 150일을 출장으로 보냈다. 남편은 초기 정착 이후 다시 한국으로 돌아갔고, 아이들은 시어머니와 필리핀 출신의 헬퍼가 주로 키우다 보니 한국어를 배울 타이밍을 놓치고 말았다. 에너지 넘치는 둘째를 내가 직접 유치원에서 픽업한 것이 1년 동안 두 번이나 되었을까? 노란색 원복을 입고 중국 아이들과 함께 있다가 갑자기 나타난 엄마를 보고 방방 뛰며 좋아하던 아이를, 선생님들 옷자락을 붙잡고 '우리 엄마'라고 자랑하던 아이의 모습을 정말 잊을 수가 없다. 해외에 거주하는 워킹맘이라면 다들 비슷한 경험을 하겠지만, 돌도 되기 전에 타국으로 와서 생경한 언어와 환경 속에 자라며 엄마마저 충분히 차지하지 못한 둘째를 보는 내 마음은 늘 안쓰럽다.

첫째가 빨리 철이 들었으면 하는 바람에 만 8세가 되자 방을 만들어 주고 수면 독립 훈련을 시켰다. 드디어 둘째는 할머니가 아닌 엄마와 잘 수 있게 되었다. 그때부터 지금까지 우리는 항상 자기 전에 책 3권을 골라서 같이 읽는다. 책을 고르지 못한 날은 내가 이야기를 만들어 들려주는데, 아이는 늘 엄마가 읽어준 책이나 들려준 이야기가 꿈에 나온다며 자기가 원하는 주인공을 정해주곤 했다. 그러면 나는 아이가 좋아할 만한, 그렇지만 말도 안 되는 이야기를 대충 만들어 들려줬다. 어떤 이야기를 만들든 아이는 늘 좋아했다. 이야기를 마치고 독서등을 끄며 마지막으로 내가 "굿나잇 대니, 아이러브유 대니" 하고 이름을 불러주면(둘째 아이의 영어 이름이 Danny다) 아이가 "굿나잇 마미, 아이러브유 마미" 하며 안아주고 잠든다. 이것이 우리만의 루틴이다.

하지만 이런 잠들기 전의 루틴을 하지 못하는 날도 당연히 많았다. 야근을 하고 돌아오는 날은 자는 아이를 한참 바라본 뒤, 귀에 대고 "굿나잇 대니, 아이러브유 대니"라고 말하면 아이는 자다가도 "굿나잇 마미, 아이러브유 마미"를 반사적으로 말해줬다. 출장을 가서 호텔에서 혼자 잠들 때면 이 루틴이 말할 수 없을 만큼 그립다. 천장을 보며 "굿나잇 대니, 아이러브유 대니" 하고 혼잣말을 하며 잠을 청하기도 한다. 아이에게 이 말을 할 수 있는 시간에 집에 도착하기 위해 무리해서 밤 비행기를 타는 경우도 많았다. 아이의 자는 얼굴을 들여다보며 이 말을 하는 그 순간, 일상의 모든 피로는 날아가버린다. 엄마라면 모두 이해할 수 있는 마음이리라.

첫째는 한국말을 잘하는 것 같지만, 조금만 어려운 단어를 쓰면 이해하지 못한다. 둘째는 맘마, 치카치카, 어부바, 맴매 같은 할머니와 늘 쓰던 단어만 기억하는 정도다. 그렇다고 이 아이들이 원어민처럼 영어를 잘하는 것도 아니다. 한국어를 잘하지도 못하고, 한국에 대해서 잘 알지도 못하고, 영어가 완벽하지도 않고, 서양의 문화를 아는 것도 아닌 아이들을 보며 나는 엄마의 역할에 대해 많이 고민한다. 하지만 나에게는 엄마라는 역할 또한 하나의 '파트타임 잡'이라 정답이 잘 떠오르질 않는다. 그저 자신의 길을 찾아 한 사람의 몫을 하는, 그리고 무엇보다 즐겁게 살아가는 어른으로 자라주기를 바랄

뿐이다.

해외 워킹맘으로서 이야기를 쓰고는 있지만, 아이를 키우는 일상은 여기도 한국과 크게 다르지 않다. 어떤 학원을 보내야 하는지, 특기를 발견하기 위해 어떤 경험을 시켜줘야 하는지, 엄마와 보내지 못하는 시간에는 어떤 보상을 해야 하는지 늘 일상의 고민이 얼기설기 얽혀 있다. 다만 천편일률적인 한국의 교육보다는 선택지가 다양하고, 주변의 시선과 상관없이 결정할 수 있다는 정도가 장점이라면 장점이다.

우리 아이들은 공부를 잘하지 못한다. 엄마 탓인 것 같기도 하다. 그런데 확실한 건 엄마는 늘 최선을 다하고 있다는 것이다. 나중에 우리 아이들이 나에게 항의를 하더라도 떳떳하게 말할 수 있도록 스스로에게 묻고 또 물으며 살아간다. 이 책 또한 증거품이 되길 바라본다. 엄마는 최선을 다하며 정말 열심히 살았고, 부끄럽지 않은 어른이 되려고 노력했다는 걸 아이들에게 증명하고 싶다.

세 명의 여자가
함께 뛰는 3인 4각 육아

정신없이 살고 있는 나의 현재를 정리해보면 이렇다.

나이 만 42세에 남편 없이 만 1세와 만 5세의 아이 둘을 해외에서 키우기 시작했고, 7년의 시간이 흘렀다. 그 사이 홍콩 민주화 운동과 COVID-19가 있었으며, COVID-19 와중에 거주 국가 이동(내가 근무하던 오피스가 홍콩에서 싱가포르로 위치를 옮기는 바람에 전 직원이 같이 이동했다)을 한 번 했다. 헬퍼를 네 번 바꿨으며, 거주 비자가 없는 시어머니의 비자 리뉴얼을 3개월에서 1개월 단위로 핸들링했다. 두 번의 이사를 했고, 아이가 다섯 번이나 입원을 했으며, 1년에 150일은 출장을 다녔다.

COVID-19 시절에는 재택근무를 하며 거의 1년 동안 학교에 가지 않는 아이들의 학습과 생활을 관리해야 했다. 노산으로 인해 아이들과의 나이 차가 크고, 또 시어머니와 같이 사는 특수한 환경의 우리 집은 항상 시트콤 같은 상황이 벌어지곤 했다. 나는 낯선 땅에서 이 모든 사람들의 생존을 책임져야 하는 입장이 되었다. 한마디로 그때의 내 역할은 총무팀, 소싱팀, 인사팀, 재무팀, 외교부, 조달청, 교육부를 모두 관할하는 만능 장관 같은 것이었다.

시어머니는 당연히 영어를 못하시고, 그래도 친구는 꼭 필요하실 것 같아 한인 교회를 찾아내 시어머니를 주말마다 모시고 다녔다. 아이들과 헬퍼가 먹을 음식과 시어머니가 필요로 하는 한국 식재료를 각각의 마트에서 제때 주문했다. 그리고 아이들의 학교 스케줄에 맞춰 준비물과 행사를 준비했다. 아이들은 학원도 다녀야 하고 예체능도 배워야 하니, 이 모든 스케줄을 정리해 주말마다 냉장고에 한국어와 영어로 적어서 붙여 놓고 헬퍼와 시어머니께 오리엔테이션을 하는 것도 중요한 업무 중 하나였다.

가끔 주말을 끼고 출장을 가는 경우에는 2주 치를 한꺼번에 정리했다. 요일마다 입을 아이들의 옷을 꺼내놓고 포스트잇을 붙여 헬퍼에게 설명했다. 이렇게 해도 사고는 항상 일어났다. 시어머니와 헬퍼의 갈등은 그중에서도 가장 큰 문제였다. 나는 가끔 우리 집의 두 아이를 돌보기 위해 너무나 다른 세 명의 여자가 협업하는 이 상황이 웃길 때가 많다.

*필리핀 출신 헬퍼 D○○ 여사 (37세)

*한국 경상북도 출신 시어머니 김○○ 여사 (74세)

*늘 정신없이 바쁜 워킹맘 김희정 (44세) _모두 2019년 기준

이 세 명의 여자는 같은 목표를 위해 한 공간에서 지지고 볶으며 살고 있었지만, 공통의 관심사는 하나도 없으며 각자의 방식으로 아이들을 돌본다는 것 외에는 접점이 하나도 없었다. 그러니 너무나 다른 성향의 두 아이를 같이 돌보고, 집안일

을 해내는 일은 세 개의 세계관이 부딪히는 대환장 에피소드의 연속이었다.

어느 날 시어머니는 D 여사가 손빨래를 하지 않는 것에 너무나 화가 났다. D 여사는 손빨래와 걸레질을 강요하는 K-할머니를 이해할 수 없고, 따르기도 싫었다. 급기야 시어머니가 D 여사에게 소리를 질렀고, D 여사는 스트레스로 업무가 불가능하다며 무작정 집을 나가버렸다. 시어머니는 회의 중이던 나에게 전화를 해 손빨래의 중요성을 역설하며 눈물을 흘렸다. 나는 죽고 사는 문제가 아니라면 손빨래는 안 해도 되고, 모두가 조용히 살았으면 좋겠다고 생각했다. 하지만 시어머니에게 그렇게 말할 수는 없는 노릇이었다. 헬퍼의 편을 들자니 시어머니가 섭섭할 것이고, 시어머니 편을 들자니 헬퍼가 섭섭할 것이었다. 이렇게 나는 이러지도 저러지도 못하며 두 여자의 눈치 보기에만 급급했다.

대부분 이런 일들로 하루도 조용한 날이 없었다. 어느 날은 콩나물 다듬기가 문제고, 어느 날은 베란다 청소가 문제였으며, 또 어느 날은 아이들 양치하는 방식이 화근이었다. 그야말로 끝없는 소재의 발견이었다. 이 모든 위급 상황을 넘기며 균형을 잡는 데 꼬박 3년이 걸렸다. 하지만 평화가 찾아오던 4년 차에 나는 다시 나라를 옮겨 근무해야 했다. 잠시의 평온한 시기를 뒤로한 채 이 복잡다단한 사이클은 또 다른 헬퍼와 함께 처음부터 다시 반복되었다.

70대 시어머니의 타지 생활이 얼마나 힘드셨을지는 말하지 않아도 알 수 있다. 시어머니의 수고와 희생이 감사하지만, 가끔 '어머니는 여기서 행복하실까? 억지로 여기에 계시는 건 아닐까?' 이런 생각을 하며 시어머니의 진심을 알고 싶을 때가 많았다. 시어머니는 일기를 쓰시곤 했는데 비밀이 아닌 것처럼 식탁 위에 일기장을 펼쳐놓으실 때가 많았다. 그러다 보니 보기 싫어도 자연스럽게 보게 될 때가 있었다. 대부분은 성경 말씀이나 며느리인 나에게 하고 싶지만 목소리 내서 하기 힘든 이야기들(쓸데없는 물건 좀 그만 사들여라, 애들 장난감 좀 사주지 말아라 등)이었다. 그리고 손주들의 성장에 대한 걱정, 고향에 두고 온 친구들 이야기, 인생무상에 대한 단상이 질서 없이 섞여 있는 경우가 많았다.

한편 필리핀에 있는 본인의 자녀 4남매와 대가족을 건사해야 했던 헬퍼 D 여사도 사연이 많았다. 그녀의 가정사 또한 보통 복잡한 것이 아니었는데, 필리핀 헬퍼들 사이에서는 사실 그리 드문 사정은 아니었다. 필리핀의 국립대학에서 건축을 전공하다가 집안 사정으로 그만둔 그녀는 실제로 그림에 뛰어난 소질이 있었다. 집에 고장 난 세간살이를 다 고쳐낼 정도

로 손재주도 좋았고 여러모로 똑똑한 여성이었다. 그런 그녀
였지만 가족을 다 보살필 수 있는 방법은 다른 나라에 와서 입
주 가정부를 하는 옵션이 전부였다. 그녀는 똑똑한 만큼 자존
심이 세고, 하고 싶은 말은 해야 하는 성격이었다. 그래서 그런
지 내가 출근하고 나면 시어머니와 살림에 대한 이견이 많았
다. 물론 말이 통하지 않으니 상황은 더 힘들어졌다.

이런 상황은 가끔 웃기면서도 슬픈 시트콤을 연출했다. 회
사에 있거나 이역만리로 출장을 나가 있는 나에게 두통을 주
기도 하고, 울다가도 웃게 만들었으니 말이다. 서로 다른 세계
에서 나타난 세 명의 여자가 3인 4각으로 두 아이를 키워가는
에피소드는 책으로 한 권 써내도 될 만큼 무궁무진했다. 하지
만 결국 지그재그로라도 앞으로 나아가야 하기에 정리는 언
제나 내 책임이었다. 헬퍼와 시어머니의 의욕 관리, 심지어 한
국에 있는 가족의 케어까지 당연하게 하다 보면, 문득문득 나
를 챙겨 주는 사람은 아무도 없다는 현실이 슬프기도 했다.

배우지 않으면,
자라지 않는다

사람들과 이런 이야기를 하다 보면 "그래서 너는 지금 거기

서 무슨 일을 해?"라는 질문을 받는다. 그럴 때면 잠깐 고민하다가 "문제 해결사 같은 일을 하고 있다"고 답하곤 한다. 내 커리어의 많은 부분이 마케팅이었고 지금도 마케팅과 관련된 타이틀을 달고 있지만, 지금 나는 한국에서 부르는 마케팅과는 완전히 다른 업무를 한다. 포지션의 특징이기도 하고 우리 회사의 독특함이기도 하다. 아마도 한국인으로 나와 비슷한 업무를 하는 사람은 매우 드물지 않을까 싶다.

내가 속해 있는 APAC&ME_{Middle East} 지역 본부 오피스에서는 13개 국가의 브랜드 운영을 지원한다. 글로벌 본부가 없기에 제품 기획에서부터 GTM_{go-to-market} 플랜, 리테일 운영까지 모든 업무를 담당한다. 처음부터 가이드라인을 잡아야 하고, 업무의 경계가 명확하지 않은 경우도 많다.

크고 작은 회사에서 일을 하다 보면 어디에나 배울 점과 어려운 점이 있기 마련이지만, 현재의 회사에서 가장 오랜 기간 즐겁게 일하고 있다. 그럴 수 있었던 가장 큰 이유는 아이러니하게도 그 두서없는 업무 영역과 생경함이라고 생각한다. 매일 새로운 경험을 하고 배우는 일상이 매력적이기 때문이다. 가진 것을 소모하는 직장은 발전에 도움이 되지 않는다는 생각을 갖고 있다. 그래서 세 번이나 근무 국가를 바꾸게 하고, 두 번이나 업무 영역을 바꾸게 하며 경험의 폭을 넓혀주는 지금의 직장은 나에겐 좋은 조건이 되어 줬다.

지금 내가 담당하고 있는 시장 중 중동이나 인도의 경우, 전혀 경험해보지 못한 새로운 비즈니스 환경이어서 매년 두 번 이상 방문한다. 소비자에 대한 이해를 넓히기 위해서다. 특히 무엇보다 나의 문화적 배경과는 거리가 먼 현지 마케팅팀 인력과의 유대감 형성에 노력을 기울인다. 그들에게도 극동에서 갑자기 나타난 브랜드 대표인 내가 힘든 상대일 것이고, 나 또한 그들이 낯설기 때문이다. 많은 것들이 다르지만, 어색함의 벽을 넘고 나면 그들 역시 다정하고 이해심이 많으며 총명한 사람들이라는 것을 알게 된다. 중국, 일본, 호주, 동남아, 기타 아시아 태평양의 모든 나라가 나의 시장이고, 나는 거기에서 거대한 다양성의 세계를 알아간다. 비즈니스에 대한 다각도의 고민을 할 수 있는 업무는 나에게 커다란 행운이다.

10번 마을버스의 호기심 천국 소녀는 마흔이 넘은 나이에 바다를 건너 천생의 직업을 만난 셈이다. 물론 업무가 늘 즐겁고 생각대로 잘 될 리가 없다. 다양한 종류의 스트레스가 있고 위염과 위궤양을 액세서리처럼 늘 데리고 다니지만, 어떤 직장인들 꽃노래만 있을 리가 있을까. 여전히 도전과 성장의 기회를 주는 현재의 직장에서 매일 다른 배움을 얻고 있음에 보람을 느낀다.

홍콩과 싱가포르에는 나의 경우처럼, 아시아 태평양 본사 HQHead Quarter의 업무를 할 수 있는 포지션이 많다. 당연히 한 국가만을 담당하는 경우보다 급여나 지위가 높다. 한국에서는 몇 년 차 직장인이라면 얼마 정도, 이렇게 짐작이 가능한 급여 패키지가 있지만 이곳에서는 그런 천장이 없는 느낌이다. 능력이 있다면 얼마든지 높이 올라갈 수 있고, 실제로 이곳에서 시작하여 글로벌 탑 포지션까지 올라간 많은 한국인, 그리고 여성들을 보게 된다. 미디어를 통해 알려진 사람들뿐만 아니라 우리가 보지 못하는 곳곳에서 실력 있는 한국인, 그것도 여성들이 성공적인 커리어를 만들고 있다. 그들을 보면 멀게만 느껴지는 글로벌 시장의 문을 여는 순간, 기회는 두 배가 아니라 몇 배로 늘어난다는 것을 알게 된다. 그리고 많은 젊은이들이 그 사실을 알았으면 하는 마음이 이 책을 쓰는 이유 중 하나다.

그리고 나는 그 반대의 순환도 적극 지지한다. 한국이 좀 더 개방적이고 국제적인 나라가 되기를 간절히 바란다. 해외에서만 7년을 보낸 지금의 나는, 한국이 과연 홍콩이나 싱가포르처럼, 적어도 쿠알라룸푸르나 방콕만큼이라도 아시아의 허브 역할을 할 수 있을까 가끔 생각해본다. 극심한 인구 절벽의 상황에서 한국에서 자라난 우리 아이들이 국제 경쟁력을 가지고 성장하려면 그것 외에는 방법이 없어 보이지만, 한국 특유의 폐쇄적인 정서와 문화 때문에 매우 요원한 일로 보인다. 그것이 글로벌 환경에서 일하는 사람들의 일반적인 시선이기도 하다.

언젠가 은퇴를 하고 나의 육아 시대가 끝나고 나면, 이런 부분에서 내가 공헌할 수 있는 일이 없을지 종종 생각해본다. 그러기 위해서 지금 내가 있는 곳에서 더 많이 보고 배우려고 한다.

드래곤스백과
맥리치의 아침

홍콩에서 4년, 싱가포르에서 3년의 시간을 보냈다. 홍콩에서의 4년 중 1년은 홍콩 민주화 운동, 2년은 COVID-19의 소용돌이 속에서 살았다. 그만큼 내가 사랑했던 다이내믹하고 정겨운 홍콩의 일상을 즐긴 시간은 매우 짧았다. 하지만 아이러니하게도 COVID-19 덕분에 가까운 친구들과 다시 없을 소중한 시간을 보낼 수 있었다.

출장도 여행도 갈 수 없었던 우리는 한 달에 한 번 정도 홍콩의 산이나 바다를 다니며 갑갑한 마음을 달랬고 속 깊은 이

야기들을 나눴다. 그중 우리가 제일 좋아했던 코스가 바로 '드
래곤스백'이라는 홍콩섬 동쪽의 작은 등산로였다. 드래곤스백
위에 올라가면 섹오비치라는 홍콩에서 가장 아름다운 해변이
내려다보인다. 그곳에 앉아 음악을 들으며 전우와도 같은 친
구들과 차가운 커피를 마시던 순간은 오래 기억에 남을 만큼
기분 좋은 시간이었다.

소중한 친구들을 만나게 된 것은 내가 만든 커뮤니티를 통
해서였다. 이 책을 출간하게 된 것도 결국은 커뮤니티의 '느슨
한 연대' 속에서 '강한 유대감'을 형성한 덕분이다. 이렇게 좋
은 사람들을 많이 만나다니, 과분한 행운이라고 생각할 정도
로 해외 생활에서 얻은 가장 반가운 사건이었다. 하지만 행운
이 쉽게 찾아온 것은 아니었다.

처음 해외살이를 시작한 홍콩에서, 나는 시어머니와 아이들
이 적응하기 쉽도록 한국인이 많이 사는 동네에 집을 구했다.
우리 동네에는 주재원 가족이 많았는데, 나는 아이들이 같은
학교에 다니니까 학부모들끼리도 금세 친구가 될 수 있겠다
는 순진한 생각을 했다. 하지만 워킹맘인 내가 이웃의 친구를
만들려고 하면 뭔지 모를 벽이 느껴졌다. 한국에도 전업맘과
워킹맘 사이의 심리전이 있다는 말은 들었지만, 여기에서 이
런 기분을 느끼게 될 줄은 몰랐다.

지하철로 통근하느라 노트북이 든 무거운 백팩을 멘 채 운동화 차림으로 엘리베이터를 타는 아침이면, 테니스 레슨을 받으러 가는 주재원 사모님들과 자주 마주치곤 했다. 아이들이 같은 학교에 다니는 덕분에 얼굴을 아는 사이라 "아, 네. 일 나가시나 봐요"라는 식의 알쏭달쏭한 인사를 주고받기도 했다. 그런데 인사를 나누고 돌아서면 항상 뭔가 착잡해지는 기분을 떨칠 수가 없었다. 나의 자격지심이겠지 생각하며, 아이들을 위해 좀 더 다가가려 노력하기도 했다. 그러나 놀이 모임에서 우리 아이들이 제외되는 일이 많아지고, 소위 중요한 교육 정보에서 나만 배제된다는 것을 알게 되면서 묘했던 그 기분은 자격지심이 아니라는 걸 깨달았다. 나와 같은 환경을 가진 친구가 절실했지만 1년이 지나도록 마음을 터놓고 고민을 나눌 사람을 만나지 못했다. (워킹맘과 전업맘 사이의 선을 긋고자 하는 의도는 전혀 아니다. 당시 상황에서 나에게 일어난 하나의 에피소드를 소개하는 것뿐이다.)

그렇게 나는 '홍콩에서 아이 키우며 일하는 엄마들을 찾습니다. 편하게 만나 서로의 비슷한 일상에 위로를 주는 대화를 나누는 편한 모임이 되었으면 합니다'라는 온라인 포스팅을 시작으로 커뮤니티를 만들었다. 그리고 커뮤니티는 우리의 일상을 바꿨고, 드라마틱하게 펼쳐진 COVID-19 시국에 홍콩에

간힌 우리를 살리는 원동력이 되었다. 나는 내 이름보다 '방장 언니'로 불리는 것이 더 익숙해졌고, 아이들은 또래 친구를 만들었다. 단단한 전우가 된 그녀들은 그때도 고마웠고, 지금도 고맙고, 영원히 서로를 진심으로 응원해줄 친구가 되었다. 그리고 싱가포르로 이주한 후에도 비슷한 형태로 새로운 인연을 많이 만났다. 살아가며 많은 사람과의 교류를 통해 영감을 얻는다는 것은 얼마나 감사한 일인가. 한국뿐만 아니라 다른 두 나라에서 그런 경험을 가진 나는 정말로 특별한 행운아라고밖에는 설명할 길이 없다.

50대를 코앞에 둔 요즘은 현명하고 아름답게 늙어가는 방법에 대해 고민한다. 책을 쓰고 싶은 마음은 10대 때부터 있었지만 뭔가 늘 성숙하지 못한 내 모습에 망설였었다. 지금의 나이가 되어 보니, 더 이상 성숙해지기는 틀린 것 같아 그냥 하고 싶은 이야기를 해보기로 했다. 그래도 나의 딸에게 엄마가 이렇게 살았다는 이야기를 남길 수 있다는 것에 의의를 둔다. 이 책이 후배 여성들에게 작은 힌트가 될 수 있다면 좋겠고, 더 많은 이야기를 나눌 수 있는 기회로 이어진다면 더더욱 의미가 있을 것 같다.

늘 우당탕대며 시끄럽고, 뭔가 해보려고 우왕좌왕하고, 실수하고, 하지만 또 도전하고, 다른 세상에선 무슨 일이 일어나는지 궁금해하며 안달복달이던 대학생 김희정, 신입 사원 김희정, 노처녀 워커홀릭 김희정, 늦깎이 엄마 김희정, 열혈 마케터 김희정, 방장언니 김희정에게 지금까지 열심히 살았다는 칭찬과 조금 더 힘내라는 격려를 보내고 싶다.

홍콩에 드래곤스백이 있었다면 여기 싱가포르에는 맥리치 산책로가 있다. 이번 주말 아침엔 맥리치를 걸어 봐야겠다. 아직도 나는 배울 것들이 너무 많다. 인생은 예측 불가능하고 나는 앞으로도 계속 배우고 자라고 즐길 것이다. 저 하늘 너머에는 또 다른 가능성이 있고, 나는 매일 다른 꿈을 꾸는 독수리처럼 언제나 새롭게, 그리고 더 높게 날아오를 수 있으니까.

■ 권희정

끊임없는 호기심과 넘치는 열정으로 항상 새로운 도전과 배움을 즐기는, 사춘기 중학생 아들과 늦둥이 유치원생 딸을 둔 엄마다. 지난 21년 동안 영국, 프랑스를 거쳐 현재는 홍콩에서 거주하며 다국적 리테일 기업의 북아시아 지역 뷰티 카테고리 리드 바이어로 일하고 있다. 동시에 Kali라는 랩그로운 다이아몬드의 공동 창업자 겸 Chief Business Officer로 일하고 있다. 멀티태스킹을 즐기고 끈기 있게 꿈을 현실로 만들어 가는 초긍정 여자 사람이다.

완벽하지 않은 현실,
꿈이 있는 미래

"인종, 국적, 재력, 학벌도 상관없이
세상 모두에게 공평한 것은 시간이다.
그리고 그 시간은 지나고 나면
누구에게나 과거가 된다.
그러니 살면서 우리는 항상
내가 할 수 있는 것, 하고 싶은 것,
해야 할 것을 고민해야 하고
우선순위를 정해야 한다."

영국,
타워 브리지 드림의 현실

1999년, 혹시나 했던 세상의 종말은 오지 않았고 우리는 새로운 밀레니엄을 맞이했다. 하늘은 높고 바람은 청량하던 2000년 여름의 어느 날, 스물한 살의 어린 나는 런던 타워 브리지Tower Bridge 아래의 잔디밭에 앉아 반드시 이곳에 곧 다시 와서, 여러 나라 친구들과 함께 하고 싶은 공부를 하며 해외에서 일하는 멋진 커리어 우먼이 되겠다고 혼자 다짐을 했다.

대학 3학년이었던 그해 여름, 나는 친구 두 명과 내 인생 처음으로 해외여행을 떠났다. 그 당시 배낭여행은 단체로 짜인 루트를 따라가는 게 일반적이었지만, 우리는 가고 싶은 나라와 도시를 직접 선택해서 25일의 여행 계획을 세웠다. 유럽

6개국 여행의 마지막 도시였던 런던. 타워 브리지를 배경으로 펼쳐진 석양 속 도시는 여유와 낭만이 가득했다. 난생처음 경험한 새로운 세상이었다. 여행을 하며 얻은 수많은 생각과 상상 끝에 내 인생의 해답은 이 도시에 있다고 확신했다. 그리고 2년 뒤 한국의 대학에서 의류학 전공을 마친 나는 런던으로 유학을 떠났다.

사춘기에 중2병까지 더했던 1993년, 한국인 최초로 파리 컬렉션에 참가한 패션디자이너 홍미화 선생님의 쇼를 본 적이 있었다. 좋아하던 소설 속의 도시, 상상 속에서만 존재하던 아름답고 고독한 파리에서 한국 여자가 외국인 관중을 매료시키는 거대한 쇼를 진행하다니! 지금도 기억이 생생할 정도로 당시 받았던 감동과 충격은 대단했다. 아마 그때부터 내 미래는 한국에 국한된 삶은 없었던 것 같다. 막연하게나마 나는 더 멀리 나아가겠다고 생각했다. 그리고 마침내 유학을 통해 한국에서 항상 고프기만 했던 패션 저널리즘과 PRPublic Relation 을 공부하고, 세계 각국에서 온 친구들을 만났다. 또 어쩌다 보니 타워 브리지에 사는 지금의 남편을 만나 연애도 시작했다. 그렇게 오래전의 다짐을 하나씩 클리어하며 나의 타워 브리지의 드림이 이뤄지는 듯 보였다.

하지만 졸업을 앞두고 취업을 하려고 하자 꿈만 꾸던 소녀에게 잔인한 현실이 펼쳐졌다. 전공을 살려 영국의 패션 잡지나 홍보 회사에 가고 싶었지만, 원어민이 아닌 영어로는 내 성에 차는 직장에 들어가기가 하늘의 별 따기만큼 어려웠다. 나는 5개월의 구직 활동 끝에 작은 온라인 패션 회사에서 직장 생활을 시작했다. 홍보, 마케팅, CS 업무까지 해야 하는 일은 재미있었지만, 더 많은 다양성과 다이내믹함을 원했던 나는 직장에서의 내 역할이 항상 만족스럽지 못했다. 어려서부터 운 좋게 하고 싶은 일, 계획했던 일, 중요한 시험에서도 크게 좌절한 적 없이 성취해왔던 나는 처음으로 내 의지대로 되지 않는 세상을 경험하게 되었다. 때문인지 첫 직장에서 느꼈던 좌절과 방황은 생각보다 크고 깊었다. 그렇게 멈춰버린 시간을 견뎌 내듯, 무미건조한 직장 생활을 하던 나에게 어느 날 기회가 찾아왔다.

2000년대 후반, 패션, 문화, 광고, 방송 등 다양한 산업의 중심은 유럽에 있었다. 그러다 보니 세계 각국에서는 유럽 현지의 정보와 트렌드를 필요로 했고 한국도 다르지 않았다. 처음에는 런던에서 함께 공부하고 한국으로 돌아가 자리 잡은 친구나 지인들이 연락을 해왔다. 그러다 점점 일이 많아지면서 2009년, 나는 회사를 그만두고 본격적으로 현지 프로덕션 사업을 시작했다. 말이 사업이지 프로젝트마다 팀을 꾸려서 움직이는 1인

회사였다. 지금 돌아보면 다양한 국적, 다양한 산업의 종사자를 만나며 맨땅에 헤딩하듯 미션을 완수하던 그때의 시간이 내 삶의 방향성이나 가치관을 만드는 토대가 되었던 것 같다.

패션 잡지의 화보나 광고 촬영 일이 들어오면 영국 현지의 스타일리스트, 사진작가, 모델을 섭외하고 비용 협상, 장소 섭외, 스케줄 조율 등 A부터 Z까지 모든 과정을 책임지는 프로젝트 매니징이 주요 업무였다. 그 외에도 국내 잡지사의 통신원으로 일하며 유럽의 유명 인사들의 인터뷰 기사를 쓰기도 하고, 영국의 유서 깊은 패션 브랜드에서 30년 넘게 근무한 패턴 장인을 서울로 초청해 당시 서울시 산하의 패션문화 육성 기관이었던 서울패션센터에서 수업을 진행하기도 했다. 한국 유명 연예인 부부의 화보 촬영, 할리우드 신인 배우나 해외 아티스트의 화보 촬영과 인터뷰, 글로벌 패션 브랜드의 프레스데이 참석 등 모든 일이 드라마틱했고 깜짝 놀랄 에피소드의 연속이었다. 그렇게 좌충우돌 프로젝트를 하나씩 성공시키면서 나 역시 성장하고 노하우도 쌓여 갔다. 갈수록 일이 점점 더 재미있어졌다.

그렇게 사업을 시작한 지 1년여 만에 일이 넘치도록 들어왔다. 각종 패션 방송, 잡지, 광고 촬영부터 한국콘텐츠진흥원, 서울패션센터, 문화관광부 같은 한국 공공기관, 그리고 런던 패션의회London Fashion Council와도 일하며 사업은 빠르게 자리를 잡았다. 그러나 모든 일이 그렇듯, 일이 한참 바쁘고 중요한 때 나는 뜻밖의 갈림길을 마주하게 되었다.

결혼 후 3년 만에 첫아이가 생긴 것이다. 너무 행복했지만 높은 물가로 유명한 런던에서 양가의 도움 없이 아이를 키우며 일을 병행하는 것은 정말 쉽지 않은 일이었다. 신생아를 봐 줄 곳도 없었고, 기관에 보내려 해도 최소 6개월은 지나야 했다. 게다가 비용도 너무 비싸서 엄두가 나지 않았다. 나는 아무 계획도 세우지 못한 채 아이를 낳기 일주일 전까지 힐을 신고 런던 컬렉션 패션쇼를 뛰어다니며 인터뷰를 했다. 그리고 아이를 낳았고, 출산 2주 만에 다시 패션 브랜드 박람회장을 돌아다니며 홍보 일을 했다.

아이가 생긴 뒤의 삶은 상상했던 것보다 훨씬 더 챌린징 했고 자유롭지 못했다. 부모님의 도움이나 비슷한 또래의 아이를 둔 다른 엄마와의 교류 없이 혼자 매일 발을 동동거리며 버텨 내는 하루하루였다. 그때의 나는 무모하고 용감했다. 밀려드는 일을 멈추기보다는 어떻게 해나갈 수 있을지 방법을 찾아가며 온몸으로 육아와 일을 헤쳐 나갔다.

아이가 50일이 되었을 무렵, 7일간의 일정으로 도서 출간 프로젝트를 진행 중이었는데 마지막 날은 클라이언트와 런던

교외로 출장을 나가야 했다. 그때까지는 여기저기 동냥하듯 아이를 맡기고 일해왔는데 그날은 정말 아이를 맡길 곳이 없었다. 그렇다고 하루를 남기고 프로젝트를 마무리하지 못한다고 생각하니 스스로 용납할 수 없었다. 나는 클라이언트에게 양해를 구한 뒤 아이를 데리고 일터로 갔다. 50일 된 아이의 루틴은 단순하니까 제시간에 먹이고 기저귀 갈아주면 하루는 금방 가겠지 하는 초보 엄마의 단순한 계산이었다. 그날 나는 6킬로그램이 넘는 아이를 하루 종일 업고 다녔다. 아이 때문에 일이 멈추거나 방해가 될까 봐 얼른 재우고, 보채기 전에 화장실에 들어가 젖을 먹였다. 집으로 돌아오는 길, 종일 편하게 눕지도 못하고 좁은 내 품에서 지쳐 잠든 아이를 보자 힘들고 서러운 마음, 또 한 번 나의 역치가 높아졌다는 오기, 포기하지 않고 잘했다는 뿌듯함, 아이에 대한 미안함이 뒤섞여 이렇게까지 일하는 게 맞는지 무거운 고민이 밀려왔다.

사실 누가 강요한 일도 아니었고, 먹고사는 데 지장이 있던 것도 아니었다. 그때는 내가 왜 그렇게까지 일을 하는지, 무엇 때문에 온 힘을 다해 버티고 있는지, 무엇을 위해 희생하는지 알 수가 없었다. 그냥 일을 멈추면 나도 영원히 그 자리에 멈출 것만 같았다. 계속 나아가고 싶다는 생각으로 모든 순간 최선의 선택을 했고, 최선을 다하는 과정이 나의 미래를 바꿀 거라 믿었다.

사람들은 모두 자기가 서 있는 곳, 자기가 향하는 길이 맞는지 끊임없이 의심한다. 그리고 더 나은 길을 찾으려고 노력한다. 선택할 수 있는 옵션이 많다면 그것도 행운이다. 다른 길을 선택할 수 없다면 지금 내가 가는 길이 맞다고 믿는 것, 그리고 그 길을 묵묵히 버티며 가는 것이 최선이다. 그때의 나는 내 욕심과 기대에 미치지 못하는 직장에 낙담했고, 꿈꿔 왔던 패션 저널리스트의 길을 포기하고 내 나라가 아닌 곳에서 평생 이방인으로 살기를 결심했다. 누구의 도움도 받을 수 없는 형편에서 출산과 육아까지 맞닥뜨린, 서른두 살의 모든 게 서투르기만 한 초보 엄마였던 나는 열정과 끈기로 나의 삶을 살아내는 것만이 최선이었다.

프랑스,
프렌치를 못하는 생트로페의 세일즈퀸

용감했던 초보 엄마로 일 년을 보냈을 무렵, 남편의 직장 때문에 우리 가족은 프랑스 남부로 이사를 하게 되었다. 내 인생은 항상 서막이나 전주곡이 없이 불도저처럼 변해왔기에, 어떤 변화에도 적응할 수 있다고 생각했다. 그런데 육아와 병행하며 힘들게 유지해온 일도, 엄마로서의 역할에 막 적응하기 시작한 런던의 삶도 갑자기 막을 내린다고 생각하니 혼란스러웠다. 프랑스어 한마디 못하는 우리가 프랑스의 작은 마을에서 언제까지라는 기약도 없이 살아야 한다는 사실도 쉽게 받아들일 수 없었다.

남편이 먼저 떠나고, 나는 아이를 업고 다니거나 다른 집에 맡겨 가며 며칠 동안 처분이 어려웠던 런던의 집과 살림을 정리하고 비행기에 몸을 실었다. 눈앞에 닥친 일을 해결하는 데 집중하느라 힘들다는 생각을 할 겨를도 없었다. 그 와중에 시판 이유식을 절대 먹이고 싶지 않아 끝까지 남겨 놨던 요리용 냄비를 들고 비행기를 탔다가, 사람을 해치는 무기가 될 수 있다는 이유로 공항에서 뺏겼던 에피소드는 잊을 수 없다.

우리 가족이 지낼 곳은 회사에서 구해준 사택으로, 세계 부호들의 놀이터라 불리는 생트로페Saint-Tropez에서 차로 15분 거리에 위치한 작은 마을이었다. 집 앞에는 그림 같은 프랑스 남부의 바다가 펼쳐져 있고, 뒤쪽으로는 라벤더가 가득했다. 영화 속에서나 볼 수 있는 아름다운 배경 안에 누구보다 바쁘고 치열하게 일하던 나와 내 아이가 있었다.

낯설고 이국적인 풍경을 즐기는 것도 잠시, 삶은 금세 무료해졌고 시간이 멈춘 것 같은 날들이 계속되었다. 파이팅 넘치게 해안도로를 따라 왕복 두 시간을 걸어 옆 마을 놀이터에 원정을 가기도 했지만, 오직 아이와만 있는 시간 속에서 나는 너무 외롭고 힘들었다. 이대로는 더 이상 못 견딜 것 같았던 어느 날, 무작정 한 시간을 걸어 동사무소municipal에 갔다. 고등학교 때 제2 외국어로 잠시 배우고 잊어버린, 말도 안 되는 프랑스어와 영어, 보디랭귀지를 동원해서 아이를 맡아줄 보육 기관을 찾고 있다고 하소연했다. 일주일에 두세 번이라도 아이를 꼭 맡기고 싶다고.

그때는 나만의 시간이 너무나 절실했다. 동양인이라고는 보기 힘든 작은 동네에서, 프랑스어 한마디 제대로 못하는 작은 여인의 간절한 보디랭귀지가 동정표를 샀는지 다행히 동네의 보육사nounou 리스트를 얻을 수 있었다. 우여곡절 끝에 일주일에 세 번 아이를 돌봐줄 곳을 찾았다.

나는 변변한 프랑스어 학원 하나 없는 작은 동네의 동사무소 문화센터 같은 곳에서, 각국에서 온 난민들과 함께 무료 프랑스어 강의를 듣기 시작했다. 6개월 정도 수업을 듣고, 프랑스 라디오만 주야장천 들으며 지냈더니 조금 들리는 단어가 생겼다. 서바이벌 수준의 의사소통을 할 수 있게 되자 또 무언가를 더 하고 싶어 안달이 났다.

아이를 두고 파리나 런던에 가서 다시 일할 수는 없고, 이 시골에서 할 수 있는 일이 뭐가 있을까 고민했다. 문득 차로 15분 거리에 있는 생트로페를 떠올렸다. 생트로페는 원래 작은 어촌 마을이었지만 지금은 세계 부호와 셀럽이 여름마다 모여 파티와 쇼핑을 즐기는 시끌벅적한 곳이 되었다. 그만큼 세계 최고급 패션 브랜드의 매장이 잔뜩 모여 있었다. 영어와 어설픈 프랑스어를 가지고 내가 할 수 있는 일이 무엇일까. 생각은 꼬리에 꼬리를 물었다. 그러다 그 많은 매장에서 피크 시즌마다 영어가 가능한 판매 직원을 어떻게 충원할지에 생각이 이르자 갑자기 마음이 급해졌다. 나는 무작정 이력서를 만들어서 매장마다 보냈다. 역시나 내 생각은 적중했고, 여러 매장의 매니저부터 유럽 지역의 세일즈 책임자까지 면접을 보자며 연락이 왔다.

나중에 알게 된 사실이지만, 생트로페 매장의 여름 매출은 동네의 특수성 때문에 그 지역 다른 매장의 일 년 치가 나오기도 했다. 그래서 브랜드마다 꽤 신중하게 사람을 뽑는다고 했다. 여러 번의 면접 끝에 비록 여름철 임시직이었지만 패션 브랜드 한 곳에 취직을 했다. 한국에서 대학 생활 4년, 영국에서 유학 생활 4년을 보내며 제대로 아르바이트를 해본 적 없는 나로서는 큰 용기가 필요했다. 하지만 또 한편으로는 아무 시도도 하지 않는 것보다는 용기를 내는 쪽이 훨씬 마음이 편하기도 했다.

처음으로 동양인 직원을 채용했다는 매장에 나가 보니 기본적인 세일즈 영어만 하는 프랑스 직원뿐이었다. 나의 첫 번째 미션은 그들과 잘 어울리는 것이었는데, 동료들은 다행히 떠듬떠듬 프랑스어를 쓰려고 노력하는 동양인을 귀여워했고 한국, 영국을 거쳐 프랑스까지 오게 된 내 이야기를 궁금해했다. 그렇게 같은 매장, 옆 가게, 그리고 같은 거리에 있는 레스토랑이나 슈퍼마켓 직원들과 인사를 하고 지내게 될 즈음에는 판매일도 바빠지고 단골도 생겼다.

러시아 부호의 여름 휴가에 함께 와서 요트에 머물며 며칠에 한 번씩 물건을 사러 오는 콜걸, 도널드 트럼프의 전부인 이바타 트럼프, 세계적인 패션 브랜드 창업주의 딸까지 평생 살면서 한 번도 마주칠 것 같지 않은 다양한 사람들을 만나고 물건을 팔았다. 그렇게 정신없지만 재미있게 일을 하다 보니 일주일에 4일, 파트타임으로 일했을 뿐인데 두 달 차가 되었을 때는 인센티브를 포함해서 1천만 원이 훌쩍 넘는 월급을 받게 되었다. 매니저는 자기가 몇 년 동안 본 직원 중 이렇게 인센티브를 많이 가져가는 사람은 처음이라고 했다.

2012년 여름, 서른을 훨씬 넘긴 나는 언어도 문화도 낯선 나라에서 겁도 없이 판매직에 도전했다. 뜨거웠던 여름이 끝날 즈음엔 어느새 프랑스 친구들과 한두 마디 농담을 하며 웃을 정도가 되었다. 시에스타에 친구들과 해변에 나가 로제 와인을 마시다 낮잠을 자고, 프랑스 남부의 전통 음식인 부야베스bouillabaisse를 잘하는 단골집도 생겼다. 그때를 생각하면 가만히 있지 못하는 성격을 물려준 부모님께 먼저 감사한다. 언어도 문화도 적응하기 어려웠던 그곳에서, 환경만 탓하며 무기력하게 지냈다면 2년 뒤 프랑스를 떠날 때의 나는 어땠을까?

인종, 국적, 재력, 학벌도 상관없이 세상 모두에게 공평한 것은 시간이다. 그리고 그 시간은 지나고 나면 누구에게나 과거가 된다. 그러니 살면서 우리는 항상 내가 할 수 있는 것, 하고 싶은 것, 해야 할 것을 고민해야 하고 우선순위를 정해야 한다.

하지만 그런 고민에 너무 많은 시간을 할애하고 싶지는 않다. 가끔은 직관을 믿고 현재의 나에게 집중해 최선을 다하고 싶다. 그렇게 하면 모든 순간 성공의 기쁨을 맛볼 수는 없겠지만 노력조차 해보지 않고 흘려보낸 과거를 후회하면서 사는 일은 절대 없을 테니까. 그렇게 보낸 일 초 일 초가 더해져 한 시간이 되고 하루가 되어 나의 인생이 될 테니까.

홍콩,
See you next weekend, Mommy!

프랑스에서의 생활이 익숙해질 무렵, 남편은 새로운 직장에서 스카우트 제의를 받았다. 우리는 2년간의 프랑스 생활을 정리하고 2013년 겨울, 홍콩으로 오게 되었다. 첫아이는 만 세 살 반이 되었고, 나는 10년간 유럽에서 차곡차곡 쌓아 올린 내 생활과 사업을 뒤로하고 다시 아시아에 둥지를 틀었다. 그 것도 한 번도 살아 본 적이 없는 홍콩에서 두려움 반 설렘 반 으로 새로운 생활을 시작했다.

처음에 홍콩은 낯설고 어색하기만 했다. 아이를 어디다 맡겨 야 할지, 직장을 새롭게 구해야 할지, 다시 사업을 시작해야 할 지, 사업을 한다면 무엇부터 해야 할지, 모든 게 막막했다. 하지 만 그 모든 상황이 두렵기보다는 새로운 도전이라고 생각했다.

나는 다시 맨땅에 헤딩하는 마음으로 구직을 시작했고, 운 좋게 홍콩에 온 지 6개월 만에 현재 홍콩에서 가장 큰 온라인 플랫폼이자 쇼핑몰에서 일을 시작했다. 업무는 한국 제품 구 매와 상품 기획이었다. 당시 홍콩의 최대 인터넷 업체인 '홍 콩 브로드밴드'가 전신 회사였던 우리 회사는 필요한 자원은 충분했지만, 온라인 비즈니스 불모지였던 홍콩에서 스타트업 에 가까웠다. 마땅한 인적 자원도 찾기 힘들고, 회사의 대표부 터 물류팀의 막내까지 하나하나 직접 배우고 만들어 가며 사 업을 시작했다. 그러다 보니 거의 매일 새벽에 출근해서 밤늦 게 퇴근해야 했고, 내 일뿐만 아니라 온라인 사이트 구축에 필요한 기술적인 일까지 신경 써야 했다. 하지만 대부분의 스타트업이 그렇듯이 나의 의지에 따라 할 수 있는 일은 무한대였고, 호기심 많은 나는 한계를 테스트하듯이 끊임없이 일을 만들어 갔다. 나와 팀원들이 열심히 하면 할수록 자리를 잡아가는 사업이 재미있었다.

이렇게 별 보고 출근해 별 보고 퇴근하는 직장 생활을 1년이 넘도록 가능하게 한 것은 홍콩의 헬퍼 제도 덕분이었다. 나 역시 유럽에서는 상상도 할 수 없었던 저렴한 비용으로 제공되는 필리핀 입주 헬퍼의 도움을 받았다. 헬퍼는 아이가 유치원에 가 있는 동안 집안일을 하고, 하원 시간에 맞춰 아이를 픽업하고, 아이와 함께 놀고, 식사와 잠자리까지 살뜰하게 챙겨 줬다.

사실 홍콩의 워킹맘들에게는 헬퍼가 남편보다 더 소중한 존재라고 우스갯소리 같은 진담을 하곤 한다. 하지만 만 다섯 살이 된 아이는 그렇지 않았나 보다. 아이에게는 의식주 해결보다 함께 교감하고 안정감을 주고 사랑을 느낄 수 있는 엄마와의 시간이 필요했다. 어느 날 월요일에 출근하는 나를 보고 아이는 "See you next weekend, Mommy(다음 주에 만나, 엄마)"라고 인사를 했다. 그 순간 머리를 세게 얻어맞은 듯 주변이 모두 멈춘 느낌이었다.

아는 사람 하나 없는 낯선 홍콩에서 어렵게 구한 첫 직장도 소중했고, 일은 힘들지만 성장하는 재미도 있었다. 하루에 15시간 이상 함께 지내며 고운 정 미운 정이 들어버린 팀원들도 이미 가족 같았다. 하지만 아이와의 소중한 시간과 바꿀 수 있는 건 그 무엇도 없었다. 짧은 고민 끝에 나는 앞으로도 5년 정도는 계속 바쁠 것이 정해져 있는 회사를 떠나기로 결심했다.

아이가 생기고 나서 처음으로, 나는 내가 하고 싶은 일보다 가족의 조화로운 삶을 염두에 둔 결정을 했다. 뜨거운 가슴보다 차가운 머리로 열심히 고민했고, 무엇이 나와 가족을 위한 최선인지 생각했다. 그리고 우선순위를 정해봤다. 첫아이가 태어나고 지금까지 13년 동안 아이들의 사진을 휴대폰 배경 화면이나 카톡 프로필 사진에 올려 본 적이 없는 나였다. 아이를 사랑하지 않아서도, 내가 엄마라는 것을 부정해서도 아니었다. 나만의 공간은 내 것으로 지키고 싶은 마음과 누군가의 엄마이기 전에 권희정이라는 내 이름을 잊지 않기 위해서였다. 첫아이를 낳아 집으로 데려온 날 남편에게 했던 말이 생각이 난다.

"우리 공간에 아이가 들어와서 낯설고 어색해."

아이를 낳았다고 처음부터 자동으로 엄마 패치가 장착되진 않는다. 아이와의 적응 기간, 키우면서 정이 드는 기간도 필요하다. 그 과정에서 아이와 함께 엄마 역시 성장하는 것이다. 나는 항상 나의 자아와 행복을 우선순위에 두고 살아왔다. 엄마가 행복해야 아이도 행복하다고 생각했기 때문이다. 아직도 그 생각은 유효하지만, 이제 엄마가 자아 성취와 행복을 위해 달려가는 그 시간 동안 아이는 마냥 기다려 주지 않는다는 것을 알게 된 것이었다. 나는 잘 자라는 아이가 고맙고 대견했지만, 한편으로는 두렵기도 했다. 내가 직장에서 원하는 걸 이뤄 내는 동안 아이의 시간도 흐를 것이고, 나는 다시 돌아오지 않을 아이가 자라는 모든 순간을 놓칠 게 분명했다. 그 시간은 되돌리고 싶어도 되돌리지 못한다는 사실이 두려웠다. 주말에만 아이를 보며 지내는 삶을 5년 이상 더 보내야 한다고 생각하니 결정이 쉬웠다. 나는 5년 뒤에도 다시 도전할 수 있지만 아이는 기다려 주지 않는다는 것이 가장 큰 이유였다.

모두를 만족시키는 완벽한 선택은 존재하지 않는다. 내가 학생일 때, 미혼의 직장인일 때 중요했던 가치가 한 아이의 엄마, 아내, 고용인으로 일하는 지금도 똑같이 중요할 수는 없다. 하나의 인생 안에서도 중요한 가치는 끊임없이 변하고, 완벽하지 않지만 최선의 선택을 해가며 나는 성장하고 있었다.

현재 다니고 있는 회사의 영국인 부사장이 홍콩 사무실을 방문한 적이 있었다. 그때 직원들과 이야기하며 자신의 커리어를 그래프로 그린 차트를 보여줬는데, 그래프는 내가 상상했던 모양이 아니었다. 그녀의 커리어는 계속 상승하는 모습이 아닌 완만한 곡선, 가파른 곡선, 하강하는 곡선, 수평의 선으로 채워져 있었다. 그리고 자기의 커리어 중 지금의 자신을 만들어 준 건, 가장 큰 영감을 주고 발전시켜 준 건 그래프가 하강하고 수평에 머물던 때라고 했다. 회사에서 정리해고를 당하고, 아이의 학업을 위해 가족이 새로운 곳으로 이주를 하고, 남편이 해고를 당하면서 가장이 되어야 했던 그때였다고. 전력 질주하던 자신을 잠시 쉬게 하고, 달려온 길을 돌아보면서 미래를 준비할 수 있었다고 했다.

홍콩에서의 첫 직장을 떠날 결심을 하며 내가 가장 크게 고려했던 조건은 일과 육아의 밸런스, 그리고 새로운 일에서 무언가 배울 수 있는 곳이었다. 나는 그때 내 욕심과 현실 사이에서 협상하는 법, 삶을 우회하는 용기, 흔한 말이지만 한쪽 문이 닫히면 한쪽 문이 열린다는 사실을 배웠다.

나는 이제 더 이상
두려울 것이 없다

나는 치열하게 바빴던 스타트업 첫 직장을 떠나 홍콩에서 가장 큰 규모의 헬스&뷰티 리테일 회사로 자리를 옮겼다. 회사가 집에서 가까워서 출퇴근도 20분이면 충분했고, 그 덕에 아이와 함께 보낼 수 있는 시간이 많아졌다. 이미 성숙한 회사다 보니 프로세스나 노하우를 배울 수 있고, 헬스&뷰티 분야의 전문 비즈니스를 배울 수 있다는 점이 좋았다. 그리고 무엇보다 여러 나라의 시장을 볼 수 있다는 장점이 있었다. 새 회사에서의 주요 업무는 한국 브랜드나 제품을 독점으로 들여와 론칭하고, 트렌드에 맞는 세일즈 계획을 촘촘하게 세우는 일이었다. 시장과 지역 특성에 맞게 브랜드를 키워 나가는 일이 흥미로웠다.

내가 잘하는 일이었고, 어느 정도 익숙해지자 일에 가속도가 붙기 시작했다. 일을 시작한 지 일 년 반 만에 나의 사업은 두 배로 커졌고, 회사에서도 인정받았다. 하지만 성공 사례가 많아질수록 오히려 일에 대한 흥미는 반감되기 시작했다. 욕심 없이 다니기에는 좋은 직장이었지만 일상이 되니 또 몸이 근질근질했다. 게다가 홍콩 회사다 보니 로컬 언어인 광둥어를 잘 못하는 것도 단점이 되었다. 다른 글로벌 마켓에 대한 호기심, 그리고 비즈니스 성장을 업으로 하면서 비즈니스에 대해 제대로 공부한 적이 없다는 점도 나를 조금씩 흔들었다.

나는 서른여덟 살에 홍콩대 MBA를 파트타임으로 시작했다. 막연하게 공부를 해보고 싶다고 생각한 시점부터 원서를 쓰고 인터뷰 보기까지 채 석 달이 걸리지 않았다. 그때 오랫동안 고민했다면 쉽사리 용기를 내지 못했을지도 모른다. 그렇게 시작한 MBA의 첫해는 정말이지 눈물이 쏙 빠질 만큼 힘들었다. 토요일마다 온종일 수업을 하고, 주중엔 보충수업과 조별 과제를 하며 나보다 열 살은 어린 친구들과 학교생활을 하는 게 생각처럼 쉽지 않았다. 그렇게 과제를 여차여차 끝내고 나면 다음 수업을 위해 읽어야 할 페이퍼들이 또 어마어마하게 쌓여 있었다. 공부를 시작한 첫해는 점심시간에 페이퍼를 읽고 과제를 하느라 직장 동료들과 밖에 나가서 밥을 먹어 본 것이 손가락에 꼽을 정도였다.

폭풍처럼 몰아치며 바빴던 MBA 첫해를 마치고 나니 졸업하고 어떤 일을 하고 싶은지, 5년 10년 뒤의 나는 어떤 모습일지 인생에 대한 본질적인 고민을 하게 되었다. 자연스럽게 가족의 미래를 생각하자 지금 상황을 핑계로 아이를 가질 기회를 놓칠 수 없다고 생각했다. 다행인지 2학년이 시작되자 일과 학업을 병행하는 것도 훨씬 수월해졌다. 그래서 마지막 수업과 동시에 출산하는 것을 목표로 세우고, 서른아홉 나이에 둘째를 가졌다.

나이는 숫자에 불과하다고 큰소리치던 나였지만 일과 공부, 임신까지는 무리였는지 임신 6주부터 6개월까지 입덧으로 크게 고생을 했다. 물까지 모두 토해내느라 탈수가 와서 수차례

응급실에 실려 가고, 아무것도 먹지 못해 몸무게가 6킬로그램이나 빠졌다. 강의실 뒤에서 수업을 듣다가 속이 안 좋으면 화장실로 달려가 토하고 다시 수업을 듣기를 반복했다. 직장에서는 동료들이 도시락 먹는 냄새도 맡을 수가 없어서 점심시간마다 택시를 타고 집으로 와서 한 시간씩 누워 있었다. 정말이지 가족 외에는 세상 모두와 단절하고 하루하루를 살아내는 데에만 집중했다.

그렇게 약과 수액으로 버티면서 지킨 둘째의 출산을 2주 앞두고 MBA의 마지막 수업을 마쳤다. 남산만 한 배를 내밀고 마지막 수업의 강의실을 나서던 기억이 아직도 생생하다. 포기하고 싶은 순간도 많았지만, 생각만 해왔던 공부와 직장 생활, 둘째 계획까지 다 이뤄 냈다고 생각하니 이제 더 이상 두려울 게 없었다. 2주 후, 둘째는 건강하게 태어났고 9개월 동안 배 속에서 함께 수업을 듣던 아이를 데리고 졸업식에 참석했다. 졸업장을 받는 순간의 감격은 이루 말할 수가 없었다.

공부를 시작하기로 마음먹고 원서를 넣은 순간부터 아이와 함께 졸업식장에 들어가던 순간까지, 나는 항상 무모했고 용감했다. 인생의 중요한 결정을 해야 하는 순간마다 신중한 고민을 해야 하는 건 맞지만, 충분한 고심이 끝나면 망설이지 말고 자기 자신의 직관을 믿으며 직진하는 용기가 필요하다. 세상에는 완벽하게 준비된 때도 없고, 백 프로 완벽한 기회라는 게 있지도 않다. 그때 내가 고민만 하다가 아무것도 하지 않았더라면 5년의 시간이 흐른 지금의 나는 5년 전 도전조차 시도해보지 않았던 나를 아쉬워할 것 같다. 어차피 완벽한 기회나 준비의 존재가 희박한 게 인생이라면, 두려워하지 말고 직진하면서 만들어 가는 게 또 인생 아니겠나 싶다.

4명의 가족 11개의 여권,
다문화 다국적의 아이들

우리 가족은 말 그대로 다문화 가정이다. 북아일랜드에서 태어난 홍콩계 영국인 남편은 1960년대 영국으로 이민한 홍콩 국적의 부모님 밑에서 태어나 자랐고, 큰아이는 런던에서 태어나 프랑스를 거쳐 홍콩에 살고 있고, 둘째 아이는 홍콩에서 태어나 이제 다섯 살이 되었다. 아이들의 외모는 동양적이지만 문화적으로는 유럽(영국, 아일랜드, 프랑스 그 어딘가)-한국-홍콩의 다양성을 경험하며 지내는 다문화, 다국적의 성향을 가졌다.

가족 여행을 가려면 영국, 아일랜드, 한국, 홍콩 등 11개의 여권을 꺼내 유효기간을 확인하고 기간이 넉넉한 여권으로 비행기 티켓을 산다. 아직도 한국말을 거의 못하는 남편이 집에 있을 때는 영어로, 나와 아이들끼리는 가능하면 한국말로 이야기한다. 큰아이는 프랑스 국제학교에서 영어, 불어, 중국어를 배우고, 둘째는 중국 학교에서 중국어와 영어를 배운다. 고작 네 명의 가족이 복닥거리며 사는 홍콩의 작은 집이지만 다양한 언어와 문화가 공존하는 우리 집은 문화적으로 풍요롭고, 그로 인한 갈등도 많다.

우리 가족은 서로의 정체성을 그대로 받아들인다. 그래서 다른 문화와 언어를 이해하는 것이 우리 가족 매일의 일상이다. 그러다 보니 나의 생각과 관습만 강요할 수도 없다. 남편을 만나고 아이들을 만나면서 세상을 바라보고 이해하는 나의 시각도 더욱 넓어졌다. 나에게 세상 제일 맛있는 인절미가 남편에게는 고무를 씹는 맛이고, 큰아이는 본인을 홍콩에 사는 영국 사람이라 생각하고, 작은아이는 자신의 중국 이름을 익숙하게 여긴다. 내가 아이들을 먹이고 가르치며 키우지만, 아이들이 있어 나는 세상의 다양한 가치관과 삶의 방식을 인정하는 방법을 배운다.

홍콩계 영국인 남편과 한국 여자가 홍콩에서 지내다 보니 우리에겐 챙겨야 할 예절이나 관습이 정말 다양하다. 예를 들어 크리스마스를 가족과 보내는 가장 큰 명절로 여기며 자라온 남편은 부모님 생신보다는 크리스마스에 큰 선물이나 용

돈을 드리는 걸 당연하게 생각한다. 하지만 나에게 크리스마스는 밖에서 파티를 하고, 늦은 귀가를 싫어하는 부모님 눈에 최대한 띄지 않아야 할 날 중 하나였다. 신혼 때는 음력으로 지내는 한국 부모님의 생신 날짜가 매년 다른 것을 이해하지 못하는 남편과 우리 부모님의 생일을 찾아보는 성의가 없다며 크게 싸우기도 했다. 17년을 살다 보니 이제는 각자의 부모님에게 각자 알아서 잘하려고 한다.

아이들에게도 한국, 영국, 중국의 문화가 다 다르지만, 우리 가족의 다양성으로 인해 여러 문화를 누릴 수 있음에 감사하라고 가르친다. 작은아이는 설날이 되면 아침에 한복을 입고 한국에 계신 부모님께 세배를 한다. 그리고 오후가 되면 치파오를 입고 홍콩 큰 시누이네에 놀러 가는 걸 당연하게 여긴다. 고정관념을 싫어하고 섣부른 판단으로 상황을 평가하는 일을 최대한 멀리하고 싶어 하는 나에게, 우리 가족 그리고 우리가 살아가는 유럽-한국-홍콩 그 어딘가는 항상 좋은 배움과 깨달음을 준다.

'남들은 나와 다르다', '내가 보는 세상이 전부가 아니다', '함부로 판단하지 마라'. 이것이 20년이 넘도록 해외에서 살면서 내가 배운 중요한 가치들이다. 아이의 학교에서, 그리고 동네에서 마주하게 되는 다양한 사람들과 잘 어울려 지내는 기본은 다름을 인정하는 것이다. 매일 집 안에서 '다름'을 느끼며, 자의 반 타의 반 '인정'을 위한 수련을 하게 해주는 가족에게 감사할 뿐이다.

긍정의 힘은
미래를 꿈꾸게 한다

암흑 같았던 COVID-19 시대는 도전에 희열을 느끼는, 가만히 있지 못하는 병(그런 병명이 있다면)에 걸린 나에게 시련 그 자체였다. 아이들의 온라인 수업과 나의 재택근무는 거의 2년이나 계속되었는데 만 두 살짜리 아이에게 온라인 수업이란 강아지에게 한글을 가르치는 것과 같은 미션이었고, 열 살 아이에게는 엄마 눈치 안 보고 온라인 게임을 할 수 있는 좋은 기회였다. 이런 두 아이를 어르고 달래고 혼내면서 일을 하는 건 너무 큰 스트레스였다.

하지만 그 기간에도 꾸준히 성장한 회사의 사업 덕에 나는 두 배, 세 배로 바빠졌고 일 년에 한 번씩 두 번이나 승진을 했다. 회사에서 나에게 바라는 게 많아질수록 아이들과의 관계는 점점 더 틀어졌고, 홍콩에 갇혀 지내야 하는 상황도 답답하고 힘들었다.

사람은 위기 속에서 더 창의적으로 변한다고 했던가. 나는 아이들과 지지고 볶는 일상 속에서도 지치지 않고 아이디어를 내며 끊임없이 생각을 했다. (혹자는 이런 나를 보고 성인 ADHD라고 하기도 한다.) 그러다 정말 우연한 기회에 지난 몇 년간 관심 있게 지켜봤던 랩 다이아몬드를 접하게 되었다. 그리고 같은 시점, 같은 이유로 홍콩에 발이 묶인 채 품앗이 육아로 노고를 나누던 워킹맘 두 명과 함께 랩 다이아몬드 브랜드를 론칭했다. 실험실에서 키운 랩 다이아몬드는 구성 성분이나 품질은 천연 다이아몬드와 동일하지만, 천연 다이아몬드 채굴에서 발생하는 노동 착취나 환경오염이 없다는 점에서 윤리적이다.

우리는 합리적인 가격의 다이아몬드 브랜드를 목표로 사업을 시작했다. 마스크를 벗는 날이 영영 오지 않을 것만 같던 답답한 시절이었지만, 잦은 출장이 사라진 덕분에 우리는 모두 본업에서 조금의 시간적 여유가 생겼다. 출장과 출근만 존재하던 때는 엄두도 못 냈을 시간을 쪼개고 쪼개어 사업을 시작했다. 사업을 시작한 지 이제 일 년 반, 나를 포함한 세 명의 창업자는 각자의 본업을 마친 저녁이나 주말 시간을 할애해서 사업을 만들어 간다. 아직 체계를 잡아가는 과정이라 속도는 더디지만 포기하지 않고 꾸준히 브랜드를 만들어 가고 있다.

COVID-19 시대의 종료와 함께 잦은 출장은 다시 시작되었고, 두 아이도 어느새 중학생과 유치원생이 되긴 했지만 아직 엄마의 손을 필요로 한다. 투잡러의 길을 가기로 했다고 나의 시간이 24시간에서 48시간이 되는 건 아니지만 누구에게나 주어진 공평한 시간을 최대한 활용하려고 한다. 사업의 시작도, 시간의 활용도 어떤 시선으로 상황을 보는지에 따라 결과는 크게 달라진다.

COVID-19로 인해 많은 사람이 힘든 시간을 보냈다. 나도 예외는 아니었지만 그래도 솟아날 구멍을 찾으려 노력했고, 내가 할 수 있는 것에 집중했다. 물론 자세가 좋다고 결과도 좋으리라 확신할 수는 없다. 하지만 긍정의 에너지는 생각보다 강력해서 아무것도 하지 않을 때보다 무엇인가를 시작할 때, 불가능보다는 가능성에 집중할 때 큰 힘을 발휘하는 것 같다. 부정적인 기운은 밝은 미래를 꺾을 수 있지만, 긍정의 힘은 무에서 유를 창조하고 미래를 꿈꾸게 한다.

핑크 리본을
가슴에 달고

MBA 졸업과 동시에 입사한 지금의 직장은 다국적 리테일 기업 중 하나로, 나는 동북아시아 지역의 뷰티 제품을 기획하고 구매하는 역할을 한다. 각 대륙의 특성에 맞는 제품을 구성하고 구매하는 일이 어렵지만, 업무의 빠른 속도감이 내 성격에 잘 맞는다. 그리고 미국, 캐나다, 유럽, 호주의 동료들과의 협업도 재미있다. 5년 만에 우리 팀의 사업은 20배 가까이 성장했고, 팀원들도 4명에서 10명으로 늘었다. 지난 5년간 매년 끊임없이 사업이 성장한 덕분에 일은 쳐내도 쳐내도 끝이 없었다. 그 와중에 개인 사업까지 시작했으니….

하지만 나는 바쁘면 바쁠수록 없는 시간을 쪼개어 나를 다그쳤다. 운동도 평상시보다 배로 하고(정신 극복 차원이랄까), 아이들의 학교와 학원 일정, 숙제도 직접 봐주고, 헬퍼가 있어도 아이들 식사를 일일이 직접 챙겼다. 한마디로 우리 집에서 내 손이 닿지 않는 건 단 하나도 없을 만큼 최선을 다했다. 그러나 집안일, 회사 일, 사업까지 열심히 하는 내가 정작 나는 챙기지 못했다.

어느 날 샤워를 하는데 가슴 한쪽에 뭔가가 만져졌다. 동네 병원의 의사는 절대 암은 아니라며 그 흔한 초음파도 권하지 않았다. 나이 40이 넘을 때까지 제대로 된 건강검진을 받지 못했던 나는 상급 병원에 초음파 검사를 요청했다. 가볍게 시작한 검사였는데, 모두의 예상과 달리 나는 2022년 12월 유방암 판정을 받았다. 가족력도 없고 운동도 열심히 하고 먹는 것도 건강하게 먹으려 신경 쓰는데 내가 왜 이런 병에 걸렸는지, 믿을 수가 없었다.

하지만 마냥 절망하며 지낼 수만은 없었다. 큰아이와 약속한 한국으로의 휴가가 일주일 뒤였고, 아이들 방학과 가족 모임으로 바쁜 연말이었다. 1월 초 수술 전에 집안일과 회사 일을 어느 정도라도 해놓으려면 충격과 슬픔으로 아까운 시간을 낭비할 수 없었다. 그렇게 1월 초 수술을 하고, 네 번에 걸친 항암 치료와 방사선치료까지 마쳤더니 2023년의 반이 훌쩍 지나갔다.

전신마취 수술을 하고 2주 만에 등산을 갈 정도로 체력이 좋은 나였지만, 항암 약은 어찌나 독한지 몸속의 백혈구까지 공격을 해 매번 항암을 할 때마다 백혈구 수치는 바닥을 찍었다. 항암 치료를 할 때마다 일주일 내내 백혈구 수치를 높이는 주사를 내 배에 직접 놓으며 버텼다. 뭘 먹어도 입이 쓰고 속이 안 좋았지만 살기 위해 열심히 먹었다. 항암은 3주 단위로 받았는데 병원에 다녀오면 처음 일주일은 시체처럼 누워 있다가 백혈구 수치가 어느 정도 안정이 되는 2주째부터 다시 일을 하고 운동도 했다.

암 환자라는 사실보다 나의 일상을 멈춰야 한다는 사실을 받아들이기가 더 힘들었다. 할 수 있는 한 평범하게 일상을 살아내는 것이 치료만큼 중요하다고 생각했다. 평정심을 잃지 않기 위해서 기도와 명상, 운동을 하며 일을 했다.

치료를 받은 날 몸이 좋지 않아 누워 있으면 내 인생에 이렇게 오래 누워서 쉬어 본 적이 있던가 되돌아보게 된다. 임신으로 입덧할 때 말고는 한 번도 없었다. 어려서도 낮잠은 시간 낭비 같아서 싫어했고, 보통 분 단위로 빽빽하게 일정을 만들어 하루를 보내는 삶이었다. 이렇게 바쁜 걸 좋아하는데, 더 나이 들어 이런 병에 걸렸다면 어땠을까 생각하니 겁이 났다.

일과 육아, 공부, 사업 등을 하며 쉴 새 없이 달려온 나에게 암 진단은 잠시 쉬어 가라는, 더 나를 아끼며 살아 보라는 메시지였다. 이런 기회가 아니었다면 내 몸이 어떤 상태인지도 모르고 앞만 보고 달렸을 나였다. 6개월간의 치료로 몸은 약해졌지만, 그 어느 때보다 정신은 맑고 강해졌다.

항암으로 인해 머리가 몽땅 빠졌다가 다시 나느라 아직도 스포츠머리지만 이런 헤어스타일도 이번 기회에 해볼 수 있어서 좋다. 역시 세상의 모든 일은 생각하기 나름이다. 절망에서 희망을 보고, 위기를 기회로 바꿀 수 있는 것도 결국 마음가짐에 달려 있다는 걸 다시 한번 느낀다.

완벽하게 불완전한 나,
완벽하지 않아도 괜찮아

지난 20년간 해외에서 학생으로, 워킹맘으로 살아온 내가 나의 일과 육아, 가정을 한마디로 표현하자면 '완벽한 불완전함'이다. 모든 게 완벽한 상황과 조건이었다면 그 완벽함을 그르치거나 망칠까 봐 새로운 것에 도전하기 쉽지 않았을 테고, 그 자리에서 안주하며 지냈을 확률이 더 컸을 것 같다.

남편과 결혼을 결심하고 영국에서 살기로 한 순간, 이미 나는 내가 소망했던 패션 저널리스트의 꿈을 접고 차선의 선택을 해야 했다. 한곳에 적응하고 살아 보려고 마음먹으면 갑자기 다른 나라로 가야 했고, 또 어떤 때는 차근차근 준비를 제대로 해보기도 전에 기회가 오면 돌진을 해야만 했다. 인생에는 완벽한 선택도 없고 완벽하게 준비된 순간도 절대 오지 않는다. 가장 완벽한 타이밍은 내가 열정적으로 시작할 수 있는 바로 그때인 것 같다.

나는 아직도 완벽함과는 거리가 멀고, 실수투성이에 매일 맨땅에 헤딩하는 기분으로 본업과 사업, 그리고 육아를 병행한다. 정글 같은 직장에서는 누군가의 팀원이자 누군가의 리더로 외줄 타기를 한다. 매일 잠들기 전에는 내일의 할 일을 머릿속으로 순서대로 써 보고, 내일이 되면 목록을 지워가며 하루를 열심히 살아가는 데 집중한다.

어떤 날은 아무리 일의 우선순위를 두고 하나씩 해결해 나가도 내가 컨트롤할 수 없게 일이 엉켜버리는 과정 속에서 스트레스를 받기도 하고, 결과 또한 항상 장담할 수 없다. 그럴 때마다 짧게는 30분, 길게는 한 시간 이상씩 혼자만의 시간을 가지려고 노력한다. 운동, 산책, 기도 등을 하며 내가 느끼는 불안함과 초조함에서 나를 분리시켜 내가 직면한 상황을 삼인칭 관찰자 시점으로 보려고 노력한다. 그러다 보면 내가 스스로 해결할 수 있는 일과 아닌 일, 그리고 일의 순서나 중요도가 명확해지기도 한다.

인생은 불완전하지만 나는 불행하지 않고 조바심 내지 않는다. 현재 완벽하지 않기에 꿈이 있는 인생이고, 완전하지 않기에 아직 이뤄야 할 목표가 많다는 걸 알기 때문이다.

■ 금문혜

평범하게 모범생스러운 삶을 살았으나 그 이면에는 소심한 반항심과 대담한 도전 정신으로 뭉쳐 있다. 대학 입시, 사법고시 실패 후 사회생활을 하면서 뒤늦게 사춘기를 겪었다. 생각보다 사람과 사람의 성장에 대해서 관심이 많고 회사 생활도 잘 맞는다는 것을 깨닫고, 20년째 대기업과 외국계 기업에서 인사 업무를 하고 있다. 여전히 호기심도 많고 하고 싶은 것도 많아서, 여러 가지 일을 벌려 놓고 바쁘게 움직이는 40대 중반의 워킹맘이다.

나는 왜 이 길에 서 있나,
K-장녀의 해외살이 도전기

"선택의 순간이 되면 나이는 생각보다
많은 압박을 준다.
그러나 무게를 감당할 수 있다면,
그리고 정말 해보고 싶은 일이라면
깊게 생각하지 말고 'GO' 하기를 바란다.
다른 사람의 이야기보다
중요한 것은 나의 마음이니까.
나만큼 나에 대해 고민하는 사람은 없으니까."

그냥 해외에서
살고 싶었다

내가 싱가포르에서 살게 된 데에 특별한 계기가 있었던 건 아니다. 한 번 사는 인생, 한국에서만 살기에는 아쉽다는 생각이 막연하게 나를 따라다녔다. 유학이나 해외 근무를 하게 된 친구나 지인의 이야기를 들으면 마냥 부럽기만 했다. 해외에서 살면 어떨까? 다른 나라에서 그 나라 사람들과 함께 일하는 기분은 어떨까? 해외에서 나는 경쟁력 있는 사람일까? 해외에서는 어떻게 아이를 키울까? 끝없는 질문 속에서 그 답을 경험하고 싶은 마음은 굴뚝 같았지만 좀처럼 그 기회가 오지 않았다.

초등학교 6학년 때 일본 여행을 위해 여권을 만든 후, 꽤 많은 여행을 다녔지만 짧은 경험에 불과했다. 흔한 어학연수나 교환학생도 고시 공부를 핑계로 하지 못했고, 해외 취업이나 주재원의 기회도 좀처럼 오지 않았다. 그렇다고 지금까지 쌓아 온 커리어를 포기하고 무작정 외국으로 떠날 용기도 없었다. 20대 후반, 요즘으로 따지면 꽤 빠른 나이에 결혼을 하다 보니 외국으로 떠난다는 것은 더욱 요원하게 느껴졌다. 그렇게 꿈은 꿈으로 남겨 둔 채 나는 K-장녀의 정석대로 착실하게, 열심히, 주어진 상황을 살아내고 있었다.

드디어 나에게도 기회가

주변에서 해외로 나가는 사람들을 보면 스스로든, 아니면 배우자에 의해서든 쉽게 그 기회가 오는 것 같았다. 너무 부러웠다. 하지만 남편은 해외 거주에 대한 관심이 전혀 없었다. 그러니 주재원의 와이프나 유학생의 와이프가 되기도 어려운 일이었다. 그렇게 어느덧 30대 후반이 되었고, 승진을 하고, 매니저가 되고, 결혼 후 10년 만에 쌍둥이의 엄마가 되었다. 즐겁고 보람 있었지만, 나의 어깨가 무거워질수록 '아, 이번 생에 해외에서 살 일은 없나 보다' 하며 해외살이에 대한 마음을 접어 가고 있었다.

그러다 지금 회사로 이직을 했다. 이전 회사보다는 해외 근무 기회가 많은 회사였다. 이직 후 성과를 내기 시작하면서부터 매니저에게 해외 근무에 대한 나의 희망을 줄곧 이야기했다. 그리고 이직 후 1년이 되었을 즈음, 미국 본사의 임원으로부터 곧 싱가포르에 채용 공고가 있을 거라는 이야기를 들었다. 업무의 내용도 나와 잘 맞았고, 해외 이주relocation 지원도 되는 자리였다. 나를 염두에 두고 포지션을 만든 것이 아닐까 싶을 정도로 내가 적임자라는 확신이 들었다. 나는 자신감을 가지고 지원했고, 여섯 번의 인터뷰를 거쳐 합격했다. 드디어 그토록 꿈꿔 온 해외 근무를 할 수 있게 된 것이다.

원하던 기회를 마침내 잡았는데, 막상 합격을 하고 보니 현실적인 걱정이 한두 가지가 아니었다. 자신의 분야에서 20년 경력의 전문가로 잘 살고 있는 남편은 어떡하지? 비싼 집값과 교육비는 감당할 수 있을까? 네 돌을 앞둔 쌍둥이가 잘 적응할까? 실패하고 오게 되면 어쩌지? 벌써 내 나이 40인데 안정된 삶을 포기하고 도전할 만한 자리인가? 연세 들어가시는 부모님은 괜찮으실까?

인터뷰 동안 계속 나를 응원해줬던 남편에게도 합격 소식은 기쁨과 동시에 고민의 시작이었다. 어떻게 보면 새로이 기회를 만들어 나가는 나 자신보다 남편의 고민이 더 컸을 것이다. 답을 찾기 위해 우리는 가족의 가치에 대해 진지하게 이야기를 나눴다. 그리고 가족이라면, 특히 어린 자녀가 있는 가족이라면, 무조건 같이 살아야 한다는 데 동의했다. 여기에는 남편 주위의 여자 선배들의 조언이 큰 도움이 되었다. 대기업에서 전무로 일하는 여자 선배는 본인이 혼자 아들을 데리고 싱가포르에서 근무를 했던 경험과 함께 이런 조언을 해줬다고 한다.

"나도 그랬지만 우리 한국 여자들은 너무 독한 것 같아. 남편들은 이기적이고. 싱가포르에 가서 보니 다른 나라 남편은 일 그만두고 와이프 따라오더라고. 그런데 우리나라 남편들은 애까지 딸려 보낸다니까. 난 다시 하라고 하면 못 할 것 같아. 그러니까 무조건 와이프 따라가. 더군다나 애가 어리면 더 생각할 필요도 없어."

다음으로는 경제적인 부분을 상의했다. 우리의 자산, 부채, 소득, 예상 소비 수준을 가지고 계산기를 두드렸더니 남편이 일정 기간 취업을 하지 못하거나 대학원을 가더라도 당분간은 지금 생활 수준처럼 지낼 수 있겠다는 결론을 내렸다. 아이들이 잘 적응할지, 혹시나 적응에 실패하면 어쩌지 하는 것들에 대해서는 고민하지 않기로 했다. 만약에 힘들면 돌아오면 그만이라는 생각이었다. 그렇더라도 오랜 염원이었던 해외살이를 해보았으니 그것으로 만족할 것 같았다. 그렇게 나는 오퍼레터에 사인을 했다.

정말 갈 수 있을까?

오퍼레터에 사인을 하고 싱가포르로 이주하기까지 약 5개월의 시간이 있었다. 그 기간 동안에도 정말 내가 갈 수 있을지 고민하게 하는 일이 계속 일어났다.

먼저, 나를 포함한 한국팀의 리더 여럿이 한꺼번에 이동하는 상황이 불안했는지, 미국 본사의 인사팀에서 1년 뒤 승진을 보장할 테니 한국에 남아서 일해달라는 제안을 했다. 본사에서 영향력이 큰 임원의 제안을 거절해도 되는지 불안감이 앞섰지만, 이미 오퍼레터에 사인도 했고 오랫동안 염원했던 해외 근무를 눈앞에 두고 포기할 순 없었다. 'NO'라는 말을 하기까지 수많은 고민을 했고, 끝내 용기를 내서 거절의 의사를 전했다. 그의 답변은 쿨했다. "OK!" 한마디만 했다. 그와의 관계가 나빠지지나 않을까 걱정했지만, 그 역시 아무런 타격 없이 지나갔다. K-장녀인 나로서는 윗사람의 제안을 거절하는 것은 매우 힘든 일이었다. 그런데 너무 아무 일 없이 지나가서 스스로 놀랐던 기억이 난다.

두 번째로는 남편의 일자리였다. 남편은 이미 다니고 있는 회사에 사직서를 냈고, 싱가포르 현지의 회사에 직간접적으로 지원을 했지만 소식이 없었다. 아무리 남편이 일하지 않는 경우까지 계산기를 두드렸다고 해도, 안정적 정착을 위해선 남편의 취업은 큰 희망 사항이었다. 애타게 기다리던 중 다행히 다니고 있던 회사의 싱가포르 지사에 자리를 얻었고, 떠나기 이틀 전에 오퍼레터에 사인을 했다. 향후 일어나는 COVID-19 사태를 생각하면 너무나도 감사한 일이었다. 그리고 2020년 1월 말, 우리 가족은 설렘과 긴장을 함께 안고 싱가포르행 비행기에 올랐다.

꿈꿨던 삶, 시작은 COVID-19와 함께

싱가포르에 도착한 이른 저녁, 공항에서 한 달간 지내기로 한 레지던스로 이동하면서 본 노을은 정말 예뻤다. 그리고 싱가포르 생활에 대한 우리의 기대는 구름처럼 높기만 했다. 그때까지만 해도 그랬다.

우리가 도착한 주말, 싱가포르는 COVID-19로 인해 나라의 안전 상태를 상향 조정했고, 사람들의 사재기가 시작되었다. 아무것도 모르고 레지던스 근처의 슈퍼마켓에 갔던 나는 물건이 별로 없는 매장에다 계산대에 길게 늘어선 줄을 보고 '싱가포르 사람들은 주말에 진짜 장을 많이 보나 보다. 앞으론 평일에 장을 봐야겠다'라는 순진한 생각을 했다. 그것이

COVID-19의 시작이라는 것을 알기까지는 그리 오래 걸리지 않았다. 몇 주 후, 약 두 달간 나라 전체를 통제하는 서킷 브레이커circuit breaker가 시작되었다. 고민 끝에 겨우 정한 아이의 유치원도 문을 닫았고, 회사도 재택근무로 전환되었다.

COVID-19를 누가 예상이나 했을까. 부푼 꿈을 안고 해외 생활을 시작한 우리에게 COVID-19는 정말 가혹한 현실이었다. 회사 사람들과 빨리 친해져야 하는데 재택근무로 만날 수가 없으니 누가 누군지 제대로 알 길이 없었다. 집에서 회사가 보이는 데도 자유롭게 갈 수조차 없었다. 외출도 거의 할 수가 없어 어디에서 무엇을 사야 하는지, 어디에 가면 무엇이 있는지, 도무지 동네에 익숙해질 기회가 없었다. 온라인 마트의 배달 예약은 BTS 공연 티켓팅보다 힘들었고, 아파트의 수영장과 헬스장, 그리고 거리의 식당과 커피숍도 모두 문을 닫았다. 외출을 자제하라는 정부의 지침 때문에 산책을 하고 싶어도 쉽게 나갈 수가 없었다.

하지만 나 혼자만이 아닌 누구나 겪고 있는 COVID-19였다. 나는 지금 내가 겪고 있는 상황 안에서 감사함을 찾아보려고 애썼다. 내가 선택할 수 있는 유일한 방법이었다. '그래도' 서킷 브레이커 전에 헬퍼를 구해서 도움을 받을 수 있었고, '그래도' 두 달 후부터는 아이들이 유치원에 정상 등원했다. '그래도' 친정 부모님이 오셔서 3주 동안이나 싱가포르 적응을 도와주셨다. 그리고 '너무나 다행히' 남편도 일을 하고 있었다. 만약에 남편이 무직으로 왔더라면 COVID-19 때문에 취업은 더욱 어려웠을 것이다. 나는 외벌이의 책임감에 힘들었을 것이고, 남편은 남편대로 줄어든 자신의 역할에 힘들었을 것이다. 우울감이 완전히 가시기는 어려웠지만, 그래도 감사함을 찾는 과정 자체가 마음을 보듬어 줬다.

드디어 서킷 브레이커가 끝났다. 그리고 그 첫 주말부터 식당과 커피숍이 오픈했다. 나와 남편은 싱가포르 관광 책에 나오는 뎀시 힐의 피에스 카페PS Cafe에 갔다. 푸릇푸릇한 싱그러움과 아름다운 분위기의 카페에 앉아 브런치를 먹고 있자니, 이제야말로 진짜 해방된 기분이었다. 그리고 싱가포르의 상징 머라이언과 마리나 베이 샌즈를 볼 수 있는 머라이언 공원을 걸으며 스스로에게 계속 이야기했다.

"그래, 나는 지금 싱가포르에 살고 있어!"

나만의
해외 생활 세팅하기

나는 마음을 다잡았다. 나는 이제 싱가포르에서 살아야 한다. 본격적으로 시작된 일상을 살아 보자! 정신 차리고 적응해보자! 아직 낯설고, 모르는 것투성이고, 한국에 비해 불편한 점이 많겠지만 나에게 주어진 새로운 기회를 이왕이면 즐겁게 지내고 싶었다. 그러면 이제 무엇을 해야 할까. 내가 잘하는 것 중의 하나를 해야 한다고 생각했다. 바로 경험을 정리하고 내가 살아갈 방향과 방식을 세팅하기 시작했다.

하나, 한국과 싱가포르는 다른 나라

당연한 말이지만 40년 가까이 한국에서만 살아온 나이기에 자연스럽게 싱가포르와 한국의 생활을 비교하게 된다. 한국 사회가 워낙 빠르고 서비스 수준이 높다 보니, 우리 기준으로 보면 싱가포르에서의 일상은 답답하고 어이없는 상황이 벌어지기 일쑤다.

대기업이라는 싱가포르 항공과 싱가포르 텔레콤, DBS 은행(싱가포르의 가장 큰 은행)에 문의가 있어 전화를 하면, 고객센터와 연결에만 최소 15분이 걸린다. 어떤 때에는 거의 1시간 정도 스피커폰을 틀어 놓고 다른 일을 하고 있어도 연결이 되지 않는다. 연결된다 하더라도 내용을 이해시키고 해결책을 받기까지 계속 부서를 바꿔 가며 통화를 해야 하니, 거기에 들어가는 시간과 에너지가 상당하다. 이사를 하기 몇 주 전, 싱가포르

텔레콤에 와이파이 이전 설치를 요청한 적이 있었다. 당일 이전은 안 된다고 해서 3일 동안이나 와이파이를 쓰지 못했고, 이전 설치를 위해서 담당자가 집을 세 번이나 방문했다. 한국이었다면 전화 한 통으로 끝날 일이었을 텐데, 이해가 안 되는 상황이었다.

병원 이용도 복잡하다. 일단은 처음엔 무조건 일반의General Practitioner에게 진료를 받아야 한다. 그리고 더 자세한 진료가 필요한 경우 전문의Specialist를 찾는다. 한국에서처럼 '피곤한데 링거나 한 대 맞을까'라며 병원에 가는 일은 불가능하다. 감기로 이비인후과 진료를 받고 싶어도, 꼭 일반의를 먼저 만나고 가야 한다. 부득이하게 전문의에게 바로 가고 싶다면 이삼십만 원 이상의 병원비를 감수해야 한다. 한국의 도수치료와 같은 카이로프랙틱 치료를 받은 적이 있었는데, 한국에서라면 동네 정형외과에서 엑스레이를 찍고 바로 치료를 받았을 것이다. 하지만 싱가포르에서는 지하철로 20분 거리에 있는 엑스레이만 별도로 촬영하는 센터에서 엑스레이를 찍은 후에 다시 병원에 가서 상담을 받아야 했다.

이렇게 일상을 계속 비교하며 지내면 나의 정신 건강이 위태로워질 게 뻔했다. 나는 여기에서 계속 살아야 하니까 그냥 이곳은 다르구나, 느린 점이 많구나, 우리나라가 정말 빠르구나, 이렇게 이해를 하는 것이 나았다. 결국 다름을 인정하는 것이 해외살이에 적응하는 기본이었다.

둘, 나의 네트워크를 만들 것

한국이라면 내가 노력하지 않아도 주변에 사람이 많을 수밖에 없다. 가족, 동료, 친구, 아이의 친구 가족… 하지만 이곳에서 우리의 네트워크는 완전 제로였다. 친구나 지인이 몇 명 있었지만, 그들과의 관계도 새롭게 만들어 가야 했다. 그러니 관계에 있어서도 적극적인 자세가 필요했다. 교회, 운동, 학교, 취미 생활 등의 다양한 커뮤니티 활동을 통해서 관계를 맺어 가려는 노력을 부단히 했다. 처음엔 서로에 대해 잘 모르기 때문에 조심스럽게 관계를 만들고, 내가 어떤 사람인지 알 수 있도록 먼저 진솔하게 다가갔다. 그랬더니 자연스럽게 좋은 인연들을 만나게 되었다.

싱가포르에 오면서 블로그를 시작했는데 블로그 덕분에 많은 사람과 인연을 맺었다. 이곳 워킹맘들의 모임이 생기면서 또 너무나 많은 사람을 만났고, 그 기회로 이렇게 책도 같이 출간하게 되었다. 그리고 대학교 동문, 회사 친구, 싱가포르 현지 친구, 이웃, 아이의 학교 친구 부모, 교회 사람을 알게 되면서 더 넓고 새로운 관계를 맺어 가고 있다.

이곳에 있는 한국 사람들은 대부분 비슷한 목적이나 배경을 가진 경우가 많다. 본인의 경력이나 아이의 교육을 위해, 또는 배우자의 경력을 위해 이곳에 와 있다. 전혀 모르는 사이였지만 해외에서 잘 살아 보자는 공통분모를 가지고 있다 보니 외로울 때, 도움이 필요할 때 손을 뻗어 함께 이야기 나누고 문제를 해결하는 지혜를 모으곤 한다. 그 만남은 싱가포르에서의 삶에 정말 커다란 힘이 되었다. 아이들을 모아 함께 놀이 시간을 만들어 육아 문제를 해결하고, 가까운 말레이시아로 함께 골프 여행을 가고, 싱가포르의 트레킹 코스를 걸으면서 수다를 떨기도 했다. 집을 장기간 비우게 되면 잠시 들러서 집 상태가 괜찮은지 봐달라고 하고, 배달비가 비싼 음식점에 공동 구매를 해서 나누기도 한다. 싱가포르에 와서 어렸을 때 경험한 이웃사촌의 힘을 다시금 느끼고 있다.

셋, 나에게 더 투자할 것

싱가포르는 매우 작은 나라다. 외국인들이 주로 거주하는 지역과 생활 영역은 더 작다. 생활 반경이 작다 보니 이동 시간이 줄어들어 한국에서보다 여유 시간이 많을 수밖에 없다. 한국에서 골프를 치러 가려면 하루를 다 투자해야 하지만, 여기서는 다섯 시간 정도면 충분하다. 한국에서는 아이 교육을 위해 멀리 학원을 오가는 경우가 많지만, 여기서는 멀어 봤자 이십 분 정도다. 길에 버리는 시간이 줄어드니 내가 활용할 수 있는 시간이 많아졌다. 이렇게 얻은 시간을 소중하게, 오롯이 나와 가족을 위해서 사용하려고 한다.

회사에서 만난 싱가포리언들을 보면 대부분 '부캐'를 가지고 있다. 말레이시아와 미국의 사이클 대회에 정기적으로 참가하는 Vincent, 아내와 사교댄스를 즐기는 Tony, 전문가와 견줄 만한 미술 실력을 가진 Steve, 새 사진을 전문적으로 찍는 Dennis, 인도네시아 디저트를 전문적으로 만드는 Ani. 일하기도 바쁜데 다들 전문성을 가질 만큼 열정적으로 취미 활동을 한다.

처음엔 그들이 놀라웠고, 부러웠다. 그리고 점점 나 역시 주어진 시간을 잘 활용하고 싶어졌다. 덕분에 나도 블로그를 시작했고, 골프도 시작했고, 자전거도 다시 타기 시작했다. 재택근무 덕에 아이를 학원에 데려다줄 시간도 생겼다. 오히려 한국에서라면 관심을 가지지 않았을 한국의 민화와 장구에도 관심을 가지고, 막 배움의 첫걸음을 뗐다. 단점이라면 한국 드라마를 너무 많이 본다는 것이다. 무의미하게 시간을 보내는 것 같아 드라마를 좋아하지 않았는데, 여기에서는 한국에 대한 그리움 때문인지 드라마에 집중하게 된다. 이것도 투자라고 생각하고 나의 시간을 소중히, 감사하게 보내려고 한다.

아무리 원했던 해외살이라도, 가끔은 외로움이 찾아온다. 한국의 차가운 겨울바람이 그립기도 하고, 계절의 변화를 알리는 자연과 공기도 그립다. 아무 말 하지 않아도 나를 이해해 주는 사람들이 그리운 적도 많았다. 그렇기 때문에 더 나에게 집중하고, 싱가포르가 준 시간적 여유를 충분히 누리려고 노력하고 있다.

해외 근무도
역시 현실이다

나는 항상 나 자신을 더 넓은 시장에 던지고 싶었다. 덕분에 해외 이직이라는 호기로운 결정을 할 수 있었다. 해외에서 회사 명찰을 걸고 출근하는 모습, 다양한 나라의 사람들과 영어로 소통하며 일하는 모습을 항상 꿈꿔 왔다. COVID-19로 인해서 실제로 출근한 날은 많지 않았지만, 이곳에 서 있는 나 자신이 자랑스럽게 느껴졌다.

나는 여기에서 주로 미국, 싱가포르, 말레이시아, 인도, 인도네시아 사람들과 일하고 있다. 한국에서도 외국계 기업에서 일하며 외국인들을 접했지만, 현지에서 이렇게 다양한 사람들과 직접 부딪히며 일하다 보니 역시 모든 것이 새롭다. 세상은 직접 경험해야 알게 되는 것이 많다.

직설적인 화법의 싱가포리언

내가 싱가포르로 옮기면서 맡게 된 업무는 회사 내에 새롭게 생긴 역할이었다. 그러다 보니 처음 나를 만난 사람들이 가장 많이 했던 말은 "너 뭐 하는 사람이야?"였다. 정말 이렇게 단도직입적으로 물어본다. 나도 아직 업무를 파악하는 중인데 나의 존재 이유에 대해 설명해야 하니 정말이지 에너지가 많이 필요했다. 지금 생각해보면 그들이 그런 질문을 한 이유는 나와 어디까지 관계를 쌓고, 어느 정도의 정보를 나누어야 하는지를 가늠하기 위해서였다. 그들 입장에서는 당연한 궁금증이었겠지만, 질문을 받는 나로서는 다소 당황스러운 경험이었다.

회사뿐만 아니라 일상에서도 싱가포리언들의 직설적인 화법은 종종 나를 놀라게 했다. 처음 만나는 아이 유치원 친구 엄마가 아무렇지도 않게 우리 집 월세를 물어보기도 하고, 아직 친하지 않은 회사 직원이 우리 집에는 방이 몇 개인지 물어보기도 했다. 월급이 얼마냐고 묻지 않는 것이 그나마 다행이라면 다행이었다. 이렇게 아주 사적인 영역에 갑자기 혹하고 들어오는 사람들이 바로 싱가포리언이다. 아직도 가끔 당혹스러울 때가 있지만, 이제는 웃으면서 잘 넘기는 여유가 생겼다.

여전히 어려운 영어

싱가포르에서 업무를 위한 소통은 100% 영어로 이뤄진다. 특히 인사 업무를 하다 보니 사용하는 단어나 문장의 작은 뉘 앙스까지도 신경 써야 할 때가 많아 어렵다. 영어 업무에 어느 정도 익숙해졌다고 생각하지만, 예상치 못한 질문이나 대화가 주제를 벗어날 때면 명확하게 내 의견을 내기가 쉽지 않다. 모 든 업무가 준비되지 않은 것임을 감안하면 대부분의 대화가 어렵다고 해도 과언이 아니다. 토론을 할 때 원어민들 사이에 서 말할 타이밍을 잡는 것도 여전히 어렵다.

간혹 싱가포르의 영어를 '싱글리시Singlish'라고 무시하는 사 람들도 있지만, 전혀 그렇지 않다. 아이들의 초등학교 교과서 나 문제집을 보면 나도 모르는 단어들이 가득하다. 발음이나 억양의 특징이 있을 뿐 문장 구사력이나 단어의 수준은 상당 하다. 즉, 이곳에서 나고 자랐다면 영어에 있어서는 원어민인 셈이다.

일을 하다 보면 미리 준비가 가능한 프레젠테이션은 오히 려 쉽다. 시나리오를 적고 예상 질문을 뽑아서 연습할 수 있으 니까. 진짜 어려운 것은 스몰 토크small talk나 상대의 농담, 질문을 받아치는 것이다. 한번은 글로벌 직원 약 200명 앞에서 발표를 해야 하는 온라인 미팅이 있었다. 약 10분간의 프레젠테이션을 위해서 100번 넘게 연습하고, 컴퓨터 앞에 커닝 시트도 붙여 놓고, 만반의 준비를 하고 차례를 기다렸다. 드디어 싱가포르 시간으로 밤 11시, 미국에 있는 인사팀 임원이 나를 소개했다. 두 번째였던 나의 순서에서 영감을 받았을까, 갑자기 그가 숫자 2를 활용해서 말을 만들기 시작했다.

"Maureen(나의 영어 이름)은 입사한 지 2년이 되었고, 지금 한국을 거쳐 싱가포르, 즉 두 번째 나라에서, 두 번째 업무를 하고 있고, 딸도 쌍둥이라 두 명이에요. 이번에 발표 순서도 두 번째군요. 자, 이제 Maureen에게 마이크를 넘길게요."

긴장을 풀어주기 위해 유머러스하게 나를 소개한 그에게 나도 위트 있게 화답하고 싶었지만, 어떤 말로 받아쳐야 할지 전혀 떠오르질 않았다. 내가 할 수 있었던 말은 그냥 원고에 준비했던 말, "땡큐 마틴Thank you Martin"이었다.

만약 한국어였다면, 영어 실력에 순발력까지 있었다면, 재치 있게 받아쳤을 텐데… 정말이지 아쉬웠다. 열심히 준비한 프레젠테이션은 잘 마쳤지만, 그의 농담을 재치 있게 받아치지 못한 것이 계속 생각나서 잠들 때까지 이불 킥을 해야 했다. 한국인에게 외국어일 수밖에 없고, 언제나 어려운 것이 영어다. 항상 준비하고 연습할 수밖에 없지만, 언젠가는 조금 더 편해지는 날이 올 거라 기대한다.

세계 어디나 똑같은 의전과 보여주기식 업무

예전에 한국 회사에서 보았던 수많은 의전과 보여주기식 업무들은 일하는 사람을 지치게 했다. 외국계 회사로 옮기면서 여기는 다르겠지 생각했지만, 그곳에도 보여주기 문화는 존재했다. 그리고 또 '여기는 다르겠지' 하고 넘어온 싱가포르에도 여전히 있다.

이곳 싱가포르에서도 본사의 리더급 글로벌 임원들이 방문한다는 소식이 들리면, 거의 한 달 전부터 의전 계획과 리허설을 준비한다. 출장 일정이 타이트하기 때문에 교통수단과 최적의 이동 경로까지 여러 번 체크한다. 보고서 역시 '최종', '최최종', '이번에는 진짜 최종' 등의 슬라이드가 나오기 일쑤다. 한번은 글로벌 임원 한 명이 하루 동안 싱가포르를 방문한 뒤, 인도로 넘어가는 일정으로 방문했다. 인도로 가기 전 "블랙페퍼크랩을 먹고 싶다"는 그의 한마디에 나를 포함한 싱가포르 임원들이 모두 창이공항에 있는 점보 레스토랑에 가서 함께 크랩을 먹고 그를 보낸 적이 있었다. '임원님을 잘 모셔야지. 그럼. 역시 여기도 다르지 않군.' 혼자만의 생각으로 스스로를 위로했다.

보여주기식 업무는 주로 이메일 발신 시간으로 알 수 있다. 전 세계에 흩어져 있는 임직원들과 업무를 하다 보면 아침 일찍, 또는 밤늦은 미팅이나 보고가 많다. 가끔 리더가 밤 11시 정도에 전체 이메일을 보내면 메일을 받은 사람들이 곧장 '전체에게 답장'으로 답변하는 것을 본다. '생일 축하' 같은 소소한 내용이라도 '전체에게 답장'을 통해 리더에게 '나 지금도 일하고 있어'라는 어필을 하는 것이리라. 나와는 별로 맞지 않는 스타일이지만, 남들이 다 하는데 나만 안 할 수가 없어서 열심히 따라 하는 내 모습에 가끔 웃음이 나기도 한다. 사람들이 일하는 모습은 결국 어디나 다 비슷한 것 같다.

싱가포르
공립학교 적응기

싱가포르에서 아이들을 키우다 보면 한국 친구들에게 "부럽다"는 말을 많이 듣는다. 아마 영어 환경에 자연스럽게 노출되는 장점이 있어서일 것이다. 하지만 이곳 공립학교 생활도 녹록하지는 않다. 싱가포르에서 공립학교를 다니는 우리 아이들은 아침 6시면 비몽사몽 눈을 뜬다. 고양이 세수를 하고 식탁에 앉아 헬퍼가 차려준 아침을 먹고 있으면 헬퍼가 아이들 머리를 묶어준다. 이를 닦고 교복을 입고 6시 25분이면 스쿨 버스를 탄다. 아이들이 스쿨버스를 탈 때는 아직 깜깜한 새벽 이고, 학교에 도착하면 보통 7시쯤 된다.

싱가포르의 공립학교는 오전 7시 30분에 첫수업을 시작하 기 때문에 7시 20분까지 등교를 한다. 또 집 근처에 있는 공립 학교에 다닐 수 있는 것이 아니기에 이동 시간도 고려해야 한 다. 외국인이 싱가포르 공립학교에 다니는 건 드문 일이지만, 우리는 운이 좋게 추첨에 선발되어 1학년 때부터 시작할 수 있었다.

라떼와 비슷한 학교생활

공립학교 입학이 확정되고 오리엔테이션이 있었던 날, 학교 가 추구하는 가치, 방향, 준비 사항 등에 대한 다양한 이야기를 들었다. 그중 가장 인상 깊었던 부분은 바로 복장에 대한 것이 었다. '단정한 교복, 검은색 운동화(로고 있으면 안 됨), 흰 양말, 머리 끈은 검은색'

입학 후에 놀란 것은 매일 아침마다 조회를 한다는 사실이 었다. 우리가 아는 그 아침 조회다. 매일 국기와 학교 교기를 올리고, 싱가포르 국가인 마주라 싱가푸라Majulah Singapura를 부르고, 국기에 대한 맹세National Pledge를 하며 교가를 부른다. '아니, 이건 내가 국민학교 시절 경험했던 라떼 이야기 아냐? 아니지, 그보다도 더 오래된 우리 엄마 아빠 시대의 모습 같은데?' 한국의 애국가도 모르는 아이들이 싱가포르 국가를 흥얼거리는 걸 보고 충격을 받아 그날 당장 애국가를 가르쳤던 기억이 난다.

선생님들은 굉장히 엄격한 편이다. 학교 행사 때 참석하며 만난 선생님들은 기본적으로 굳은 표정에, 아이들 관리에 집중하는 모습이었다. 수업 시간에 소리를 지르기도 하고 아이들을 혼내는 경우도 많다고 한다. 물론 부드러운 선생님도 있지만, 기본적으로 교권이 살아 있는 느낌이다. 아이들이 스스로 학습할 수 있게, 사회의 구성원으로 자랄 수 있게 가르치는 것에 초점이 맞춰져 있다.

선생님과는 'Classdojo'라는 앱으로만 소통할 수 있다. 유치원만큼 자주 사진을 올려주지는 않지만, 특별한 행사가 있을 때나 우리 아이의 특별한 활동(폐품 수집 정리를 잘했다거나 도서관에서 책을 열심히 잘 읽었다거나 하는 소소한 활동)을 사진으로 올려준다. 궁금한 점이나 전달 사항도 앱으로만 전한다. 사실 아이가 아파서 학교에 못 갈 때나, 스쿨버스를 타지 않고 부모가 픽업을 한다는 정도 말고는 전달 사항이 거의 없긴 하다.

그리고 1년에 두 번 학부모 면담을 통해 아이들의 학업 성취도와 교우 관계에 대해 상담한다. 아이를 국제학교에 보내는 부모를 보면 행사 때문에 학교에 가야 하는 일이 많다고 하지만, 우리 아이들이 다니는 공립학교는 그런 일이 적어서 너무 편하다. 선생님들도 학부모와 거리를 두고 소통하는 느낌이다.

한편으로 공립학교에는 교실에 에어컨이 없다는 이야기를 들어서 걱정했는데, 1학년 때 아이들이 계속 교실이 춥다고 재킷을 넣어가곤 했다. 이상해서 물어보니 자기 반에는 에어컨이 있단다. 그런데 또 다른 반에는 에어컨이 없단다. 그리고 지금 2학년 반에는 에어컨이 없다. 한국 같았으면 공평하지 않다고 부모들이 항의했을 사안이지만, 학교에 모든 걸 맡기고 간섭하지 않는 부모들의 문화가 참 신기하기도 하고 편하기도 하다.

사교육 1번지

싱가포르 역시 교육열에 있어서는 둘째가라면 서러운 나라다. 초등학교 6학년 때 실시하는 졸업시험Primary School Leaving Exam, PSLE이 우리나라의 수학능력시험처럼 아이들의 미래를 결정하기 때문이다. 이 시험에서 어느 중학교에 갈지가 결정되고, 그 후 진학할 고등학교와 대학까지 대부분 결정된다. 그래서 아이가 6학년이 되면 "나 올해 PSLE 부모야"라고 선언하는 사람들이 많다.

그러기에 싱가포르도 사교육은 열풍에 가깝다. 싱가포르 전체를 '강남구'라고 본다면 대치동에 해당하는 지역이 몇 군데 있다. 우리가 사는 곳도 그중 하나인데, 동네의 허름한 상가에 들어가면 수학, 영어, 과학, 중국어, 그리고 수많은 예체능 학원들이 즐비하다. 주말이면 학원으로 아이를 데려다주고 기다리는 부모들과 헬퍼들로 상가가 복잡하다.

나도 사교육 1번지에 살고 있으니 예외가 아니다. 아이들이 1시 반에 학교 수업을 마치고 집에 오면 2시가 조금 넘는다. 이 시간 이후에는 피아노, 발레, 체조, 태권도와 같은 예체능은 물론이고 중국어, 한국어, 수학, 코딩 학원을 다닌다. 언어 교육과 수학은 엄마인 나의 결정이고, 나머지는 아이들이 선택한 과목들이다. 수업이 일주일에 한 번씩이라 부담은 없지만 바쁘게 돌아가는 것은 사실이다. 틈틈이 수영도 해야 하고, 친구랑도 놀아야 하기에 참 바쁘게 살고 있는 아이들이 아닐 수 없다.

예전에는 해외에서 살다 온 아이들을 보면 당연히 영어와 한국어는 잘할 것으로 생각했다. 그런데 막상 내가 아이들을 해외에서 키워 보니 한국어를 잘하는 것은 기본이 아니었다. 집에서 한국어로 의사소통을 한다고 해도 한국어 노출이 적기 때문에, 의도적으로 책도 많이 읽어주고 한국어도 많이 들려줘야 유지가 되는 '노력의 산물'이었다.

고민의 연속

아이들은 여기에서 행복하게 지내는 것 같다. 대체로 아이들에게 친절하고, 아이들이 자유롭게 뛰어놀 수 있는 공간이 많다. 미세 먼지 없고, 자연이 풍부한 환경도 만족스럽다. 영어, 중국어는 물론이고 한국어까지 해야 하는 것이 아이들에게는 부담이 되겠지만 다양한 경험을 하는 아이들이 가끔은 부럽기도 하다.

여기에서도 아이들 교육에 대한 고민은 끝이 없다. 계속 공립학교 과정을 따라갈지, 언젠가 한국국제학교로 옮겨 한국의 대학 입시를 준비해야 할지, 아니면 완전히 다른 길로 갈지, 선택지가 많은 건 좋지만 고민도 그만큼 커진다. 학비도 무시할 수 없는 조건이다. 공립학교는 상대적으로 저렴하다고 해도 초등학교 기준으로 일 년에 1천만 원, 국제학교는 일 년에 3천만 원~5천만 원이나 들고, 중고등학교로 갈수록 학비는 더 높아진다.

오늘도 중국어 학원에 가기 싫다는 아이를 몇 번이나 설득해서 들여보냈다. 나도 남편도 가 보지 못한 길을 가는 우리 아이들을 보면 걱정이 앞서는 게 사실이지만, 부모의 걱정과 상관없이 단짝 친구를 만들고 학급 반장도 하며 학교에 잘 적응하는 모습이 그저 고맙고 자랑스럽다. 아이들이 많이 경험하고 많이 배울 수 있는 환경을 만드는 것이 내 역할임을 기억하고, 지금처럼 천천히 지켜보며 지내려고 한다.

나는 도전을 선택했다

벌써 싱가포르에 온 지 4년 차다. 싱가포르에 산다고 이야기하면 사람들은 보통 "오, 능력자네!", "진짜 부럽다!", "아이들한테 너무 좋겠다!"라고 한다. 나 역시 해외에 사는 친구나 지인을 부러워했던 적이 있기에 그 마음을 잘 이해한다. 하지만 연애와 결혼이 다르듯, 임신과 육아가 다르듯, 해외여행과 해외살이는 정말 다른 차원의 이야기다.

해외살이, 그것도 여자 쪽에서 기회를 잡아 이주하는 경우는 여전히 드문 일이다. 한국에서 안정적인 회사와 삶을 살아가는 40대가 모든 걸 내려놓고 움직이는 것도 쉽지 않은 일이었고, 새롭게 오게 된 자리에는 그만큼의 책임과 권한이 더해지기 때문에 실패에 대한 부담도 컸다. 나이는 숫자에 불과하다고 하지만 막상 선택의 순간이 되면 나이는 생각보다 많은 압박을 준다. 그러나 무게를 감당할 수 있다면, 그리고 정말 해 보고 싶은 일이라면 깊게 생각하지 말고 'GO' 하기를 바란다. 다른 사람의 이야기보다 중요한 것은 나의 마음이니까. 나만큼 나에 대해 고민하는 사람은 없으니까.

그렇게 나는 도전을 선택했다. 경제적 사정, 배우자의 상황, 준비 과정에서의 고민, 그리고 예상하지 못한 COVID-19의 어려움이 있었다. K-장녀로서의 삶을 착실하게 걸어왔던 나이기에 한꺼번에 찾아온 변화가 버겁기도 했다. 하지만 가 보지도 않은 길을 보며 "울퉁불퉁해서 힘들어 보인다"고 말하는 것은 내가 원하는 삶의 방향이 아니다. 실패하더라도 어떤 길인지 걸어 본 뒤에 "그 길이 힘들었고 나에게 맞지 않았다"고 이야기하는 것이 훨씬 더 큰 만족감을 준다.

내가 좋아하는 그룹 god의 〈길〉의 가사를 가끔 흥얼거린다. "나는 왜 이 길에 서 있나, 이건 정말 나의 길인가. 이 길의 끝에서 내 꿈은 이뤄질까."

40대에 접어들었지만, 여전히 나는 내 꿈이 무엇일까 고민한다. 예전에 내가 생각했던 꿈과는 다를 수도 있고, 소소한 일상의 행복과 감사함일 수도 있다.

앞으로도 오랫동안 나 자신과 대화하며 스스로 내린 결정,

용기를 가지고 한 스스로의 선택을 옳은 답으로 만들어 갈 것이다. 그러면 언젠가 스스로가 보기에도 대견한 나, 성장한 나를 발견하겠지. 그리고 그 길을 걷고 난 후에 돌아보면서 웃을 수 있겠지.

■ 방희란

어쩌다 보니 20년 차 워킹맘이 되었다. Dell, HP, Oracle, Amazon Web Services
와 같은 글로벌 IT 기업에서 20대 중반부터 싱가포르, 말레이시아, 중국 등지의
해외 근무 경험을 쌓았다. 현재는 다시 싱가포르에서 새로운 직무와 함께 도전
중이다. 남들은 은퇴 준비할 나이에 아직도 배워야 할 게 많고 해야 할 많은 직
장맘이다. 이번 생에는 끝나지 않을 것 같은 잉글리시 챌린지와 고군분투하며
싱가포르에서 하루하루를 알차게 살아내고 있다.

나는 나의 가치를
브랜딩 한다

"가끔은 결정에서 자유로워져도
시간이라는 것이 설루션으로 다가오기도 한다.
늘 먼저 계획하고 그 계획을 실행하기 위해
준비하며 성취를 위해 조급해하지 않아도,
등 떠밀려 발 닿는 곳으로 가게 두어도
그것 또한 기회가 되기 충분했다."

기회는
선택의 시간

    살다 보면 때로 계획하지도 않고, 예상하지도 못했던 사건들이 찾아온다. 그리고 나 역시 계획하지 않은 일과 예상 밖의 일을 나름의 방식으로 해결하며 나만의 삶을 살아가고 있다.

    모두가 안 될 거라며 등을 돌린 프로젝트가 있었다. 나는 아무도 기대하지 않았던 거대한 프로젝트를 따내기 위해 맨땅에 헤딩하며 꼬박 2년을 보냈다. 결국 승자는 내가 되었고, 덕분에 승진도 하고 회사에서의 역할도 한 단계 업그레이드되었다. 하지만 언제나 승리의 이면에는 누군가의 희생이 있기 마련이다.

    나는 아이의 유치원 입학식, 졸업식, 재롱잔치, 소풍 등 소중한 추억의 순간에 늘 함께하지 못했다. 나의 성취 뒤에는 언제나 엄마 대신 할머니와 시간을 보내야 하는 아이의 상심이 있었다. 나이 먹은 딸도 모자라 그 딸까지 보살피며 살림을 맡아야 했던 친정 엄마의 희생도 큰 자리를 차지했다. 나는 남들보다 열정이 넘치거나 야망이 대단한 사람도 아니었고, 특별한 목표가 있거나 대단한 성취를 꿈꾸지도 않았다. 나는 그저 평범한 워킹맘일 뿐이었다. 동네 맘카페에 들어가면 하루에도 수십 건씩 나 같은 워킹맘의 고충이 올라왔다. 그러면 같은 고민을 하는 사람들이 서로를 위로하며 '좋아요'를 눌렀다. 나 역시 '파이팅'이라는 댓글을 달며 힘을 내는 많은 워킹맘 중 한 명일 뿐이었다.

평범하고 바쁜 워킹맘인 나를 버티게 해준 것은 이름만 대면 아는 글로벌 기업에 다닌다는 자부심, 그리고 아무도 기대하지 않은 프로젝트를 완수해낼 만큼 강인한 투지였다. 그리고 더 중요한 것은 내 삶을 풍요롭게 해주는 바탕, 잊고 있어도 알아서 들어오는 월급이었다. 이런 현실적인 이유를 거름 삼아 나의 40대는 단단한 나무로 자라고 있었고, 잘하고 있다고 안도하며 일상을 살아냈다.

어느 날 갑자기 남편이 말했다. 글로벌 기업의 싱가포르 지사에서 일할 기회가 생겼다고, 좋은 기회를 놓치고 싶지 않다고. 나보다 네 살이 어린 남편의 커리어를 생각하면 아시아 시장의 흐름을 파악하고 한국 시장을 분석할 수 있는, 정말 딱 좋은 시기에 들어온 최적의 자리였다. 하지만 이제 막 매니저가 되어 커리어의 2막을 시작한 나에게는 달갑지 않은 기회였다. 나는 회사도, 한국에서의 삶도 포기하고 싶지 않았다. 게다가 이미 스물여섯 살에 싱가포르에서 5개월, 스물여덟 살에 말레이시아 쿠알라룸푸르에서 1년, 스물아홉 살에 중국 대련에서 1년이라는 해외 근무 경험이 있었기에 해외 근무에 대한 동경도 없었다.

'40대 중반을 향해 달려가는 지금 힘들게 만든 커리어를 버리고 싱가포르에 가야 하나? 꿈꿔 왔던 전업주부가 되어 볼까? 싱가포르에서 다른 회사로 이직할 수 있을까? 아니면 회사 안에서 이동할 자리가 있을까?' 이렇게 온갖 물음표만 머릿속에 가득 찼다. 사실 내게는 싱가포르에 가야 할 아무런 동기가 없었다.

나에겐 시간이 필요했고, 남편은 빨리 결정을 해야 했다. 사실 그때의 나는 남편 없이는 살아도 친정 엄마 없이는 단 한 시간도 살 수가 없었다. 급한 대로 우선 남편만 싱가포르로 보내기로 했다. 잠깐 떨어져 지내다가 차차 시기를 정해서, 무엇이라도 되어 남편에게 가리라고 생각했다. 남편의 회사에서는 친절하게도 가족 모두의 비행기표와 이사 비용, 정착할 때까지의 레지던스 비용까지 제공해줬다. 나는 휴가를 내고 아이와 함께 싱가포르로 건너가 남편이 살 집과 살림을 정리해놓고 돌아왔다. 그다음에는 남편이 자주 왔다 갔다 하고, 나도 아이와 함께 시간이 날 때마다 싱가포르를 오갔다. 그렇게 1년을 보냈을 즈음, 더 이상 이렇게 지낼 수 없는 이유가 생겼다. COVID-19가 시작된 것이다.

집을 구할 당시, 당장은 넓은 집이 필요 없었기에 남편의 회사 가까이에 있는 작은 아파트를 구했다. 한국으로 치면 17~18평 정도 되는 작은 공간에 한 평가량의 베란다와 왜인지 모르겠지만 화장실이 두 개 딸린 집이었다. 정작 많은 시간을 보내야 하는 거실은 매우 작았다. COVID-19가 시작되자 남편은 싱가포르의 작은 집에 고립되어 극도의 스트레스를 받았다. 산책을 좋아하고 야외 활동을 즐기는 남편이 24시간 집에서 생활하며 인스턴트 음식과 배달 음식으로 끼니를 때우다 보니, 삶의 질은 급격하게 떨어졌고 우울감을 느끼는 상태에 이르렀다. 남편의 이런 고충은 단숨에 1년간 미뤄 왔던 결정을 하게 했다. 일주일 만에 일사천리로 이주를 준비하는 도화선이 되었던 것이다.

당시에 내가 할 수 있는 최선의 선택은 남아 있던 육아휴직을 쓰는 일이었다. 출산하고 3개월 만에 복직, 그나마 그 3개월 동안도 노트북으로 일했던 내가 육아휴직을 쓰다니, 상상도 못 한 일이었다. 드디어 나에게도 먼 나라 이야기 같았던 육아휴직을 써볼 기회가 찾아온 것이었다. '그래, 1년만 싱가포르의 싱그러운 환경에서 다양한 문화를 경험하며 지내보자.' 이렇게 아이와 함께 견문을 넓히자는 결심으로 1년살이를 준비했다. 국제학교의 선택지가 꽤 넓은 싱가포르였지만, 집도 학교도 1년만 살겠다는 기준으로 선택하고 새로운 생활을 기대했다.

진짜 워킹맘이 되어
다시 시작하다

막상 1년의 휴직을 하려니 마음이 복잡했다. 온전히 아이와 시간을 보내며 다음 커리어를 구상하는 일종의 안식년을 보내자는 마음과 이대로 경력이 단절되면 어쩌나 하는 불안감이 공존했다.

싱가포르로 들어와 집을 정리하고 아이의 입학 준비를 하며 인사부와 육아휴직 프로세스를 막 진행하려던 참이었다. 마침 회사 안에 한국, 일본, 호주, 인도네시아 등 지역별로 각

나라의 모범적인 비즈니스 플래닝을 지원하는 새로운 포지션이 생겼다는 것을 알게 되었다. 그동안 내가 해온 일과도 연관성이 높은 업무라 지원하고 싶다는 마음이 굴뚝 같았지만 친정 엄마 없이 아이를 키워 본 적이 없는 내가 낯선 땅에서 육아와 업무를 병행할 수 있을까 두려움이 앞섰다. 하지만 뜻이 있는 곳에 길이 있다는 말을 믿기로 했다. 내가 간절히 바라고 노력을 다하면, 언제나 목표로 가는 길이 열리곤 했으니까.

이번에도 다행인지 불행인지 COVID-19로 인해 재택근무를 할 수 있었고, 한국과 달리 싱가포르의 등교 시간은 대부분 오전 8시 이전, 하교 시간은 4시 이후였다. 하교 후에는 방문수업으로 대체하면 아이를 양육하면서도 충분히 일할 수 있겠다는 판단이 섰다. 그렇게 싱가포르에 오픈된 새로운 포지션에 공식적으로 지원하고, 신입으로 입사했던 그때처럼 인터뷰를 거쳐 최종 합격을 했다. 그렇게 나는 이번에도 육아휴직의 꿈을 이루지 못하고 싱가포르 법인에 입사를 하게 되었다. 입사 7년 만에 한국 법인을 퇴사하고 싱가포르 법인에 입사하여 모든 걸 새롭게 시작하게 된 것이다. 원했던 안식년은 아니었지만 다른 의미에서 리프레시의 기회를 맞이했다.

하지만 신선함도 잠시, 친정 엄마 없이 육아와 일을 병행하기가 쉽지 않았다. 지름길을 찾기로 한 나는 싱가포르에서 일하는 워킹맘의 최대 수혜라고 할 수 있는 헬퍼를 고용하기로 했다. 경력직 헬퍼를 찾기 시작했지만 COVID-19로 인해 새로운 헬퍼들이 싱가포르로 들어오지 못하는 상황에서 경력 있는 헬퍼를 찾기가 쉽지 않았다. 기회가 되는 대로 인터뷰를 보며 일과 육아를 병행하기 시작했다.

주말과 방학을 제외하고는 매일 아침 6시 40분에 일어나 아이의 도시락을 준비하고 출근 준비를 했다. 다행히도 아이 학교가 집에서 가까워 일어나서 스쿨버스를 탈 때까지 여유가 있었다. (싱가포르에서 국제학교 학생은 보통 새벽에 스쿨버스를 탄다. 집이 멀지 않아도 노선에 따라 새벽에 타야 하는 경우가 많다.) 7시 50분에 로비에서 히잡을 쓴 버스 도우미와 인사를 하고 아이를 태워 보내면 나도 곧장 출근을 했다. 보통 일주일에 세 번 정도 사무실에 나가고 나머지는 재택을 했다. 재택을 하는 날은 더 바빴다. 아이를 학교에 보내고 집으로 돌아오면, 세탁기와 식기세척기를 돌려놓고는 커피를 옆에 놓고 업무를 시작한다. 연속되는 미팅에 정신없이 일하다 보면 어느덧 아이가 돌아오는 시간이 되고, 아이를 픽업해서 간식을 주고 방문수업 선생님(요일에 따라 피아노, 영어, 수영, 중국어)을 맞이하고 다시 방으로 돌아가 업무를 마무리한다.

그렇게 바쁜 하루를 보낼 때면 한국의 학원 셔틀버스가 그

립고, 유치원에서 픽업해서 피아노 학원에 넣어주고 끝나면 바로 옆 태권도 학원으로 데려가 주던 천사 같은 태권도 사범 님이 사무치게 그리웠다. 하지만 그리운 마음도 잠시, 정신을 차리면 다시 저녁 시간이었다. 덕분에 싱가포르의 외식 문화가 그토록 발달한 이유를 자연스럽게 알게 되었다. 날도 덥고 피로가 몰려오는 저녁이면 남이 차려주는 밥을 어찌나 먹고 싶은지 이루 말할 수가 없었다. 거의 매일 배달 음식(COVID-19로 싱가포르의 배달 문화가 급격히 성장한 것도 큰 이유였다)과 집 근처 식당을 전전하며 하루하루 싱가포르의 삶에 적응해 나 갔다. 바쁜 하루를 보낸 뒤, 아이를 재우고 잠자리에 들기 전이 면 종종 이런 생각을 했다.

'그때 육아휴직을 했다면… 그래도 1년은 한숨 돌리며 살 수 있었을 텐데… 뭐가 그렇게 불안하고 급해서 빨리 일을 시 작했을까.'

사람 마음이 참 간사하다. 새로운 일자리가 싱가포르에 생겼 다고, 경력 단절이 되지는 않겠다며 기뻐서 펄쩍펄쩍 뛰던 게 엊그제 같은데 얼마 지나지 않아 이렇게 후회를 하고 있다니.

싱가포르에 온 후 남편과는 베스트 프렌드가 되었다. 아마 싱가포르에 살고 있는 부부라면 대부분 그럴 것이다. 가족이 함께하는 시간이 많아지고, 같은 외국인 근로자로 일하면서 남편과의 공감대도 늘어났다. 덕분에 대화가 많아지고, 함께 하는 활동도 많아졌다. 특히 주말은 함께 자전거를 타고, 골프를 치고, 수영을 하고, 지인들과 가족 모임을 갖는 등 대부분 가족과 보내곤 한다.

싱가포르에 정착하는 초반에는 육아와 살림을 병행하면서 힘든 시간이 있었다. 그때의 화풀이 대상은 늘 남편이었다. 물론 힘들 때 기댈 곳 또한 남편밖에 없다는 것도 알고는 있었다. 다행히 지금은 좋은 헬퍼를 만나 집안일에서 해방되면서 평화가 찾아왔다.

1년을 생각하고 온 싱가포르에서 좀 더 머무르기로 결심한 이유에는 새로운 직장도 직장이지만 딸아이의 상상 초월 적응력이 큰 몫을 했다. 아이는 한국에서 영어 유치원을 1년 정도 다녔고, COVID-19 때문에 초등학교 생활을 제대로 해보지 못하고 싱가포르 국제학교로 왔다. 당연히 잘 적응할 수 있을지 걱정이 클 수밖에 없었다. 하지만 첫날부터 아이는 씩씩하게 혼자 스쿨버스를 타고 등교하더니 환하게 웃으면서 돌아왔다.

싱가포르에는 유명한 학교가 많았지만 나는 아이의 적응을 위해 작은 규모의 학교를 택했다. 이것이 아이에게는 긍정적인 영향을 준 것 같았다. 게다가 아이들을 살뜰하게 보살피는 좋은 선생님을 만나 아이가 잘 따르기도 했다. 학교 가는 게 제일 신이 난다고 할 정도였고, 방학이 되면 슬퍼서 울기도 했다. 아이는 선생님이 항상 자기를 "스위티Sweetie"라고 부르며 눈을 맞추고 이야기해서 좋다고 했다. 그 말을 들을 땐 뭔가에 가슴이 콕콕 찔리는 기분이 들었다. 항상 노트북을 보면서 아이와의 대화에 집중하지 못하는 내 모습이 떠올랐기 때문이다.

아이는 학교의 교육 방식과 잘 맞는 것 같았다. 사실 아이의 학교는 교과서 없이 가방에 도시락통, 물통, 모자, 선크림만 담아서 가는 숲속의 학교였다. 초반에는 불안하기도 했다. 학교에서 뭐 했냐고 물어보면 친구들이랑 게임하고 운동하고 거북이 밥 주고 그림 그리고 춤추고 왔다고 하는 아이의 말에 아무리 초등학생이지만 저렇게 놀아도 될까 싶었다. 그런데 신기하게도 반 학기가 지나자 영어 실력이 확연하게 늘어서 보충수업이 필요 없어졌다. 덕분에 그 시간에 중국어 수업을 듣기 시작했다.

학년말에 아이가 가지고 온 리서치북을 보고 깜짝 놀랐다. 책 서두에 인트로가 있고, 아젠다가 있고, 중간중간 각주까지 있었다. 내가 석사 논문을 쓸 때와 유사한 틀을 갖추고 있었다. 어느새 배움의 주체가 되어 있는 아이가 대견스러웠다. 아이가 다양한 경험을 하며 단단해져 가는 모습을 보면 여기에 정착한 것이 아이에게는 좋은 선택이었다는 생각이 든다.

더 넓어지고
이해하는 삶

도시락을 싸고, 아이 간식을 챙기고, 숙제를 도와주는 등 처음 도전하는 본격 육아와 살림 외에도 또 하나의 도전이 있었다. 업무를 시작하자 생각지도 못했던 영어의 벽에 부딪힌 것이다. 말레이시아의 휴렛패커드HP에서 한국 파트너사를 지원하는 업무도 해봤고, 델 코리아Dell Korea에서 한국 소속으로 해외 근무도 해봤지만, 그때는 한국어 사용 비중이 높았기 때문에 영어로 인한 스트레스는 없었다. 하지만 싱가포르에 오니 근무 환경이 너무나 달랐다.

새로운 포지션을 위해 각 나라에서 선발된 동료들은 다들 경력도 상당하고 업계에서 잔뼈가 굵은 사람들이었다. 국적도 제각각이었다. 우리 팀의 빅보스는 사우스 아프리카에서 태어나고 자란 영국인, 직속 매니저는 사우스 아프리카에서 자라서 호주에 사는 호주인, 아이리쉬계 호주인인 호주 담당, 미국에서 자란 인도 담당, 일본 출신의 일본 담당, 그리고 단일민족 한국인인 나. 이렇게 핵심 멤버 외에도 팀원들의 인종은 참으로 다양했다.

COVID-19로 인해 다른 나라에 있는 팀원을 만나기 힘들었고, 싱가포르에 근무하는 팀원을 제외하면 온라인으로만 인사를 나누고 업무를 시작했다. 보통 미팅 시작 전에는 5분 정도 가벼운 인사를 주고받았는데 "오늘 어때?", "주말에 뭐했어?", "나 주말에 어디 갔다 왔어", "진짜 재미있는 일이 있었어" 하며 서로 각기 자기만의 악센트로 안부를 전했다. 워낙 다양한 발음과 악센트가 오가는 시간이라 처음에는 알아듣지 못해서 몇 번씩 되물어야 했다. 어색한 인트로에 자연스럽게 끼어드는 게 쉽지도 않았다.

지금은 세상에 없는 베프가 된 싱가포르 친구들이지만, 처음에는 같은 영어로 대화를 하면서도 나는 그들의 말을 잘 알아듣지 못했다. 특히 사적인 모임이나 식사 자리에서는 엄청나게 빠른 속도로 오가는 싱글리시에 적응하기가 어려웠다. 말끝에 'lah', 'yah'를 붙여서 "Sorry yah(미안해)", "Never mind lah(신경 쓰지 마)", "Okay lah(좋아)"와 같은 말이 마구 오갈 때는 머리가 하얘지곤 했다. 또 어디를 같이 가자고 하거나 식사 메뉴를 제안했을 때 싱가포르 친구들이 "Can/Cannot", "No Need lah"와 같이 아주 짧은 대답을 하면 서운하기도 하고 기분이 이상했다. 지금은 그런 대답이 예의와는 전혀 상관없는 그들의 언어 습관이자 다민족 국가 사람들의 문화라는 것을 안다. 오히려 친구들 덕분에 익숙해진 싱글리시로 회사 앞 노점 식당에서 주문할 때도, 시장에서 음식을 살 때도, 통신사나 은행 콜센터에 전화할 때도 막힘없는 생활을 하고 있다. 싱글리시 네이티브 덕에 얻게 된 혜택 중의 하나가 아닐까 싶다.

COVID-19 격리가 조금씩 완화되면서 사무실에 나가는 횟수가 늘자, 적응해야 하는 사내 문화도 많아졌다. 점심시간에는 무슬림이나 베지테리언 동료를 배려해서 식당을 찾고, 갑각류 알레르기가 심한 빅보스와 식사를 할 때면 더 신중히 식당을 골라야 했다. 한국에서는 신경 쓰지 않았던 부분까지 생각하며 지내다 보니 어느덧 싱가포르에서의 삶도 나름 익숙해졌다. 하지만 여전히 가끔은 낯선 상황에 당황하기도 한다.

COVID-19 이전부터 싱가포르에는 북한 여행 상품이 많았다. 그만큼 주변의 많은 지인들이 북한 여행을 다녀왔다. 그들의 여행담이나 너무나도 북한스러운 이름의 삼일포 담배, '평양에서 만나자'는 로고가 새겨진 기념품 등을 볼 때면 나도 모르게 엄청난 질문을 하곤 했다. 나에게 북한은 TV에서 보던 '남조선 애미나이'나 '수령님 만세'를 연발하는 아나운서 동무의 모습이 전부였으니까. 처음에는 북한에도 아파트가 있는지, 사람들의 옷차림은 어떤지, 정말로 시내 한복판에도 군인이 총을 들고 서 있는지, 슈퍼마켓 같은 건 있는지 등의 단순한 질문을 남발했다. 당연히 북한에도 평양 시내에는 고층 빌딩이 즐비하고, 아파트도 있고, 사람들은 자전거를 타고 다니고, 슈퍼마켓에는 베트남, 태국, 유럽 제품까지 판매한다고 한다. 나의 최애 과자인 '오레오'도 있다는 말에 놀라기도 했다. 깔깔 웃으며 이야기를 나눴지만, 같은 민족의 모습을 다른 나라 사람에게 건너 들으며 신기해하는 내 모습이 서글프다는 생각도 들었다.

어느 날은 싱가포리언 친구 집에 놀러 갔는데 마침 그 HDB 아파트(싱가포르의 주공아파트) 1층에서 장례식이 있었다. HDB 아파트의 1층이 공터처럼 뻥 뚫려 있는 이유를 그제야 알게 되었다. 우리나라처럼 식사 대접은 하지 않고, 어디서나 볼 수 있는 플라스틱 테이블에 물과 사탕 정도가 비치되어 있었다. 무엇보다 장례식에 참석한 사람들의 캐주얼한 옷차림이 인상적이었다. 너무 간소한 모습에 정말 장례식이 맞는지 반신반의했지만, 고인의 관을 보고선 오싹해졌다. 마중 나온 친구가 놀란 나에게 싱가포르의 장례 문화에 대해 친절하게 설명해줬다.

우리처럼 검은색 옷을 입을 필요는 없고 흰색 티셔츠와 베이지색 반바지 정도의 편한 옷이면 충분하고, 화려한 색상의 옷만 피하면 된다고 했다. 야외에서 장례식을 하니까 양말도 신을 필요가 없었다. 그리고 조문객들은 유리를 통해 고인의 얼굴을 볼 수 있었다. 그래서인지 고인은 수의 대신 정장을 입고 얼굴에 메이크업을 한다고 했다. 우리와는 너무나도 다른 장례 문화가 놀라웠다. 또 우리나라처럼 조의금을 꼭 봉투에 넣지 않고 그냥 현금으로 줘도 예의에 어긋나지 않는다고 했다. 가장 신기했던 점은 가족을 포함해서 아무도 우는 사람이 없다는 것이었다. 종교의 영향인지, 문화적 풍습인지 죽음을 슬픔으로 인식하지 않는 것 같았다.

결혼식도 놀라움의 연속이었다. 딱히 예식장이라고 정해진 장소가 없는 싱가포르에서는 장례식을 하는 아파트 1층에서 종종 결혼식도 한다고 한다. 특히 장소와 식사비에 따라 매우 과학적인(?) 방법으로 정해지는 축의금에 놀랐다. 내가 참석했던 결혼식은 젊은 사람들이 선호하는 주말 디너 결혼식이었는데, 식사비가 가장 높은 시간대라서 한국에서 내던 축의금보다 스케일이 훨씬 컸다. 특히 호텔에서 하는 결혼식은 참석하는 인원수와 식사비를 계산해서 축의금을 내야 하기 때문에 남편과 나, 초등학생 딸아이가 참석한 결혼식에는 한국에서 냈던 축의금의 세 배 정도를 내기도 했다. 그다음 결혼식부터는 혼자만 다니는 걸로 남편과 웃프게 정리했다. 주례도 없고, 술을 마시며 하객들과 친목을 도모하는 분위기도 한국보다 재미있어서 4시간 정도의 결혼식이 전혀 지루하지 않았다. 장례식에서는 울지 않던 사람들이 결혼식에서는 꽤 많이 울고 있는 점도 신기했다. 말로만 듣던 기쁨의 눈물인 것 같았다. 크고 작은 그룹을 만들어 한참을 떠들다 집에 오니 사교 파티에 다녀온 것 같은 기분이었다. 다음에는 아파트 1층에서 하는 결혼식도 꼭 가 보고 싶다. 그때는 축의금을 좀 덜 내도 되지 않을까?

이런저런 소소한 에피소드를 만들며 싱가포르에서의 생활도 3년이 지났다. 지난 3년간 내 모습도 많이 바뀌었다는 걸 느낀다. 집에 손님을 초대할 때는 알레르기가 있는지 먼저 확인하고, 베지테리언 음식을 조금 준비한다. 히잡을 쓴 동료와 절친이 되고부터는 종교적으로 금식하는 일정을 배려해서 점심을 권하지 않는다. 미팅 전에는 자연스럽게 동료들과 이삼 분 정도의 수다 타임을 갖는다.

특히 인종과 국적이 다른 것에 의구심을 갖지 않는다. 처음에는 인도 사람인데 아메리칸이라 하고, 아시안인데 호주인이라고 소개받으면 단일민족으로 태어난 나는 속으로 그들의 오리진origin을 알고 싶은 마음이 가득했다. 그러나 지금은 모든 것이 자연스럽다. 다양한 인종의 친구를 가진 딸아이 덕분에 자연스레 멀티컬처multiculture, 다이버시티diversity에 흡수되어 가고 있다. 이러한 변화는 싱가포르에서 지내는 큰 장점 중의 하나라고 생각한다.

네이티브가
아니어도 괜찮아

나는 한국에서 태어나고 자랐다. 그리고 그 흔한 어학연수도 한 번 못 가 본 불운의 IMF 세대였다. 어쩌면 시대의 불운 덕분에 부모의 도움 없이 스스로 해내야 한다는 생존에 대한 강박이 자연스레 자리 잡았는지도 모르겠다. 대학을 졸업하고 한참을 방황하던 나는 친구들보다 늦게 직장 생활을 시작했다. 그리고 더 늦으면 후회할 것 같다는 절박함으로 힘들게 입사한 회사를 그만두고, 모아둔 자금을 탈탈 털어 영국 유학을 떠났다.

영국의 대학원에서 석사 학위까지 받았다고 하면 다들 내가 유창한 영어를 할 거라고 오해를 한다. 하지만 머리가 딱딱해진 나이에 꾸역꾸역 공부한 나는 사실 말하기보다는 쓰기가 편했다. 가장 처절하고 간절하게 영어를 공부한 것도 영어로 석사 논문을 써야 했던 그때였다. 고3 시절 그렇게 공부했다면 분명 서울대를 갔을 거라는 헛된 망상도 해봤다.

지금 우리 팀에는 컨설팅회사 출신의 동료들이 많다. 그들은 대부분 원어민 영어를 사용하고, 기가 막히게 세련되고 고급스러운 화법과 수준 높은 문장을 작성한다. 지금 근무하고 있는 회사에서는 업무에 파워포인트를 사용하지 않고, '내러티브'라고 부르는 메모를 작성하는 독특한 문화가 있다. 그러니 직원들에게 내러티브 작성은 매우 중요하다. 일단 팀 미팅이 시작되면 서로 말 못해 죽은 귀신이 붙은 것처럼 엄청난 토론과 논쟁이 벌어진다.

처음에는 미팅에 들어갈 때마다 심리적인 압박이 상당했다. 어느 타이밍에 들어가서 말을 해야 하나 눈치를 보고, 내가 준비한 의견을 다른 동료가 먼저 더 멋지게 말해버리면 심장이 쪼그라드는 것만 같았다. '내 나라에서 한국말로 일할 때는 나도 멋지게 말하고 카리스마도 있었는데…'라는 생각에 울컥하기도 했다. 특히 온라인 미팅에서 어려움이 더했다. 동시에 채팅을 하면서 의견을 주고받는데 왜 그렇게 줄임말을 많이 쓰는지…. 나는 계속 검색을 하면서 의미를 찾아봐야 했다.

얼마간의 좌절 타임을 보내고, 나는 영어 문제를 해결하기 위한 전략을 세웠다. 먼저 줄임말 노트를 만들었다. 그리고 미팅에 들어가면 제일 먼저 손을 들고 첫 번째 발언권을 가져왔다. 처음에는 변화가 느껴지지 않았지만 점점 줄임말에 자연스럽게 익숙해졌고, 미팅에서 제일 먼저 말을 시작하면 다른 동료와 의견이 겹치지 않아 좋았다. 가끔 나와 비슷한 의견을 가진 동료가 치고 들어와도 자신감을 잃지 않았다. 점점 미팅에 활력이 더해지는 느낌이었다.

또 하나의 전략은 다른 동료가 사용하는 말이나 문장을 카피해서 사용하는 것이었다. 처음에는 '쟤들이 눈치채지 않을까' 걱정했지만 너무 많은 대화가 오가는 업무의 현장에서는 자신이 무슨 말을 했는지, 무슨 메일을 썼는지 기억 못 하는 경우가 많았다.

그리고 마지막 전략은 팀에서 새로 론칭하는 프로그램이 있으면 리드를 자청하는 것이었다. 리드하는 역할은 말보다는 프로그램이 잘 돌아가도록 관리하고, 업무를 적당히 분산하는 능력을 보여주면 되니까 결과적으로 나에게 도움이 되었다.

사실 회사 안에는 다양한 영어를 구사하는 직원들이 많았다. 생각보다 내 영어가 동료들에게 거슬리지는 않는다는 걸 알게 되면서 영어로 인한 스트레스에서도 차차 벗어났다.

사람은 적응의 동물이라는 말을 정말 실감하는 시간이었다. 이제는 가끔 한국으로 출장을 가면 한국의 사무실이 그렇게 불편하고 어색할 수가 없다. 내가 소속된 곳, 내 자리가 있는 곳, 나와 같이 일상을 공유하는 동료가 있는 곳, 싱가포르 사무실이 이제 가장 편하고 그리운 곳이 되어 가고 있다.

처음으로 마주한
정체성의 위기

싱가포르에서의 생활도 안정이 되고 업무도 익숙해지면서 이제 자리를 잡았구나 생각하던 즈음, 미국 빅테크 기업들의 구조 조정 뉴스가 퍼지기 시작했다. 그리고 내가 속한 조직도 조정 대상이라는 것을 알게 되었다. 노동법이 강력한 한국에서는 경험해보지 못한 긴장감이 감돌았고, 드라마나 뉴스에서 보던 일이 주변에서 벌어졌다. 친한 동료들이 갑작스레 회사를 떠났고 나는 그들의 빈자리를 채워야 했다. 내가 살아남았다는 안도감도 느끼지 못할 만큼 커다란 공허함이 밀려왔다.

처음 경험한 구조 조정으로, 회사 맞춤형 인간으로 살아온 나의 지난 시간들이 덧없게 느껴졌다. 거대한 회사에 소속되어 마치 내가 회사인 양 착각하며 살아온 내가 바보 같고 초라했다. '조직을 떠나면 나는 그냥 아무것도 아닌 방희란이 되는구나.' 20년 넘게 다닌 회사에서 내가 얻은 것이 무엇인지, 나의 강점은 무엇인지, 아무것도 떠오르지 않았다. 사실 40대를 넘기면 자의든 타의든 회사를 떠나야 할 날이 올 거라고 막연히 생각은 했지만, 남은 인생 무엇을 하며 살지 구체적으로 생각해본 적은 없었다. 정신이 번쩍 들었다.

막막하던 나의 마음을 치유해준 것은 의외로 책이었다. 언제부턴가 업무 때문에, 그리고 소소한 즐길 거리에 집중하느라 늘 손에는 휴대폰을 쥐고 있었다. 어느 날 그런 내 모습이 갑자기 한심스럽다는 생각이 들었다. 무언가 매일 30분이라도 투자했다면 지금쯤 전문 지식을 가졌을 텐데…, 그랬다면 지금보다는 미래가 덜 불안할 텐데… 이런 후회가 나를 힘들게 했다. 하지만 위기는 기회라고 하지 않던가. 지금이라도 터닝 포인트를 만들어 보기로 했다.

억지로 독서량을 늘리고, 매일 강제로 이삼십 분씩 휴대폰 사용을 줄였다. 업무 관련 책에서 벗어나 인생과 철학에 대한 책을 읽기 시작했다. 춘추전국시대를 읽고, 셰익스피어의 4대 비극과 5대 희극을 필두로 고전을 다시 읽었다. 대학 때 멋내기용으로 절반도 못 읽고 포기했던《햄릿》도 다시 도전했다.

그때는 내가 책에서 무엇을 얻고 싶은지도 몰랐고, 뭐라도 하지 않으면 안 될 것 같은 마음뿐이었다. 그저 머릿속에 꾸역꾸역 무언가를 밀어 넣고 싶었다. 이렇게 억지로 시작한 독서였지만 다행히 책을 읽으면서 불안한 마음이 치유되었다. 마음이 안정되자 생각도 정리되어 갔다. 점점 독서에 취향이 생기고, 다양한 고전을 파고들며 관심사를 채워갔다. 어쩌면 내 인생 다음 챕터에는 고전과 관련된 일을 할 수도 있겠다는 마음도 생겼다.

내가 경험하지 못했던 것, 그러니까 옛사람들의 지혜로부터 마음의 평화를 얻었고 나의 세상도 조금씩 넓어지고 있었다. 독서는 당장의 복잡한 문제를 해결해주지는 않았지만, 나를 안정시켜 주기에 충분했다. 그리고 안정감을 바탕 삼아 새롭게 가야 할 방향을 안내해줬다. 이제 나도 나이를 꽤 먹어서였을까. 인생의 두 번째 지도를 그리는 기분이었다.

계속
성장해야 하는 이유

아무 생각 없이 떠밀리듯 도착한 싱가포르였지만, 돌이켜보면 이곳은 나에게 성장과 도약의 발판을 마련해준 그야말로 기회의 땅이었다. 얻은 것이 너무나 많았다. 궁극적으로 얻은 것은 나이가 들어도 계속 성장할 수 있다는 깨달음이었다.

영어의 스트레스에서 벗어나고자 생각지도 못했던 영어 원서를 읽기 시작했다. (처음에는 딸아이가 재미있게 보는 책부터 읽었다. 내용도 재미있고 수준도 어렵지 않아 한 권을 금방 끝낼 수 있어 성취감이 있다. 《The boy at the back of the class》 같은 책은 어른에게 추천해도 손색이 없을 정도로 너무 감동적인 책이다.) 그리고 규칙적으로 운동하는 습관도 들였다. 아무래도 여기에서는 한국보다는 회식도 적고, 출퇴근 시간이 짧다 보니 시간적인 여유가 있었다. 늘 푸른 싱그러움과 함께 지내다 보니 생활에 활력도 생겼다. 그리고 이제 내가 잘할 수 있는 일을 찾아 나만의 브랜드를 만들겠다는 목표가 생겼다. '방희란' 하면 떠올릴 수 있는 무언가를 만들고 싶다.

사실 싱가포르에 와서 가장 자극이 되었던 건 나와 같은 외국인 근로자로 살고 있는, 한국에서 온 워킹맘들이었다. 다양한 분야에서 전문가로 일하면서 육아도 똑 부러지게 해내는 한국의 워킹맘들은 지쳐 있는 나에게 정말 큰 위로가 되었다. 좁은 싱가포르 안에 그렇게 많은 한국의 워킹맘이 있었다니! 그 안에서 독서 클럽, 운동 클럽, 등산 클럽, 영어 원서 읽기 클럽 등 일과 육아와 취미의 균형을 맞춰 나가는 워킹맘들과의 교류는 싱가포르에서 얻은 가장 멋진 혜택 중 하나였다.

나 역시 나만의 전문성을 갖추며 다음 커리어를 만들어 가려고 한다. 그 첫 번째 목표는 바로 나만의 책을 출간하는 것이다. 서점에 가면 유명 작가의 책, 셀럽들의 성공 스토리, 멋진 문장을 소개하는 시집, 손에 땀을 쥐게 만드는 재미있는 소설이 가득하다. 수많은 책 속에서 지구의 작은 먼지 같은 나의 이야기를 읽고 싶어 하는 사람이 있을까 의문이 들 때도 있다. 하지만 누구에게나 자신만의 특별한 이야기가 있다는 걸 안다. 그리고 나에겐 나만의 특별한 이야기가 있다.

언젠가 나만의 책을 내고 싶다는 목표로 언제 어디서나 기록하는 습관을 만들고 있다. 보잘것없는 작은 기록도 언젠가 반드시 쓸모가 있을 거라고 믿기 때문이다. 나의 평범한 하루, 힘들었던 하루가 내 딸과 미래의 내 손자 손녀에게는 재미있는 이야기가 될지도 모른다. 그리고 그 속에서 작은 통찰을 전할 수 있기를 기대해본다. 내가 지금도 공자, 순자, 맹자에게 삶의 지혜를 얻는 것처럼.

■ 손성임

열정이 넘치지만 때로는 좀 쉬고 싶은 6년 차 워킹맘이다. 천생 이과생인 줄 알
았는데 변호사가 되었고, 결국 다시 금융회사로 돌아와 일하고 있다. 커리어도
육아도 포기 못 해 홍콩에 두 남자를 모두 데리고 와 살고 있다. 매우 계획적인 듯
보이지만, 어그러진 계획도 원래 계획된 것인 양 포장하며 긍정적으로 인생을
사는 중이다.

자신만만 우당탕대던 그녀,
홍콩의 워킹맘이 되다

"인생은 스스로 개척하는 것이라고 생각하지만,
가끔은 상상하지 못한 기회가 찾아온다.
그리고 그로 인해 예상과 전혀
다른 방향으로 인생이 흘러가기도 한다.
문제는 그 기회를 제대로
잡을 수 있느냐는 것이다."

수학자를 꿈꾸던 소녀는
워킹맘이 되었다

어린 시절 나의 꿈은 수학자였다. 페르마의 정리, 필즈상 같은 단어를 보면 가슴 뛰던 그때를 지금도 가끔 떠올린다. 그때처럼 순수한 열정으로 가슴 설레며 뭔가 해내고 싶던 시절이 또 있었던가. 수학자를 꿈꾸던 그때가 마지막이었던 것 같다.

나는 소문난 신동은 아니었지만, 동네에서 똘똘하다는 말은 들으며 자랐다. 자상한 부모님의 보호 아래 자랐지만, 삼 남매 중 장녀였던 탓에 어린 시절부터 혼자 무언가를 계획하고 결정하는 것이 당연하게 느껴졌다.

혼자서도 잘 사는 그녀

수학자가 꿈이었던 나는 과학고등학교에 가면 더 심도 있게 수학을 배울 수 있다는 이야기를 듣고는 앞뒤 재지 않고 진학을 결심했다. 부모님의 반대가 있었지만, 다행히 결론은 내가 원하는 방향으로 결정이 되었다. 내가 실패하고 좌절할 것이 걱정되어 차마 찬성할 수 없었다는 엄마의 이야기를 듣고, 나에 대한 부모님의 애정과 사랑이 얼마나 컸는지 짐작해보기도 했다.

자라면서 부모님과 겪었던 가장 큰 갈등(사실은 소소한 논의 정도라고 해야 맞을 것 같다)은 대학 진학에 대한 것이었다. 대기업 임원으로 일하면서 여직원에 대한 차별과 유리 천장을 현장에서 경험했던 아빠는 공대에 가고 싶다는 나의 바람을 못마땅해하셨다.

"여자는 자격증 있는 전문직을 가져야 사회에서 그나마 차별받지 않고 능력 발휘를 할 수 있어."

"아빠가 살고 있는 시대와 내가 살아갈 시대는 다르잖아. 차별이 있다고 계속 피하기만 하면 그 차별은 계속 존재할 수밖에 없어. 내가 잘할 수 있다는 거 보여줄게."

그때는 아빠의 말을 왜 그렇게 이해할 수 없었을까. 당시에는 지금보다 남녀 차별이 심했고, 아빠는 당연히 금쪽같은 딸이 그런 취급을 받지 않기를 바라셨을 거라는 걸 안다. 하지만 그때 세상 두려울 것이 없는 나이였던 나는 내 뜻대로 공대를 지원했고 덜컥 합격해버렸다.

대학생이 된 나는 연극 동아리 활동도 해야 하고, 유흥도 즐겨야 하고, 그 와중에 공부도 해야 하는 바쁜 생활을 보냈다. 4학년이 되었을 때는 수학자의 꿈을 접은 지 오래였고, 무슨 일을 할지 결정하지 못해 막연하게 석사과정 후 금융권에 취직해야겠다고 생각했다. 그러던 중 존경하며 따르던 교수님이 나를 불러 조언을 해주셨다.

"미국에서 석사를 해보는 게 어떻겠니?"

"해보죠, 뭐!"

교수님의 말씀을 듣자마자 심플하게 결정을 한 나는 곧바로 유학을 준비했다. 미국 대학의 석사과정 지원을 위해서는 GREGraduate Record Examination(미국의 대학원 수학 자격 시험) 점수가 필수였는데, 당시 변변치 않았던 영어 실력은 생각지도 않은 채 무턱대고 시험 준비를 시작했다. 준비를 하면 할수록 모르는 영단어가 쏟아졌고, 나를 절망하게 만들었다. 이대로는 그 해 지원이 어렵겠다는 생각이 들었지만, '무조건 두 달 안에 필요한 점수를 받겠다'는 원대한 계획을 세웠다. 그리고 두 달 동안 하루에 한두 시간만 자며 공부한 끝에 목표한 점수를 얻었고, 나는 미국으로 유학을 떠났다.

유학 생활은 예상보다 즐거웠다. 나는 생각보다 유연하고 새로운 환경에 잘 적응하는 사람이었다. 주위에는 좋은 사람들이 함께했고, 훌륭한 교수님들의 가르침도 좋았다. 하지만 즐거운 마음 한편에는 불안함이 늘 자리 잡고 있었다. 한국을 떠나기 직전, 아빠가 암 진단을 받았기 때문이었다. 유학을 포기할까도 생각했지만 "어떻게 준비한 유학인데 포기해서는 안 된다"는 아빠의 유언 같은 말을 믿고 나는 미국으로 떠났다. 어느 정도 마음의 준비를 하고는 있었지만, 미국에 온 지 얼마 지나지 않아 아빠가 돌아가셨다. 아빠의 빈자리를 채워야 한다는 생각에 석사 졸업 후 국내 증권사에 취직을 해 한국으로 돌아왔다.

당시 나는 파생 상품 평가 모델을 개발하고 검증하는 리스크팀 소속의 퀀트Quantitative Analyst로 일했는데, 그 어느 때보다 많은 방황을 하던 시절이었다. 업무가 익숙해질수록 가만히 앉아 논문을 찾고 코딩하는 일이 나와는 맞지 않는다는 것을 깨달았다. 결국 '내가 하고 싶은 일이 아니다'라는 결론에 도달했다.

'퀀트'는 선망의 직업이었지만, 나에게는 맞지 않는 옷이었다. 나는 상대와 적극적으로 소통하며 성과를 만드는 업무, 그리고 성취감을 느낄 수 있는 일을 원하고 있었다. 마침 한국에 로스쿨 제도가 도입되고 있었다. '지금까지 공부한 것들을 활용하면서 새로운 일을 할 수 있겠다'는 막연한 기대와 '유학도 갔다 왔는데 못할 게 뭐가 있어'라는 자신감으로 로스쿨에 도전했다. 내 자신감의 밑바탕에는 엄마의 절대적인 응원이 있었다. 운이 좋았던 것인지 그해 로스쿨에 합격했고, 그렇게 변호사로서 새로운 길이 시작되었다.

부모님의 무한한 지지와 믿음은 나를 지금의 자리에 있게 해준 가장 큰 자산이었다. 목표는 항상 스스로 정했지만, 부모님은 나의 선택을 전폭적으로 응원해줬다. 그리고 어떻게 하면 즐겁게 목표를 이룰 수 있는지 함께 고민해줬다.

학부 2학년 겨울 방학, 고등학교 연극 동아리의 선배들과 대학로에서 연극을 한 적이 있었다. 당시 선배들은 과학고등학교 동문으로, 공대에 입학했다가 연극의 매력에 이끌려 결국 연극 연출로 전공을 바꾼 이들이었다. 나 역시 연극에 대한 열정은 그들 못지않았기에 전향을 해야 하는지 고민하던 시기였다. 그러던 중 대학로에서 프로들과 함께 연극을 하게 되었으니 그 설레는 마음은 말로 형용하기 어려울 정도였다. 보통의 부모라면 걱정되는 마음에 "그런 짓 그만두고 공부하라"고 다그쳤을 텐데, 나의 부모님은 달랐다. 스스로 경험하고 마음을 정할 때까지 기다려 줬다. 연극은 내 길이 아니라는 것을 깨닫고 괴로워하던 때에도 "하고 싶은 일을 경험해보는 건 소중한 거야. 실패해도 괜찮아. 언제든지 다시 시작할 수 있어"라며 보듬어 줬다. 부모님의 절대적인 지지와 믿음, 그것이야말로 두려움 없이 새로운 환경을 즐길 수 있는 나를 만들어 준 바탕이었다.

나의 소중한 아이가 자라고 있는 지금, 나는 부모님으로부터 배운 바를 아이에게도 전할 수 있기를 간절히 바란다. 조건 없는 지지와 믿음이 아이를 단단하게 만든다는 것을 잊지 않으려고 한다. 부모라는 든든한 지원군이 되어(물리적 지원이 아니다) 아이가 자신을 믿고 스스로 성장할 수 있기를 바란다.

혼자서는 못하는 육아

삶의 방향은 언제든 수정 가능하지만, 타의에 의한 변화는 받아들이는 과정이 쉽지 않다. 나의 경우에는 갑작스럽게 찾아온 임신이 삶의 길을 뜻하지 않게 바꿔 놓았다.

가장 일을 많이 한다는 4년 차 로펌 변호사. 다양한 프로젝트의 실무자로 밤을 새며 경력을 쌓던 시기였다. 주위에는 육아가 이렇게 힘들다는 걸 아무도 가르쳐 주지 않았다고 징징대던 동생을 포함해 나보다 먼저 임신과 육아를 경험한 친구들이 많았다. 하지만 나에게 임신은 가까운 미래에는 존재하지 않는 계획이었다. 그랬으니 갑작스러운 임신이 달가울 리 없었다.

그런 나의 마음을 알기라도 한 걸까. 임신 11주경 아이에게 장애가 있을 수 있다는 검사 결과를 들었다. 하늘이 무너진다는 게 이런 느낌일까. 다행히 이후 다른 검사를 통해 아이가 괜찮다는 걸 알게 되었지만, 나는 본능적으로 아이가 나에게 보낸 신호라는 걸 깨달았다. 본인을 알아봐 달라고, 그리고 사랑해 달라고.

이제 본격적인 육아를 위한 계획이 필요했다. 당시 유행하던 프랑스 육아법 책을 정독하며, 강하고 독립적으로 아이를 키워야겠다는 기준과 신념을 장착했다. 그리고 남편이 육아휴직을 하고, 친정 엄마와 함께 육아를 담당하도록 시스템도 갖춰 놓았다. 물론 돌이 지나면 바로 입소할 수 있도록 어린이집 신청도 해놓았다. 만족스러웠던 완벽한 계획! 하지만 완벽한 계획이 망가지는 건 한순간이었다.

지금까지 독립적으로 살아왔던 나였지만, 육아는 독립적일 수 없는 영역이었다. 일과 육아를 병행하기 위해서는 누군가의 도움이 절실했고, 그리고 그 누군가의 마음까지 신경 써야 했다. 내가 원하는 방식으로 아이를 키우는 것도 불가능했다.

나보다 더 긴 시간 동안 아이를 돌보는 누군가에게 나의 방식을 강요할 수도 없고, 그로 인해 생기는 갈등에서 나는 항상 약자였다.

지금까지 "혼자서도 잘해요"라며 삶을 살아왔는데, 아이를 낳고 보니 혼자 할 수 있는 것이 아무것도 없었다. 게다가 아이가 태어나자 숨어 있던 모성애가 깨어난 건지, 존재하지 않던 모성애가 생긴 건지 모든 신경이 아이에게로 향했다. 험난한 세상에서 이 작은 아이를 어떻게 보호할 수 있을까. 온 마음이 가 있어서 정신을 차릴 수 없었다. 산후조리원에 있는 동안에도 로펌에서는 계속 연락이 왔고, 이대로라면 저녁에도 아이 얼굴을 보며 잠들지 못할 거라는 불안감이 커졌다. 나는 주저 없이 퇴사를 선택했다.

아이를 낳기 전까지 인생의 목표가 '어떻게 하면 성공적인 커리어를 가지느냐'였다면, 새롭게 얻은 모성애로 인해 나의 목표는 '어떻게 하면 우리 가족이 행복하게 살 수 있을까'로 바뀌었다. 하지만 목표만 바뀌었을 뿐 나는 커리어도 아이와의 시간도 포기하고 싶지 않은 욕심쟁이였다. 이전까지 '나의 성취'가 목표였다면 이제는 '우리의 성취'가 목표가 된 셈이었다.

우리의 성취를 위해서는 저녁 있는 삶이 필요했다. 계속해서 로펌에서 일한다면 밤낮없이 일하다 새벽 1시에 귀가해, 미안한 마음으로 이유식을 만들어 놓고 잠들었다가 아이의 얼굴도 못 보고 다시 출근해야 할 것이 자명했다. 그럴 수는 없었다. 그렇게 나의 로펌 생활은 끝이 났다. 미련은 없었다. 나는 밸런스가 필요했다.

정신적으로도 육체적으로도 힘들었던 로펌 생활을 마무리하고 이직한 곳은 증권사의 트레이딩 부서였다. 퀀트로 일했던 잠깐의 경력이 엄청나게 도움이 된 순간이었다. 트레이딩 부서에서 나의 주요 업무는 파생 상품 구조, 관련 계약서의 법률적 검토, 사업 계획 수립과 대외 기관 대응 등이었다. 로펌 변호사라는 전문직에서 트레이딩 업무 전반을 살피는 전문직 행정가specialized generalist로의 도약이었다.

너무 감사하게도 새 직장에는 워킹맘의 상황을 잘 이해해 주는 상사가 있었다. 육아로 인해 일이 힘들어지면 언제든 함께 방법을 찾아보자고 말해줬다. 나에게는 큰 행운이었다. 커리어와 육아의 병행에 대해 계속되었던 고민이, 새로운 직장에서 만난 상사로 인해 많은 부분 해소되었다.

"일하는 시간이 중요한 것이 아니다. 주어진 업무를 주어진 시간 안에 완벽하게 마칠 수 있는 사람이 되자. 집에서는 업무 생각하지 말고 아이에게 집중하자!"

이것이 워킹맘으로서 '우리의 성취'를 위해 내가 내린 결론이자 목표였다. 그리고 이 목표는 지금까지도 나에게 가장 큰 과제로 남아 있다.

커다란 고민이 해결되었다 해도, 하루하루 고단한 생활은 계속되었다. 하지만 누구나 겪는 고단함이라면 기꺼운 마음으로 즐기리라 마음먹으니 어지간한 상황은 웃으며 넘길 수 있는 경지에 이르렀다.

9호선 지옥철을 뚫고 회사에 출근한 어느 날의 일이었다. 회사에 도착해서 잠시 숨을 고르고, 화장실에 가려고 일어서는데 무언가 잘못되었다는 것이 느껴졌다. 오른쪽과 왼쪽의 구두 색이 달라 보이는 것이었다! 내려다보니 왼쪽은 5센티미터 굽의 검은색 구두, 오른쪽은 7센티미터 굽의 와인색 구두를 신고 있었다. 황당한 내 모습에 웃음도 나오지 않고 한동안 가만히 구두만 내려다봤다. 그러다 터져 나온 웃음 덕분에 정신이 다시 돌아왔다. '내가 정말 정신없이 살고 있구나. 이 정도로 바쁘게 살고 있으니 나 정말 열심히 사는 거야' 하고 스스로 정의 내리고 즐겁게 업무를 시작했다.

그날 나는 하루 종일 짝짝이 구두를 그대로 신고 돌아다녔다. 물론 구두를 가져다줄 사람도 없었다. 누군가는 날 이상하게 봤겠지만, 그럼 어떠하랴. 워킹맘으로서 삶을 이토록 충실히 살고 있는데! 짝짝이 구두가 바로 그 증거가 되어 주었다.

기회를 잡으면,
방법은 찾을 수 있다

홍콩은 나에게 별천지 같은 곳이었다. 글로벌 인재들이 모여 아시아 금융을 선도하는 곳, 홍콩으로의 이주가 결정되자 로스쿨 재학 당시 함께 홍콩 여행을 했던 친구가 말했다. 우리가 홍콩을 여행할 때 빅토리아 피크에서 "이 반짝이는 곳에 내가 일할 곳이 어딘가는 있지 않을까"라고 이야기했던 내 모습이 생각난다고.

인생은 스스로 개척하는 것이라고 생각하지만, 가끔은 상상하지 못한 기회가 찾아온다. 그리고 그로 인해 예상과 전혀 다른 방향으로 인생이 흘러가기도 한다. 문제는 그 기회를 제대로 잡을 수 있느냐는 것이다.

좋은 기회, 홍콩

아이가 18개월 정도 되었을 때, 그날도 허겁지겁 출근한 나를 상사가 호출했다.

"비즈니스 확장 관련 보고서 좀 써야 할 것 같은데. 사장님한테 최대한 빨리 보고할 거야."

"어떤 확장을 말씀하시는 걸까요?"

"우리 비즈니스가 이렇게 잘되는데 한국에서만 하기 아쉽잖아. 홍콩 진출해서 더 벌어야지. 손 변호사가 가서 셋업을 하면 더 좋고. 내가 홍콩에서 일해봐서 알잖아. 홍콩 가서 일하면 손 변호사한테도 좋은 기회가 될 거야."

갑자기 홍콩이라니, 머릿속이 복잡해지기 시작했다. '아직 18개월밖에 안 된 아이를 데리고 해외에서 어떻게 살지? 또 남편 직장은 어떻게 하지?' 가정을 꾸리기 전의 나였다면, 홍콩에서 커리어를 쌓는 것이 꿈처럼 느껴지던 그때였다면, 그 자리에서 당장 "가겠습니다"라고 답했을 것이다. 하지만 지금은 나만 생각하고 결정할 수 있는 상황이 아니었다. 그러나 제안을 듣는 순간, 나의 마음은 한껏 기울어졌고 "긍적적으로 생각해보고 말씀드리겠습니다"라는 답을 하고 자리로 돌아왔다.

바로 남편과 친정 엄마에게 연락을 했다. 홍콩에 가서 비즈니스 셋업을 하라는 제안을 받았는데 어떻게 하면 좋겠냐고. 남편은 여러 가지 우려를 하면서도 긍정적으로 생각해보자고 했다. 친정 엄마는 아직 아이가 어린데 괜찮을지 걱정했지만, 그보다 내가 원하는 것이 무엇인지 물어봤다. "내 커리어만 생각하면 가고 싶다"는 나의 대답에, 엄마는 한 치의 망설임도 없이 함께 가서 아이를 돌봐주겠다고 하셨다. 그렇게 나는 직장을 그만두고 홍콩 이주를 결정해준 고마운 남편과 자신의 시간을 희생하고 손자를 맡아주겠다는 든든한 친정 엄마를 믿고 새로운 여정을 시작했다.

국내 증권사가 해외에서 비즈니스를 영위하는 데에는 글로벌 증권사들과 대비해서 보면 많은 제약이 있다. 한국 특유의 경제 발전 역사와 맞물려 제정된 법령들 때문인데, 홍콩 법인에서의 나의 업무는 법적 리스크를 최소화하면서 새로운 비즈니스를 효율적으로 셋업 하는 것이었다. 홍콩에 온 뒤 어린 아이를 데리고 낯선 환경에 적응하는 것은 쉽지 않았다. 하지만 커리어에서 한 발 앞으로 나아가고 있다는 생각에 설레고 흥분되었다.

그런데 홍콩으로 옮긴 지 얼마 지나지 않아 날벼락이 떨어졌다. 나의 홍콩 파견을 지시했던 상사가 이직을 한다는 것이었다. 나의 능력을 믿어주고 워킹맘으로서의 삶까지 공감해주는 상사를 따라가지 않을 이유가 없었다. 그렇게 나는 홍콩에 온 지 6개월 만에 이직을 감행했다.

나를 웃기고 울리는 나의 사람들

이직을 하고 얼마 뒤, 드디어 남편도 홍콩에서 취직을 했다.

남편은 건축을 업으로 하는 사람인데, 예민한 성향에 해외에서의 경험도 전무한 상태였다. 그래서인지 홍콩에서 취직하는 것에 큰 두려움을 느끼고 있었다. 그랬던 그가 연고 하나 없는 곳에서 조용히 일자리를 찾아낸 것이었다. 영어 공부를 시작으로 두려움을 극복하고 타지에서 직장을 찾은 남편이 정말 자랑스러웠다. 나는 우리의 성취가 하나씩 실현되어 가는 짜릿함을 느꼈다.

남편의 취업은 그토록 기다리던 기쁜 소식이었지만, 아이를 위해 또 다른 누군가가 필요하다는 의미이기도 했다. 아내의 홍콩 이직으로 경력 단절이 된 남편에게 계속 육아를 위해 집에 있으라 할 수도 없고, 친구도 없는 외로운 타지에서 친정 엄마에게 독박 육아를 강요할 수도 없었다. 결국 제삼자의 도움이 필요했다.

다행히 시작은 순조로워 보였다. 다른 한국 가족과 지내던 필리핀 헬퍼를 구할 수 있었고, 큰 무리 없이 모든 프로세스가 진행되었다. 도움을 줄 사람이 생기면 나만의 시간을 가질 수 있을 거라는 생각에 들뜨기도 했다. 하지만 그것은 나만의 잠시 바람이었다. COVID-19라는 엄청난 적이 등장하며 온 세계가 문을 단단히 걸어 잠그는 난관에 봉착했다. 그리고 필리핀에 다녀오겠다며 떠난 우리의 동아줄 헬퍼가 홍콩에 돌아오지 못하게 되었다. 그 와중에 필리핀에서 넷째를 임신했다는 소식까지 들렸다. 양육을 위해 홍콩까지 와 돈을 벌던 그녀가 넷째라니… 내 상황도 상황이지만, 그녀의 상황도 답답하기는 마찬가지였다.

결국 기약이 없는 상황에서 그녀에게 양해를 구하고 비자를 취소했다. 그러고는 홍콩에서 바로 일을 시작할 수 있는 또 다른 그녀를 찾기 시작했다. (홍콩에서는 고용주 혹은 헬퍼에 의해 계약이 중도 해지되는 경우, 해당 헬퍼가 새로운 고용주를 찾는다 하더라도 자국으로 돌아갔다가 다시 홍콩에 입국해야 한다. 계약 기간이 만료되어 계약이 종료되는 헬퍼만 새로운 고용주를 찾은 경우, 자국으로 돌아가지 않고 홍콩에서 계속 일할 수 있다.) 우리는 장장 다섯 달의 고생 끝에 20대 중반이지만 여섯 살의 아들이 있는 헬퍼를 맞이할 수 있었다. COVID-19로 인해 새로운 헬퍼의 입국이 제한된 상황을 생각해보면 우리는 정말 운이 좋은 편이었다.

외국인 헬퍼는 양날의 검이다. 그녀는 워킹맘인 나에게 큰 도움을 주는 존재이고 나의 아이에게는 보호자 겸 친구다. 그러나 동시에 그녀는 나의 고용인이며 나는 그녀의 고용주다. 나는 그녀를 가족처럼 대하고 싶지만, 실제로 가족은 아니다. 그녀는 언제든 떠날 수 있고, 가족이 아니라는 이유로 그녀의 실수에 관대하기도 어렵다. 그럼에도 모든 생활을 같이하고,

아이의 양육과 교육을 그녀에게 의지한다. 이러한 미묘한 관계를 어떻게 잘 유지할지에 대한 고민은 외국에서 헬퍼를 고용하고 있는 모든 워킹맘의 숙제다.

작년 12월, 그녀가 우리 집에 온 지 3년 반 만에 필리핀으로 휴가를 떠났다. 아들을 3년 반 만에 보는 엄마의 심정이 어떨까 생각하며 한 달의 휴가를 줬다. 정말 쿨하게 다녀오라고 했지만, 정작 나의 상황은 카오스였다.

상사의 배려로 재택근무를 할 수 있었지만, 방학 중인 아이가 학원에서 돌아오면 업무는 불가능했다. 결국 오전에는 재택근무, 오후에는 휴가라는 선택을 할 수밖에 없었다. 휴가를 약속했던 남편은 프로젝트가 끝나지 않았다는 이유로 출근을 했다. 야속하고 미웠다. 남편은 어쩔 수 없는 상황에 본인도 속상하다고 했지만, 결국 모든 걸 떠맡은 건 나라는 사실은 변치 않았다. 남편의 상황을 이해 못하는 것도 아니었고 아이와 함께 보낸 시간도 정말 즐거웠지만, 어긋한 약속으로 속상한 마음은 달래지지 않았다.

지금 생각해보면, 헬퍼의 휴가 기간 내내 내가 속상했던 이유는 모든 것을 나 혼자 책임지고 있다는 착각 때문이었다. 그래서 남편에게 일방적으로 화가 났던 것이다. 방법을 찾으면 남편이 할 수 있는 것도 많았을 텐데, 사소한 일이라도 마음을 터놓고 하는 대화가 정말이지 중요했다.

지금 우리 가족의 역할 분담은 잘 되어 있다. 남편은 요리를 포함한 집안일을, 나는 학교와 학원 등 아이와 관련된 모든 것을 담당한다. 거기에 도움을 주는 헬퍼가 있고, 친정 엄마의 지원까지 받고 있다. 그럼에도 불구하고 쉽지 않은 것이 워킹맘의 삶이다. 그 이유는 결국 아이의 양육은 엄마 책임이라는 사회적 편견 때문이고, 나 또한 그런 생각에서 자유롭지 않다.

그래서 항상 양육과 집안일은 '나'의 일이 아니라 '우리'의 일이라는 것을 잊지 않으려 노력한다. 책임감을 갖는 것은 훌륭하지만, 한쪽으로 치우쳐서는 안 되니까. 가족의 행복은 함께 이뤄 갈 때 가치 있는 것이니까.

미안해, 그래도 엄마는 일하고 싶어

아이가 만 네 살 무렵이 되자 육아의 난이도가 달라졌다. 칭얼거림이 늘었고 더 많은 엄마의 손길을 필요로 했다. 아이의 사소한 실수에도 '내가 집에서 돌봐주지 못해서 이러는 걸까'라는 자책이 머릿속을 지배했다. '한국에 있었다면, 잠시 육아휴직이라도 하고 아이와 있어 줄 수 있지 않았을까' 하는 후회가 밀려오기도 했다. 홍콩으로 이주한 후 우리 가족이 가장 힘들었던 시기였던 것 같다.

감정을 배제하고 생각을 간결하게 하는 것이 최선이라고 여기는 내가, 만 네 살의 남자아이가 겪는 감정 변화와 성장통을 이해하기는 어려웠다. '다른 엄마들보다 아이와 보내는 시간이 적어서 아이의 불안감이 해소되지 않는 걸까. 그래서 아이가 더 예민해진 걸까.' 수많은 고민과 걱정이 밀려왔고, 미운 네 살이라는 말을 떠올리며 이 또한 지나가리라는 믿음으로 스스로를 달랬다. 회사에서는 새로운 프로젝트가 시작되었고, 회사를 그만두기에는 '여기까지 어떻게 왔는데'라는 생각이 발목을 잡았다.

아이는 화가 날 때마다 "친구 엄마들은 집에 항상 같이 있고, 유치원도 데려다주는데 왜 엄마는 매일 일하러 가야 해?"라며 불만을 토로했다. 그럴 때마다 "엄마가 일을 하고 돈을 벌어야 네가 가지고 싶은 장난감들을 사줄 수 있어"라는 말로 아이를 달래곤 했다. 지금 와서 생각하면 정말 현명하지 못한 변명이었다. 사람은 각자 맡은 역할이 있다. 유치원을 다니고 성장하는 것이 아이의 역할이라면, 회사에서 능력을 발휘하고 성취하는 것은 나의 역할이었다. 엄마가 자신의 역할을 충실히 해내고 있음을 설명해줬어야 했는데, 당시에는 아이를 달래기에만 급급했다. 아무리 육아 책을 열심히 읽고 지식을 얻어도 이론과 실전은 참으로 달랐다.

다행히도 그럴 때마다 나에게 힘을 주는 남편이 있었다. 아이와 보내는 시간의 양보다 질이 중요하다는 긴 연설을 해대며 본인의 육아 경험을 들려주곤 했다. 본인이 아이와 집에서 보낸 시간이 훨씬 길지만, 아이는 밀도 있는 시간을 함께하는 엄마를 더 좋아한다는 셀프 디스로 나를 위로했다.

남편과 나는 어떻게 하면 아이와 좀 더 즐거운 시간을 보내고 안정감을 줄 수 있을지 계속 고민했다. 그리고 그 고민 끝에 반려견을 입양하기로 했다. 입양은 순조롭게 이뤄졌다. 먼저, 아이에게 왜 유기견을 입양해야 하는지를 설명했다. 몽콕 지역에 늘어선 펫 숍이 아니라 유기견을 입양해야 하는 이유를 어린아이에게 설명하기가 쉽지 않았지만, 그 과정에서 우리는 생명의 존엄성에 대해 이야기했다. 아이는 유기견 보호 센터에서 반려견을 정하고 병원에서 검진을 받는 과정을 모두 함께했다. '꼬꼬'라는 이름도 직접 지어줬다. 동생이 생겼으니 책임감 있는 오빠의 모습을 보여줘야 한다는 강조는 덤이었다. 그렇게 아이는 새로운 친구와 함께 끝나지 않을 것 같던 미운 네 살을 떠나보냈다.

이 시기를 지나며 우리는 가족 간의 대화가 얼마나 중요한지, 함께 살아간다는 것이 얼마나 어렵고 소중한지 깨달았다. 아이는 이미 자기만의 세계를 확장시키고 있었고, 우리는 가족 간의 대화가 아이의 세계를 더 다채롭고 조화롭게 만들어 나간다는 것을 깨달으며 함께 성장했다.

우리의 도전은
계속된다

홍콩에는 수많은 국제학교가 있다. 다른 아시아권에 비해 영어의 장벽이 낮고 많은 외국인들이 삶의 터전으로 자리 잡고 있는 덕분이다. 홍콩에 정착하면서 아이는 동네에 있는 작은 국제유치원을 다녔다. 네팔에서 온 어마어마한 에너지를 가진 마성의 선생님과 밝고 즐거운 분위기 속에서 아이도 나도 너무나 행복한 시간을 보냈다.

우리 아이는 유독 인도 반도에서 온 여자아이들의 사랑을 한 몸에 받았다. 아이가 등교를 하면 여자아이들이 우르르 달려와 아이를 맞아주곤 할 정도였다. 나중에 알고 보니 피부가 뽀얗고 키가 큰 아이의 외모가 그들에게는 호감이었던 모양이다. 게다가 우리 아이가 엄청난 스윗 가이였다는 사실! 아빠를 닮아 "사랑해"라는 표현을 무척이나 잘하는 아이가 여자 친구들에게는 다정한 남자였던 것 같다.

우리가 만들어 낸 멋진 성취

나 또한 다양한 국적의 엄마를 친구로 만들며 해외 생활의 즐거움을 한껏 누렸다. 인도, 스리랑카, 인도네시아 등 각자 자기 나라에서 엘리트로 성장하여 홍콩의 좋은 직장에 자리 잡은 이들이었다. 한국에 비해 훨씬 어린 나이에 결혼을 하는 나라에서 온 사람들이다 보니 자녀들의 나이는 같았지만, 항상 내 나이가 제일 많았다. 친구들은 모두 나를 "언니"라고 부르며 치켜세워 줬다. 한국의 문화와 잠재력을 높이 평가하며 좋아했고, 변호사로 홍콩에서 자리 잡은 나를 항상 대단하다고 응원해줬다. 유학 시절에도 다양한 국적의 친구들과 어울리긴 했지만, 그때와는 우정의 밀도가 전혀 달랐다.

다른 문화에서 자란 사람들이 타국에서 아이를 키운다는 공통점만으로도 이렇게 친밀하게 지낼 수 있다니, 정말이지 행운이라는 말이 아니면 설명할 수가 없다. 이 친구들은 남편이 취업한 이후 헬퍼와 등하원을 함께하는 아이가 잘 지내는지, 유치원에서 본 아이의 모습은 어떠한지 수시로 공유해줬다. 홍콩에서 만난 한국인 친구들 못지않게 나에게는 무척 소중한 사람들이다.

홍콩의 국제학교는 크게 영국 학제와 미국 학제를 가진 학교로 구분된다. 영국 학제를 가진 학교는 만 5세가 되면 Year

1을, 미국 학제의 경우 만 6세가 되면 Grade 1을 시작한다. 일반적으로 9월 입학을 기준으로, 1년 전부터 입학 지원서를 내고 인터뷰를 한다. 물론 아이가 태어나면 바로 대기해야 하는 어마어마한 학교들도 있다. 나는 아이가 만 4세가 되던 해, 학제에 상관없이 학교를 지원하기로 했다.

나와 남편은 학교의 역할은 가정에서 온전히 담당할 수 없는 인격 형성과 사회성 발달이라는 데에 의견을 모았고, 이를 충실히 담당해줄 학교를 찾아냈다. 그렇게 우리는 미국 학제를 가진 명문 학교 'HKISHong Kong International School'를 목표로 했다. 이유는 학업보다 신체적, 정서적 발달에 집중하는 즐거운 학교 분위기 때문이었다. 한국에 있었다면 남편과 이런 고민을 할 수 있었을까? 우리의 교육관을 유지하며 아이를 키울 수 있다는 것 역시 홍콩에서의 삶이 준 행운이었다.

입학 과정이 시작될 무렵 COVID-19가 무서운 기세로 다시 퍼지기 시작했고, 모든 인터뷰는 온라인으로 전환되었다. 덕분에 아이의 모든 인터뷰 과정을 함께 지켜보고, 학교의 특징도 파악할 수 있었다. 가장 흥미로웠던 것은 HKIS의 인터뷰였다.

인터뷰에 나선 선생님은 한 공간에 있는 네 명의 아이들 중 세 명이 함께 놀고 한 명은 구석에 앉아 있는 사진을 보여주며 우리 아이에게 물었다.

"여기 아이들이 있는 사진이 있는데, 네가 보기에는 어떠니?"

"세 명만 함께 놀고 있고 한 명은 혼자 있네요. 왜 그런 걸까요?"

"글쎄…. 여기 있는 아이들은 기분이 어떨 것 같아?"

"세 명은 즐거워 보이는데, 혼자 있는 한 명은 외로워 보여요."

"네가 이 공간에 함께 있다면 어떻게 하고 싶어?"

"혼자 있는 아이에게 가서 함께 놀자고 말할 거예요. 그리고 다른 세 명에게도 다 함께 같이 놀자고 얘기해볼래요."

"정말 현명한 방법이네. 선생님에게 좋은 방법을 알려줘서 고마워."

어리다고만 생각했던 아이의 훌륭한 답변에 나는 그야말로 감동의 물결에 휩싸였다. 더불어 영어 받아쓰기 테스트가 아닌, 이렇게 질문을 던지고 고민할 기회를 주는 학교라면 아이를 믿고 맡길 수 있겠다는 확신이 생겼다. 그렇게 아이는 만네 살에 본인 인생의 첫 성취를 이뤄 냈다.

아이의 입학과 동시에 올해 3월, 내 커리어에 큰 방점을 찍는 프로젝트가 마무리되었다. 회사에서 처음으로 해외 거래소에 상품을 출시한 것이다. 입사 당시부터 시작되었지만 여러 가지 이유로 오래 좌초되었던 프로젝트가 마침내 결과를 낸 것이었다. 홍콩은 물론 해외의 많은 이해관계자가 얽혀 있었고 복잡다단했던 프로젝트였다. 이 프로젝트를 통해 나는 매니저로서의 역량을 키울 수 있었다. 지난했던 시간과 나의 노력을 인정해주듯 상장 기념식 날, 프로젝트를 함께한 거래소 담당자가 "Kelly는 변호사이지만 프로젝트의 모든 방면에서 매우 큰 역할을 한 슈퍼우먼이다"라고 나를 소개했다. 그동안 쌓아 온 나의 역량을 최적의 영역에서 발휘하며 한 단계 한 단계 성장하고 있음을 느꼈다.

홍콩은 내가 생각했던 것 같은 별천지는 아니지만 유연한 법규와 지속적인 투자를 통해 금융 산업을 심도 있게 발전시켜 온 곳이다. 나는 이제 어떤 시스템과 법제 안에서 금융 산업이 발전하는지 한국의 그것들과 비교하며 배우고 있다. 훗날 이러한 경험이 나에게 어떤 기회를 줄지는 미지수지만, 나는 계속해서 내가 하고 싶은 일, 내가 해낼 수 있는 일을 찾아 도전하려고 한다.

그리고 또 다른 도전

"주저하지 말고 도전하라. 그리고 그 과정을 즐겨라!"

내가 좋아하는 말이다. 워킹맘의 삶은 항상 고민의 연속이다. 아이를 어떻게 키울 것인지, 본인의 커리어는 어떻게 지켜 나갈 것인지, 경제적 안정은 어떻게 이룰 것인지, 가족 관계는 어떻게 만들어 갈 것인지, 세계 어디에 있더라도 우리의 고민은 크게 다르지 않다. 그리고 기회는 누구에게나 찾아오고, 스스로 만들 수도 있다. 단지 지금의 삶에 급급하여 변화를 피하고 안주한다면 결국 남는 건 후회뿐이다. 물론 눈앞에 닥친 현실적인 문제를 생각하면 커리어에 대한 고민은 사치라는 생각이 들 때도 있다. 그럴 때면 가만히 생각해본다. 정말 나의 현실이 그러한지, 아니면 지레 겁을 먹고 변화를 피하고 있는 것은 아닌지.

가족이 된 우리는 그동안 많은 변화를 겪었지만, 홍콩 이주는 우리의 인생을 송두리째 바꾸는 엄청난 변화였다. 그러나 이 모든 과정은 '우리의 성취'를 위한 아주 즐거운 도전이었으며, 우리 가족은 계속해서 훌륭하게 목표를 이뤄 나가고 있다. 앞으로 내 커리어에, 그리고 우리 가족에게 어떤 기회가 올지 모르지만 우리는 기꺼운 마음으로 그 기회를 잡고 변화를 즐기려고 한다.

글재주 없는 내가 처음 글을 쓰기로 결정한 이유가 무엇이었는지 생각해봤다. 학창 시절을 지나 흥겨운 싱글 생활을 보내고, 일과 육아를 병행하며 고군분투하는 우리 워킹맘의 삶은 큰 맥락에서 그리 다르지 않다. 하지만 그 속에서 나와 아이, 그리고 가족이 어떻게 함께 성장해갈지, 어떻게 순간순간을 행복하게 살아갈 수 있을지 함께 고민하고 이야기하는 것도 나름대로 의미가 있을 것 같았다. 내 삶은 아직도 미완성이고 계속 서툰 것투성이지만, 나의 서툰 이야기가 다른 이들에게 공감을 주고 조금이라도 도움이 된다면 그것 또한 좋은 일일 것 같았다.

누구에게나 기회는 온다. 그 기회를 잡는 건 변화를 받아들일 준비가 된 사람이다. 많은 이들이 자신과 가족을 위하여 도전과 변화에 즐거운 마음으로 맞서기를 바란다.

■ 신소희

실패를 즐겨 한다. 2000년대 영국에서 대학 입학에 실패한 이후 통역사, 회계사, 작가, 교사, 사업가, 멋진 엄마, 발레리나 등 다양한 방면에서 실패 중이다. 교육학 석사를 마친 6년 차 교사이며 매달 잡지에 교육 관련 칼럼을 기고하고 있지만, 우리 집 6세 아동은 아직 문맹이다.

끝날 때까지 끝난 게 아니다!
회계사, 국제학교 선생님이 되다

"조금 느려도, 핸디캡이 있어도 상관이 없다.
매일 꾸준히 산을 오르면,
반드시 그 산을 정복할 수 있다.
나는 그 사실을 증명한 셈이었다.
내가 가고 있는 창업의 과정도 그렇다.
힘들고 더디지만, 서서히 완성되어 가는
인생의 한 챕터가 될 것이다."

여기서
떨어지면 끝날까?

어느 날의 새벽 두 시, 나는 16층 아파트 베란다에서 아득한 허공을 한참 동안 바라봤다. 수개월 동안 계속된 야근에도 처리해야만 할 업무들은 쌓여 갔다. 나의 노력과는 상관없이 떠맡게 되는 책임은 점점 더 많아지고, 승진을 거듭할수록 주위에는 '어디 잘하나 보자'는 식의 차가운 시선들이 많아졌다. 점점 더 해결하기 어려운 문제들이 몰려왔고, 답은 어디에도 없어 보였다. 위험천만한 아파트 베란다 끝에 서서 생각했다.

'지금 내가 할 수 있는 선택은 무엇일까? 지금 나를 괴롭히는 고민과 스트레스에서 벗어나려면, 이 압박에서 벗어나려면, 어떤 길을 선택해야 할까?'

그때의 나는 다행히 마지막 이성의 끈을 놓지 않았고, 그날의 혼돈이 터닝 포인트가 되어 지금 건강한 삶을 살아가고 있다.

감사하게도 나는 부모님 덕분에 해외 여러 나라에서 학창 시절을 보낸 뒤, 호주에서 첫 직장 생활을 시작했다. 오랜 해외 생활 끝에 한국으로 돌아와 한국지엠에 입사한 나를 보고, 한 이사님은 "쟤, 삼 개월 못 버틴다"고 했고, 다른 상무님은 "쟤, 임원된다"고 했다고 한다. 결론을 말하면 두 분 다 틀렸다. 나는 여러 가지 의미로 대단했던 한국에서의 회사 생활을 6년이나 버텨 냈고, 임원은 되지 못했다. 그리고 회사를 그만뒀다.

한국에서의 회사 생활은 특유의 매력이 있었지만, 점점 나의 생명을 꺼뜨리는 느낌이었다. 언제 어디서나 당당하게 내밀 수 있는 명함과 이런저런 문제 해결을 위해 나를 찾는 사람들은 내게 커다란 자부심과 성취감을 줬지만, 한국 기업의 꽉 막힌 조직 문화는 조금씩 내 숨통을 조여 왔다.

나의 능동적인 성격은 "나댄다"라는 말로 쉽게 표현되었고, 내 앞을 걸었던 여성 멘토들은 이미 '미친년', '독한 년'이라는 이름으로 각인되어 있었다. 어떤 사람들은 영어를 자유롭게 사용하는 나를 후배라는 이유로 번역기처럼 쓰기도 했고, 나와 일면식도 없으면서 "쟤는 영어 쓰는 사람 아니면 상대도 안 해줘"라며 미워하기도 했다.

내가 더 잘해서 실력으로 보여줘야 한다는 압박감은 점차 커다란 정신적 스트레스가 되어 갔다. 업무에서 성과를 내고, 승진을 거듭할수록 회사의 기대와 주변의 시선 사이에서 나는 벼랑 끝으로 밀려가고 있었다.

내 일을
좋아한다는 착각

나는 내 일을 좋아했다. 숫자를 보고 흐름을 읽는 것도, 그에 맞춰 프로젝트 방향을 제시하는 업무도 성취감이 있었다. '다른 곳에서 일하면 이렇게 큰 숫자를 볼 수 있을까?' 특별한 일을 한다는 즐거움에, 가끔은 보고서를 준비하면서 설레기도 했다. 하지만 지금 생각하면 내가 그 일을 잘하고 좋아한다는 확신이 나를 가장 힘들게 했던 것 같다. 이 순간만 지나면, 조금만 더 버티면, 숨 막히는 날은 끝날 거라 기대하며 몰두했다. 하지만 그 작은 희망이 내 영혼을 조금씩 갉아먹고 있다는 걸 깨닫지 못했다.

그때까지 내가 이뤄 온 것들, 부모님의 자랑인 나, 새로 산 멋진 집의 대출금을 갚을 수 있는 안정적인 수입, 자랑스럽게 내밀 수 있는 명함, 우리 점프스타트 팀원들. 모든 것이 나를 설명해주는 가치들이었다. 하지만 점점 회사 생활에 회의가 깊어지면서 나는 의심해본 적 없는 나의 가치에 대해 고민했다.

'나를 설명하는 이 모든 것이 없어져도 나는 나일 수 있을까? 회사를 떠나더라도 나를 당당하게 소개할 수 있을까? 파란 사원증이 없어도 나의 존재를 확신할 수 있을까?'

이 질문에 확실한 답을 얻기까지 많은 시간이 걸렸다. 그리고 답을 얻는 순간, 나는 퇴사를 결정했다.

나는
퇴사에 성공했다

누군가는 나에게 실패했다고 말할지도 모른다. 젊은 사람들은 근성이 없다고 할지도 모른다. 하지만 나는 '아니다' 싶을 때 과감하게 돌아서는 것도 박수받아 마땅한 일이라고 마음먹었다. 거기에도 큰 용기와 자존감이 필요하기 때문이다.

모든 걸 내려놓고 싶었던 그날, 나는 삶의 우선순위를 다시 생각해봤다. 그때의 나는 손에 움켜쥔 것을 계속 잡고 있지도, 버리지도 못하는 상태였다. 어떤 것을 선택할 힘조차 남아 있지 않았고, 나를 누르는 삶의 무게가 숨도 쉴 수 없을 정도로 무거웠다. 남들이 보기에는 더없이 멋진 삶이었지만 그때의 나는 한없이 공허했다. 16층 아파트 베란다 끝에 서서, 이것이 삶의 마지막일 수 있다고 생각하자 알게 되었다. '나는 누구보다 행복해지고 싶은 사람'이라는 걸. 그때의 나는 멋진 직업도 돈도 필요하지 않았다. 그냥 행복해지고 싶었다.

'내가 원하는 것은 무엇일까?' 그날 이후 오랜 시간을 생각했다. 그때의 나는 건강을 지키고 싶었고, 소중한 사람들과 추억을 쌓을 시간이 필요했다. 돈보다 일과 가족, 친구와 건강이 함께하는 균형 있는 삶을 살고 싶었다. 그때까지의 나는 많은 급여와 성과가 중요했지만, 이제 나는 내면의 만족과 감사하는 마음을 더 많이 느끼고 싶었다.

그리고 그 행복을 얻기 위해서 많은 돈이 필요하지 않다는 것도 깨달았다. 파인 다이닝이나 명품 같은 사치스러운 소비가 아니라면 그때까지 일했던 퇴직금과 투자 수익금으로도 당분간은 생활할 수 있을 것 같았다. 맛있는 음식을 먹고, 편안한 집에서 지내는 소박한 생활을 하기엔 충분했다.

일도 마찬가지였다. 회계사라는 일을 좋아했지만, 그 직업을 좋아했던 것일까 생각해보면 어떤 직업이라도 상관없었다. 자존감을 높여 주고 하루하루 즐겁게 보낼 수 있는 일이라면 나는 어떤 일이든 행복하게 할 수 있을 것 같았다. 내가 할 수 있는 일, 열정을 가질 수 있는 일로 내면의 만족을 얻고 싶었다. 그 깨달음이야말로 한국에서 보낸 6년간의 회사 생활이 나에게 준 가르침이었다.

싱가포르에 헤딩, 안 되면 되게 하라

그렇게 삶의 우선순위를 정한 나는, 나를 짓누르는 한국을 떠나기로 마음먹었다. 그리고 본격적으로 준비를 시작했다. 내가 살 곳은 나의 필살기인 영어를 사용할 수 있고, 내 아이를 키울 수 있는 환경이어야 했다. 더 나아가 합리적 사고가 통하고 안전한 곳, 그리고 동양인으로서 편견 없이 나의 실력을 발휘할 수 있는 곳이면 금상첨화였다. 그렇게 내가 최종으로 결정한 곳이 바로 싱가포르였다.

살 곳이 정해지자 3개월 관광 비자로 내 모든 짐을 들고, 소개팅한 지 일주일밖에 안 된 남자까지 데리고 연고 없는 싱가포르로 무작정 왔다. 내 옆에서 행복하기만 하면 된다고 해놓고 지금까지 일을 시키고 있는 남편에게 미안할 따름이다.

우리는 정말 아무 연고가 없었다. 싱가포르에 대한 정보는 10년 전 대학 다닐 때 콘퍼런스를 위해 한 번 왔던 그때의 기억이 전부였다. 싱가포르에 오자마자 단순한 생각으로 시내에서 직선거리에 있는 가깝고 저렴한 집을 구했다. 그런데 알고 보니 그 집 바로 뒤가 싱가포르의 유명한 사창가 골목이었다. 정말이지 싱가포르에 대해 아는 게 하나도 없었다. 비자도 없었다. 물론 직장도 없었다.

막상 싱가포르에서의 구직 활동은 조급한 마음 때문인지 생각만큼 쉽지 않았다. 마음이 불안해지던 와중에 영어를 배워보겠다고 어학원에 다니던 남편이 구직 사이트를 통해 덜컥 취업을 해버렸다. 한국에서 최고의 대학을 졸업하고 전형적인 엘리트 코스를 밟은 남편이지만, 얼떨결에 취업을 하고 나서는 적응하기까지 꽤 힘든 시간을 보냈다. 인생에서 실패를 거의 경험해본 적이 없던 그였기에, 낯선 땅에서 영어로 소통해야 하는 회사 생활이 얼마나 어려웠을까. 서툰 영어로 새로운 직장에 적응하느라 얼마나 스트레스를 받았을까. 그래서 그랬는지 3년이나 피부염을 앓기도 했다. 싱가포르에서의 좌절과 실패가 그에겐 약이 되었던 것일까. 남편의 완벽주의에 가깝던 성격도 많이 부드러워졌다. 지금은 친구를 만들고 운동도 하며, 싱가포르에서의 삶을 만끽하고 있다.

생각해보면 그렇게 신중하고 생각이 많은 남편이 어떻게 세 번째 만남에서 프러포즈를 하고, 직장까지 그만두고는 싱가포르로 왔을까 싶다. 만난 지 3개월 만에 휘몰아치듯 결혼한 정반대의 우리가 지금까지 잘 살고 있는 것도 신기하기만 하다.

남편의 취업 덕분에 정말 기적처럼 우리는 싱가포르에서 자리를 잡았다. 어쨌든 해외 생활을 준비하는 후배들에게 절대 추천하지 않는 경로이긴 하다. 6년의 지옥 같던 한국에서의 직장 생활을 버텨 내고 16층 베란다에 섰던 나에게는 세상 두려울 게 하나도 없었다. 그렇게 싱가포르에서의 생활이 안정되자 내 인생에 없을 것 같았던 아이가 생겼다. 취직도 여의치 않은데 임신이라니!

의도하지 않은 긴 휴식을 가지게 된 나는 인생과 커리어를 장기적으로 생각하기 시작했다. 하지만 호르몬 때문이었을까. 야근을 하고 출장을 다니며 늦은 나이에 생긴 소중한 아기와 떨어져야 한다는 생각만 해도 마음이 시려 왔다. 한국에서와 같은 고통을 나이에 쫓겨서, 상황에 떠밀려서 다시 반복하고 싶지는 않았다. 무엇보다도 다시 일을 한다면, 아이를 키우며 오래오래 안정적으로 할 수 있는 일을 찾고 싶었다.

그래서 나는
선생님이 되었다

오랫동안 아이를 키우며 할 수 있는 일은 무엇일까? 이런 고민을 하던 나는 재능이 있는지, 가르치는 걸 좋아하는지도 모른 채 선생님이 되기로 결정했다. 아기와 나를 위한 유일한 대안이었다.

'자, 이제 선생님이 되려면 뭘 해야 하지?' 여러 가지 경로가 있었지만 나는 정공법을 택했다. 대학부터 다니기로 한 것이다. 전혀 다른 분야에서 공부하고 일해왔으니 시간이 좀 걸리더라도 기초부터 차근차근 다지고 싶었다. 그리고 정규 과정의 충분한 교생실습 기회는 외국인인 나에게 소중한 인맥과 수업 경력을 보태줄 것이라 생각했다. 공부와 함께 싱가포르에서 태어난 딸의 육아도 시작되었다. 집에서는 헬퍼와 인터넷의 도움을 받고, 학교에서는 학생들과 보조 선생님들의 도움을 받았다.

"미안해. 엄마가 울려서 미안해. 왜 우는지 잘 몰라서 미안해. 엄마가 피곤해서 미안해. 수업 들어가서 미안해. 공부해야 해서 미안해."

아이를 키우면서 항상 미안하단 말을 달고 살았다. 그때의 기억 때문인지 아직도 딸을 생각하면 미안한 것투성이다. 이제는 내가 미안하다고 하면 "괜찮아. 미안하다고 말해주는 엄마가 너무 좋아" 하고 나를 위로해줄 만큼 속 깊게 자란 딸이 대견하고 감사하다.

직장 생활을 하다가 서른이 넘은 나이에 다시 학교를 다닌다고 생각하니 설레기도 했다. 오티ot 때는 어려 보이고 싶은 마음에 꽃무늬 원피스를 입고 갔다. 면티에 청바지만 입어도 싱그러운 젊음이 무기인 동기들은 다들 내게 몇 살이냐고 물었다. 혼자 꽃무늬 옷을 입고 앉아 있던 나는 싱가포리언의 직설화법에 한 번 놀라고, 그들의 패션에 또 한 번 놀랐다.

대학 생활은 어렵고도 즐거웠다. 사실 공부는 어려웠지만, 교육학이라는 특성상 교수님들은 나에게 맞는 교수법을 적용해가며 잘 가르쳐 줬다. 내가 수업을 따라오지 못하거나 이해를 못하면 다른 방법으로 설명해주기도 하고, 그래도 안 되면 새로운 교수법을 연구해서 오는 등 항상 나를 배려해줬다. 사실 숙제가 있으면 숙제하고, 시키는 대로 발표하고, 그냥 내 두뇌를 그들에게 맡기면 나는 졸업을 하고 선생님이 될 수 있었다. 그냥 그렇게 하는 것이 또 그들의 몫이었지만, 그들은 내가 이해할 때까지 끝내 포기하지 않았다. 안 해도 되는 수고를 마다하지 않은 교수님들에게 감사하다.

택시를 타면 물어보지도 않고 자연스럽게 나를 교수동 앞에 내려줘서, 항상 강의동으로 한참 걸어가기도 했다. 나이 많은 학생의 애로사항이었다. 실제로도 내가 교육학 강사보다 열 살 정도 많기도 했다. 스무 살이나 넘게 차이가 나는 갓 고등학교를 졸업한 친구들과의 학교생활도 나에게는 도전이었다. 한번은 교육학 과목에서 조별 과제를 위해 제비뽑기로 조원들을 뽑게 되었다. 같은 과의 한 친구가 자기가 뽑은 종이에 적힌 내 이름을 보더니 울음을 터뜨렸다. 그러자 우르르 몰려가 그 친구를 위로하는 친구들까지 있었다. 정말이지 적잖이 당황스러운 상황이었다.

'너희들 진짜… 그러기야. 내가 너희들처럼 잘하지 못하는 건 인정하지만 공부 못한다고 내가 폭탄이라도 되는 거야. 나도 집에 밤새 우는 갓난쟁이가 없으면, 삼시 세끼 밥 차려 주는 엄마가 있으면, 등록금 또박또박 내주는 아빠가 있으면, 너희들보다 공부 훨씬 잘했을 거다.'

하고 싶은 말은 수없이 많았지만, 속으로 이렇게 혼잣말을 하는 것으로 대신했다. 그리고 그저 이 한마디로 상황을 정리하고 돌아섰다.

"Hey! That's rude."

그날의 내 포스에 눌린 것인지, 친구들은 다음부터 나랑 같은 조가 되더라도 싫은 티를 내지 않았다. 이를 계기로 나는 평소보다 훨씬 더 열심히 공부하며 위기를 극복해 갔다. 어린 동기들과의 관계가 쉽지는 않았지만, 그동안 회사에서 만난 진상들을 생각하면 솜사탕처럼 가볍고 말랑한 편이었다.

지금도 알 수 없는 것이 한 가지 있다. 학교를 다니면서 나는 항상 동기들에게 "얘들아, 우리 술은 언제 마시니?"라고 물었다. 전 세계에서 가장 학교를 좋아하고, 공부를 좋아하는 모범생들만 모이는 곳이어서였을까. 동기들은 대학 생활 내내 놀랍게도 미팅, 음주, 엠티MT 한 번 없이 졸업을 했다. 내 입장에서 보면 참 신기한 일이었다. 아니면 나 빼고 몰래 자기들끼리만 놀았는지도 모를 일이지만.

해외에서 일하는
선생님의 장점

빙빙 돌아가는 길이라고 생각했지만, 대학 과정을 처음부터 이수한 덕분에 싱가포르에 있는 여러 국제학교에서 교생실습을 할 수 있었다. 교생실습은 나와 나의 교수법을 여러 학교에 소개하는 계기가 되었고, 외국인인 나에게 무엇보다 미래를 위한 네트워크와 레퍼런스를 탄탄하게 쌓을 수 있는 기회가 되었다. 그리고 대학을 졸업할 즈음 싱가포르의 여러 국제학교 중 다양한 인종의 선생님을 선호하는 곳에서 나를 채용했다.

외국인으로서 교사라는 직업은 장단점이 뚜렷하다. 국가마다 추구하는 문화적 가치가 있고, 네이티브가 아닌 만큼 그것을 충분히 아이들에게 전달하지 못하는 것은 단점이 될 수 있다. 반면에 나의 존재 자체가 다양성의 상징이 된다는 건 분명한 장점이다. 특히 국제학교가 많은 싱가포르는 교사가 언제나 부족하다. 파란 눈의 노랑머리 선생님보다는 못하겠지만, 한국인 영어 선생님은 극소수라 국제학교에서 아주 많은 관심과 사랑을 받으며 일할 수 있다.

국제학교에서 선생님으로 일하며 나는 많은 것을 배웠다. 다양한 문화와 배경을 가진 학생들을 만나며 나의 세계관도 무한히 넓어졌다. 만약 나와 같은 직업을 꿈꾸는 사람이 있다면 강력하게 추천하고 싶다. 영어 교육에 있어서도 네이티브 선생님보다 오히려 우리 같은 외국인이 학생의 입장을 더 이해하기 쉽다. 또 아이들이 자라고 발전하며 성취하는 경험을 함께한다는 즐거움이 대단하다. 나의 역량으로 한 사람의 미래를 일궈 나간다는 생각만 해도 말로 다 표현할 수 없는 엄청난 보람이 느껴진다.

회계사 일을 좋아했던 나는 십 년 후, 그보다 천 배쯤 더 좋아하는 일을 찾게 된 것 같다. 나의 말 한마디에 집중하고, 나의 지시를 열심히 따라주는 아이들 덕분에 높아지는 내 자존감은 수치로 환산할 수가 없다. 출산과 육아로 낮아진 나의 자존감을 우리 반 아이들이 차고 넘치도록 다시 채워 줬다. 아이들은 잊혀진 내 이름을 하루에 100번도 넘게 불러준다.

"선생님, 우리 집에 놀러 와요. 선생님이 하루 종일 나랑만 놀았으면 좋겠어요."

이 한마디가 세상의 등쌀에 꽁꽁 얼었던 내 마음을 모두 녹여줬다.

출근을 하면 20명이 넘는 아이들이 나를 향해 반갑게 인사하고, 모두 나를 따라 교실로 가기 위해 줄을 서서 기다린다. 그러고는 나의 손짓에 따라 이동한다. 물론 가끔 말도 안 듣고 딴짓을 하기도 하지만, 내가 팔짱만 한 번 껴도 놀라서 제자리로 돌아오는 귀여운 아이들이다. 교실에 있으면 마치 내가 연예인이라도 된 것 같은 기분이 든다. 아이들은 나의 농담 한마디에 세상 즐겁게 까르륵 웃고, 나의 눈빛 하나에 숨을 죽인다. 내가 들려주는 이야기에 놀라고, 내 말을 오래 기억하려고 노력한다. 그런 모습들이 얼마나 고맙고 사랑스러운지… 선생님이라는 직업은 나에게 무엇보다도 마음의 치유를 가져다줬다.

교육학 학사를 마친 후에는 석사 학위를 취득했다. 그러고는 국제학교 커리큘럼을 정식으로 가르칠 수 있는 초등교사 자격증(IB PYP)을 취득했다. 국제학교 담임 교사로 일하는 동안, 우리 딸은 엄마가 일하는 학교에서 자신감 있고 행복한 아이로 자랐다. 나는 수업할 때마다 내가 가장 좋아하고 잘하는 일을 하고 있다는 생각에 매번 설렜다. 아기 때부터 학교 선생님들과 학생들 손에서 자란 우리 딸은 교실에서 친구들을 모아 놓고 선생님 놀이를 한다. 가끔 학교 선생님들이 우리 집에 놀러 와서 와인을 마시는 모습에 깜짝 놀라기도 하고, 선생님 세상의 비밀을 알아낸 것처럼 좋아한다. 담임 선생님과 엄마가 친하다는 사실을 너무 좋아하지만, 비밀 이야기를 할 때는 언제나 말한다.

"엄마, 절대 선생님한테 이 얘기 하면 안 돼!"

돌아보면 나는 회사 일을 좋아하는 사람이 아니라 조직을 좋아하는 사람이었다. 그런데 아이들처럼 내 말을 잘 듣는 동료들과 일하고 있는 지금 얼마나 즐거운지 모른다. 가끔 동료들의 등쌀에 부대끼며 일하던 그때 그 시절을 떠올리면 새삼 아이들에게 감사함을 느낀다. 세상 이렇게 말 잘 듣고 사랑스러운 팀원들이 어디에 있을까. 나는 지금의 내가 너무 좋다.

선생님의 또 다른 장점은 여유 시간이 많다는 것이다. 여전히 나대는 걸 좋아하는 나는 여유가 생기면 싱가포르 내셔널 갤러리, 한인 교회의 통역 봉사로 재능을 나눈다. 그리고 싱가포르 워킹맘 모임 '발레방'에서 활동하기도 한다. 쉬는 시간과 점심시간을 이용해 대학원 공부를 마쳤고, 창업 준비도 했다.

교사란 아이들에게 스스로 행복해지는 법을 가르쳐 주는 직업이라고 생각한다. 지금의 나는 나의 하루를 마음껏 즐기고 나눌 수 있다는 것에 감사한다. 지금 커리어 체인지를 고민하는 사람이 있다면 나의 이야기가 진심으로 도움이 되길 바란다.

세상에 안 되는 게 어딨어?
되게 만들어야지

국제학교에서 일하며 느낀 안타까운 점 중 하나는, 영어가 유창하지 않은 아이들이 교육 과정에서 종종 소외된다는 점이었다. 나는 한 반에 20명 남짓하는 아이들 중 소외되는 아이가 생긴다는 점이 항상 마음에 걸렸다. 이미 경제적 자유를 맞이했고 평생 좋아할 직업도 찾은 나는 40세를 맞이하며 더 의미 있는 삶을 살고 싶었다. 지금까지 넘치는 도움과 재능을 받았으니, 이제는 사람들에게 도움이 되는 삶을 살고 싶다는 생각을 한 것이다. 그렇게 인생을 좀 더 주체적으로 살기 위해 창업을 결심했다.

낯선 땅에서 외국인의 신분으로 사업을 시작하기란 쉽지 않은 일이다. 하지만 나는 지금까지 해오던 대로 '세상에 안 되는 게 어딨어? 되게 만들어야지' 정신을 무기로 용기를 냈다. 법인을 등록하고, 학원 사업 허가를 받고, 사무실을 계약하고, 법인 통장을 만들고, 비자를 받고, 직원을 고용해서 싱가포르 오차드에 국제학교 적응을 힘들어하는 아이들을 위한 영어 학원 '조이앤런 러닝 센터'를 오픈했다.

대학원 과정을 공부하던 중 아주 흥미로운 주제의 연구가 있었다. 연구에 참여하며 나는 매일 아침 5분 동안 우리 반 아이들에게 자신의 단계보다 1년 정도 높은 수준의 어려운 내용의 과제를 아주 조금씩 가르쳤다. 이렇게 한 학기가 지나자, 우리 반 누구도 그 내용에 대해 모르는 아이가 없었다. 놀라운 것은 당시 우리 반에는 영어를 전혀 못하는 친구도 있었고 주의력이 많이 떨어지는 친구도 있었는데, 단 한 명도 빠지지 않고 모두가 그동안 가르친 그 내용을 충분히 이해했다는 사실이었다.

조금 느려도, 핸디캡이 있어도 상관이 없다. 매일 꾸준히 산을 오르면, 반드시 그 산을 정복할 수 있다. 나는 그 사실을 증명한 셈이었다. 내가 가고 있는 창업의 과정도 그렇다. 힘들고 더디지만, 서서히 완성되어 가는 인생의 한 챕터가 될 것이다. 그리고 그 과정에서 얻은 성취와 성장은 모든 어려움을 상쇄시켜 줄 거라 믿는다.

무슨 일이 있어도
지켜야 할 것들

각자의 삶은 각자 다른 가치와 의미로 진행된다. 지금 싱가포르에 안착한 나는 삶의 우선순위를 명확히 정하고, 그 가치를 실현하기 위해 노력한다. 복잡한 세상은 우리에게 많은 경쟁과 압박을 강요하지만, 내가 원하는 진정한 가치를 지키려고 힘을 낸다. 나는 나와 내 인생을 지키기 위해 무엇보다 소중하게 생각하는 세 가지를 항상 기억하며 산다.

하나, 자존감

나의 가치를 인정하며 산다. 주변의 말에 휩쓸리지 않고, 나를 소중히 여겨야 한다는 것은 한국의 회사 생활에서 가장 힘들게 얻은 교훈이었다. 나를 모르는 사람들이 나에 대해 떠드는 말 따위는 아무것도 아니라는 걸 받아들이는 데에는 많은 시간이 필요했다. 상관없는 사람들의 말에 나는 점점 작아졌고, 스스로의 가치를 의심하기도 했다. 하지만 시선을 걷어 내는 순간, 나는 다시 거침없고 당당한 나로 돌아왔다.

누가 어떤 말을 해도 나는 사랑받기 위해 태어난 사람이라는 것, 세상 무엇과도 바꿀 수 없는 가장 소중한 사람이라는 것을 절대 잊지 않으려고 한다. 나를 잘 아는 사람은 바로 나니까.

둘, 나만의 필살기

호주에서 대학을 다니며 했던 전화 영어 아르바이트는 용
돈이 떨어질 때마다 한 줄기 빛처럼 나를 구해줬다. 그러면서
영어라는 무기가 나에게 얼마나 크고 소중한지를 알게 되었
고, 평생 이거 하나만 있으면 세상 어디에서도 먹고살 수 있겠
다는 확신이 생겼다. 그러니 그 확신을 실현하려면 현실이 힘
들더라도 비장의 무기가 녹슬지 않도록 갈고 닦아야 한다. 내
삶에 언제 위기의 순간이 닥칠지 모르고, 나의 필살기가 어떻
게 빛을 발할지 모르니 말이다.

나는 두려움을 가지고 늘 영어를 공부한다. 대학을 졸업한
후, 일상적인 업무를 하기엔 충분한 영어 실력이었지만 회사
에서 제공해주는 영어 교육이 생기면 모두 참여했다. 한번은
사내 영어 수업에 들어가 맨 앞자리에 앉아 있었는데, 필리핀
출신의 초보 강사가 어눌하게 강의를 했다. 내가 틀린 부분을
지적했더니 바짝 언 표정으로 "네, 선생님!"이라고 대답해 좌
중에게 웃음을 선사하기도 했다. 나만의 영어 공부 노하우를
담아 《Neat Essay Writing Guidelines》라는 영어책을 출간하기
도 했다.

그렇게 준비해온 나의 필살기는 30대 중반이었던 8년 전,

달랑 한 달 치 생활비만 손에 쥐고 싱가포르에 도착한 나를 낯선 땅에 뿌리를 내리게 해줬고, 크고 많은 기회를 나에게 가져다줬다. 아는 사람 하나 없는 싱가포르에서 나는 《Neat Essay Writing Guidelines》의 저자라는 타이틀 하나로 영어 수업을 시작했다. 영어 수업은 언제나 수요가 있었다. 세계 어느 곳이나 한국 교민들은 있었고, 그들 중 대부분은 영어에 대한 아쉬움을 느끼기 때문이다. 생활비가 떨어졌을 때 들어온 레슨 하나하나가 얼마나 감사하고 소중했는지 모른다. 그때는 아무리 힘든 지역이라도 찾아갔고, 영혼을 탈탈 털어 최선을 다해 수업을 하곤 했다.

지금도 시간이 날 때마다 나는 크고 작은 통역, 번역 프로젝트를 맡곤 한다. 그것이 지금의 커리어에 큰 도움이 되지는 않지만, 아침 일찍 일어나 조금씩 하는 번역이, 주말 시간을 쪼개서 하는 통역이, 언젠가 다가올 나의 미래에 또 다른 큰 자산이 될 거라는 걸 알기 때문이다.

셋, 소중한 인연

지금도 한국에 가면 만사 제치고 나를 만나러 달려 나오는 소중한 사람들이 있다. 돌이켜보면 내가 가장 힘든 순간에 알게 된 사람들이다. 위기와 고난 속에서 힘들어할 때 내 손을 잡아주며 나의 편이 되어 준 사람들이야말로 내 삶을 지켜준

은인이라는 생각을 한다. 그들의 사랑과 지지 덕분에 나는 인생의 다음 챕터로 나아갈 수 있었다.

다만 내가 긴 어둠 속에서 빠져나오느라 그들의 따뜻한 사랑에 충분히 고맙다고 표현하지 못한 것이 아쉬울 뿐이다. 그들이 있었기에 내가 여기까지 올 수 있었다. 지금의 나는 기회가 닿을 때마다 고마운 사람들에게 깊은 감사의 마음을 전하려고 노력한다.

한국에서 일하던 시절의 이야기인데, 업무가 엄청 밀린 연말이었다. 그 와중에 송년회까지 준비하라는 지시가 내려왔다. 동기 한 명이랑 급하게 상무님 차를 빌려서 장을 보러 나갔다가 그만 교통사고를 냈다. 반파된 상무님의 차에 놀라고 겁에 질리기도 해서 그런지 사무실로 들어가 상무님의 얼굴을 보자 나는 그 자리에서 펑펑 울어버리고 말았다. 그런 나를 보고 상무님은 "그래. 그럴 만해" 한마디만 했다. 그 어떤 충고도 위로도 더 하지 않고 가만히 울음이 그치기를 기다려 줬다.

회사에 혼자 남아 야근할 때, 매번 말없이 샌드위치를 책상 위에 두고 간 이웃 팀의 차장님. 혼자 편하게 일하라고 본인이 예약한 회의실을 비워준 대리님. 점심시간에 월남쌈을 먹으며 같이 웃어주던 언니들. 항상 따뜻한 조언과 응원을 보내준 멘토님들. 쉴 틈 없이 나를 불러내던 팀원들.

그때는 보이지 않았지만 내가 가장 힘들었다고 생각한 때 마음을 내준 사람들이 있었다. 한 치 앞이 보이지 않을 정도로 앞이 캄캄하고, 혼자라고 생각하던 그 순간에도 곁에는 좋은 사람들이 있었다. 그들 덕분에 내 삶이 더욱 풍요롭고 단단해 졌다는 것을 안다. 그렇기에 그 인연을 아끼고 지키려고 노력 한다.

인생에
실패라는 건 없어

갓 스무 살이 되었을 때, 학교 시험에서 떨어져 실망한 나에 게 아빠가 해주신 말이 기억난다.

"네 인생에 실패는 없어. 모두 경험일 뿐이지."

돌아보면 단 하루도 내 인생에 지우고 싶은 순간은 없었다. 실패와 좌절의 연속이었지만, 그 모든 경험들이 지금의 나를 만들었으니까. 한국의 회사 생활에 실패하여 싱가포르로 오게 되었고, 싱가포르 취업에 실패하여 선생님이 되었다. 수많은 실패와 좌절은 아빠의 말처럼 단지 경험에 불과했다.

이제 선생님으로서 나는 항상 아이들에게 "틀려도 괜찮아. 너의 배움은 바로 거기에 있는 거야"라고 말하곤 한다. 아이들은 그림을 망칠 수도 있고, 만들기를 망칠 수도 있으며, 메뚜기를 잡지 못할 수도 있고, 뛰어가다 넘어질 수도 있다. 하루에도 몇 번씩 실패를 경험하면서 성장하는 것이 일상이다. 나는 그럴 때마다 그들의 실패를 진심으로 응원하고, 다시 시도할 용기를 채워준다. 실패는 배움의 일부이며, 다시 도전하고 성장할 수 있는 기회라는 것을 알려주려고 한다.

나 역시 지금껏 실패해온 것처럼 앞으로도 더 많이 도전하고 실패하려고 한다. 발레 솔로 무대에 도전할 것이고, 한국의 멋진 책들을 외국에 알리는 번역 작가에도 도전해볼 생각이다. 더 많은 아이들에게 스스로 행복해지는 법을 가르쳐 주고, 학교생활을 즐겁게 할 수 있도록 도와주고 싶다.

나의 수많은 시행착오와 초라한 성과에도 감격과 환호로 응원하고 지지해주는 내 영혼의 충전소 엄마 아빠, 언니와 형부, 사랑둥이 내 동생, 나의 가장 못난 모습까지 사랑해주는 내 자존감 지킴이 남편과 딸, 그리고 싱가포르에서 만난 친구들.

내 인생을 함께 만들어 가는 이 소중한 사람들에게 감사를 전한다.

■ 윤재운

7년 경력 단절 끝에 싱가포르에서 재취업에 성공한 새내기 워킹맘이다. 외향적 내향형 인간으로, 현재 스타트업 지원 기관에서 맡고 있는 파트너십 업무가 천직이 아닐까 생각해본다. 최근엔 싱가포르의 꿉꿉한 기후도, 끊임없이 밀려드는 인생의 파도도 저항해봤자 부질없다는 것을 깨닫고, 오히려 그 파도의 흐름을 타고 도약하려 노력 중이다.

평범한 대한민국의 경단녀,
다시 성장을 시작하다

"우리는 모두 내면의 목소리에
귀를 기울일 필요가 있다.
뭔가 계속 신경이 쓰인다면
분명히 이유가 있는 것이다.
해보고 싶은 게 있다면
고민하지 말고 일단 해보자.
다시 어린아이로 돌아간
나를 스스로 돌본다는 생각으로
좋아하는 것도 해보고,
왜 힘든지 물어봐 주자."

다시
나를 찾아서

"저는 ㈜STX의 첫 여성 CEO가 될 것입니다."

대학을 졸업하고 입사를 했을 때만 해도 내 인생은 순탄하기 그지없었다. 몇 차례의 취업 실패로 잠시 의기소침하기도 했지만, 당시 누구나 알 만한 대기업에 입사하며 주변 기대에도 충분히 부응했다.

크루즈를 타고 받았던 신입 사원 연수 중 각자의 포부를 발표하는 시간, 압도적으로 남성이 많았던 조선·해운 회사에서 나는 첫 여성 CEO가 되겠다고 당당하게 말했다. 그리고 스스로도 그렇게 될 거라 믿어 의심치 않았다. 연수의 피날레를 장식하는 조별 발표회에서는 대표로 나서 준우승을 거머쥐었다.

이후 진행된 사내 연수에서도 전체 신입 사원 중 1등을 해서 사장님으로부터 직접 상장을 받았다.

당찬 포부로 입사한 지 1년 차, 생각지도 않은 아이가 생기며 내 인생은 180도 달라졌다. 그리고 내 인생의 기준은 360도 달라졌다. 여성 CEO가 되겠다던 결심은 허무할 정도로 어디론가 자취를 감췄다. 삶의 우선순위에서 적어도 100위 권 밖으로 밀려난 듯했다. 주변 어른들이 하시는 "그래도 아기는 엄마가 키워야지"라는 말은 "장미는 빨갛다"라는 말처럼 당연하게 들렸다. 그리고 마치 홀린 듯이 자연스럽게 출산휴가와 육아휴직을 거쳐 나는 퇴사를 했다.

미래가 유망하던 대기업 신입 사원이 경단녀가 되기까지 어떠한 돌발 상황도, 드라마틱한 이벤트도 필요하지 않았다. 그저 여성이기에 결혼과 출산, 퇴사까지 자연스러운 하나의 과정인 것처럼 진행되었다. 하지만 그때만 해도 내가 자그마치 7년이라는 시간이나 경단녀로 살게 될 줄은 전혀 예측하지 못했다.

별 고민 없이 퇴사한 자의 최후

양쪽 부모님께서 전혀 육아를 도와줄 수 없는 형편이라는 건 첫째를 낳은 다음에야 알았다. 그렇게 한창 커리어를 쌓아야 할 시기에, 간절한 바람과 노력으로 입사한 회사를 그만두기로 결정했다.

젖도 못 뗀 갓난쟁이를 어린이집에 맡기고 싶지 않았고, 평일에는 시부모님께 아기를 맡기고 주말에만 아기를 만나는 '주말 엄마'가 되기도 싫었다. 아기가 조금 아프거나 울기만 해도 다 내 잘못인 것 같았다. '무슨 부귀영화를 누리자고 이 핏덩이에게 못 할 짓을 하나' 하는 생각이 밀려왔고, 별 고민 없이 퇴사를 결정했다.

어렸을 때부터 늘 집에서 살뜰하게 챙겨 주던 엄마와 함께 자란 나였기에, 주 양육자는 당연히 엄마여야 한다고 생각했다. 가족들의 생각도 대체적으로 비슷했다. 그 당시, 어쩌면 지금도, 아주 평범하게 살아가는 대한민국 보통 여성의 결정이자 내가 할 수 있는 최선의 선택이었다.

그렇다고 평생 일을 하지 않을 생각은 아니었다. 막연하게 '나는 대기업에 다니던 능력이 있으니, 아기가 좀 자라면 당연히 재취업을 하리라' 생각했고, 할 수 있을 거라 믿었다. 그런데 그 공백 기간은 자의 반 타의 반으로 무려 7년이나 이어졌고, 내 인생은 상상해본 적도 없는 전혀 다른 국면을 맞이하게 되었다.

내가 없는 나의 삶

첫아이를 온전히 홀로 키우던 4년은 그야말로 전쟁이었다. 일주일에 한 번, 잠깐이라도 오롯이 내 시간을 가질 수가 없었다. 아이를 사랑하는 마음과는 별개로 몸과 마음은 피폐해져 갔다.

끝장을 봐야 하는 성향 때문인지, 퇴사를 감행하며 전업맘이 된 선택을 후회하고 싶지 않은 오기 때문인지, 아무튼 최고의 엄마가 되겠다는 마음에 사로잡혀 푸름이 육아, 삐뽀삐뽀 119 하정훈 선생님, 베이비 위스퍼, 캥거루 육아, 하은맘 군대 육아 등 당시 접할 수 있던 온갖 육아 박사들의 책을 섭렵했다. 하지만 육아를 글로 배워서였을까? 분명히 책에서 하라는 대로 하는 데도 실전은 어려웠다. 책에서 배운 '수면 교육'으로 아이를 재우다가, 막무가내로 울어 젖히는 아이를 어쩌지 못해 다음 날 다른 '애착 육아' 책에서 나온 대로 종일 안아 재워 보기도 했다.

하루 종일 잠투정을 하는 아이를 안고 있느라 금방이라도 손목이 부서질 것 같던 어느 날, 남편이 밤 11시가 되어 퇴근을 했다. 현관에 들어서는 남편을 보자마자 아이를 건네려고 달려갔다가, 손부터 씻고 오겠다는 남편 말에 불같이 화를 내기도 했다. 지금 생각하면 손 씻고 아기를 안겠다는 말이 너무 당연한데, 그때의 나에게는 손을 씻겠다는 말조차 사치스럽게 들렸다. 몸도 마음도 무너져 있었던 시기였다.

워낙 '등 센서'가 예민했던 아이는 옆에 내가 누워 있지 않으면 자다가도 금세 깨곤 했다. 그래서 아이가 낮잠을 자는 동안 옆에 누워서 빵이나 햄버거 같은 간단한 음식으로 식사를 해결했다. 아이가 깨면 어차피 못 먹는데, 아이가 깨는 리스크를 감당하면서 우아하게 식탁에 앉아 밥을 차려 먹는 선택은 애초에 없었다. 잘 자고 일어난 아이는 세상에서 가장 사랑스러운 미소를 지으며 놀았다. 그러다 다시 낮잠 사이클이 되어 하품을 하거나 눈을 비비기 시작하면 그 어떤 공포 영화보다 무서워서 가슴이 철렁했다. 마치 출산할 때 짧은 휴식기 다음 진통 사이클이 돌아올 때와 같았다.

아이를 중심으로 하루가 흘러갔고, 저녁 내내 잠투정하는 아이를 달래고 밤 11시가 넘으면 다음 날 먹일 이유식을 만들었다. 모든 일과를 마친 후 침대에 누우면 내일 이 모든 것이 다시 반복될 거라는 사실이 암담했다. 그러는 동안 나는 더 이상 내가 좋아하는 게 뭔지도 모르는 사람이 되어 갔다. 어떤 날은 이유도 없이 억울한 감정이 치밀어 오르기도 했다.

비슷한 시기에 함께 사회생활을 시작한 친구들은 계속 커리어를 쌓으며 앞으로 나아가고 있었고, 그 모습이 참 멋있어 보였다. 솔직한 마음으로 너무 부러웠다. 그간의 독박 육아를 사랑과 희생으로 포장하려 노력했지만, 점점 내가 도태되고 있다는 생각에서 벗어나기 힘들었다.

인생의 전환점, 싱가포르

그러던 중 예상치 못한 일이 벌어졌다. 남편이 다니는 유럽계 회사가 한국 지사를 없애기로 결정하면서, 남편은 하루아침에 실직자가 될 형편이었다. 다행인지 불행인지 회사는 아시아 본사가 있는 싱가포르로 이주할 것을 제안했다. 직감적으로 인생의 전환점이 될 수 있겠다는 생각이 들었고, 망설이는 남편을 적극적으로 설득했다.

어렸을 때 가족과 함께 해외에서 살았던 나는 상대적으로 해외 이주에 대한 두려움이 없었다. 싱가포르에선 헬퍼를 저렴한 가격에 고용할 수 있다는 사실을 알고는 더더욱 확신이 생겼다. 결혼 전부터 아이는 둘을 낳고 싶었지만, 그간의 독박 육아가 너무 힘들어서 엄두를 낼 수 없었다. 만약 둘째를 갖게 된다면 향후 5년간 내 인생이 어떨지 빤히 보였기 때문이다. 내 자신은 사라진, 내가 원하지 않는 미래였다.

한 달 정도의 고민 끝에 이주를 결정했다. 막상 결정을 하자 준비는 번갯불에 콩 볶아 먹듯이 이뤄졌다. 드디어 2017년

1월, 세 돌배기 아이와 친정 엄마와 함께 떠나는 날이었다. 그날 따라 폭설이 내렸고, 갑자기 탑승을 취소한 승객 때문에 시간이 지연되었다. 그 사이 활주로에 눈이 쌓여 이륙이 계속 미뤄졌다. 비행기 안에서 하염없이 기다리는 동안 다행히 아이는 그 소란 속에서도 곤히 잠을 잤다. 그리고 무사히 싱가포르에 도착했다. 지금 돌이켜 보면 그때의 궂은 날씨가 우리의 첫 해외 생활의 액땜이 되어 준 게 아닌가 싶다.

싱가포르에 도착하고 처음엔 모든 것이 좋았다. 이국적인 분위기의 로버슨 키Robertson Quay에서 식사를 하고, 선선한 저녁 바람을 맞으며 산책하는 것도 참 좋았다. 주재원이었던 아빠를 따라 6년간 유럽에서 두 아이를 키웠던 친정 엄마는 싱가포르에서의 생활도 능숙하게 해내셨다. 이런저런 식재료와 향신료를 척척 구매하고, 임시 숙소에 준비된 조리 도구만으로 다양한 요리를 해주셨다. 한국에서 흔하지 않은 채소나 과일을 발견하면 마냥 즐거워하셨고, 이런 채소는 이렇게 요리해서 먹어보라는 식의 생활 밀착형 조언도 해주셨다.

그렇게 모든 걸 척척 해주시던 친정 엄마가 한국으로 가시자 행복은 끝나버렸다. 처음 1년 동안은 아이와 함께 관광객 모드로 이 낯선 나라의 역사와 문화에 흠뻑 취해볼 마음이었는데 한국과는 너무 다른 날씨가 커다란 변수였다. 햇빛이 강하고 습도도 높은 한낮에는 아무것도 할 수가 없어 집에 널브러져 있기 일쑤였다.

싱가포르는 자동차 가격이 워낙 비싸기도 하고, 이 작은 나라에서 운전할 일이 얼마나 있을까 하고 운전면허를 따지 않았다. 그런데 예상치 못한 더위의 공격에 운전도 하지 못하니 기동성에 제약이 생겨버렸다. 결국 햇빛을 피하기 위해 쇼핑몰로 발걸음을 옮기면 거기엔 강한 햇빛만큼 강한 에어컨 바람이 또 나를 괴롭혔다. 실내외 온도 차가 워낙 커서 첫 6개월 동안은 한 달에 두 번꼴로 아이와 함께 감기에 걸렸다.

친정 엄마가 한국으로 가시고 난 뒤로는 든든한 식사를 챙기는 것조차 어려웠다. 내 몸이 점점 힘들어지면서 아이를 빨리 유치원에 보내야겠다고 생각했다. 예민한 성격의 아이였기에 기관에는 천천히 보내려고 했지만, 지원군도 없는 낯선 곳에서 나 혼자는 속수무책이었다. 일단 내가 살고 봐야 아이도 케어할 수 있겠다는 생각이 들었다.

그렇게 야심 차게 시작한 적도의 나라 싱가포르에서의 관광객 모드는 감기와 함께 시들시들하고 허무하게 끝이 났다. 그리고 아이는 해외에서 첫 기관 생활을 시작하게 되었다.

희생자 프레임에서 탈출하기

아이의 영유아 시기가 지나자 이런저런 모임을 통해 사람들을 만날 기회가 많아졌다. 그런데 그때마다 종종 나를 설명해야 한다는 생각에 위축되었다. 그 당시엔 '남편 따라서 오게 되었다'란 점 외엔 내 자신에 대해 별로 할 말이 없었다. 그렇다고 다시 일을 시작하겠다는 생각도 쉽지 않았다. 아주 예민한 성향의 첫째에 대한 걱정과 더불어, 몇 년간 육아에만 몰두했던 삶의 익숙함을 깨기란 어려웠다. 일을 한다는 건 너무 멀고 낯선 섬처럼 느껴졌다. 사실 중요한 건 일을 하는지의 여부가 아니라 스스로 나의 가치를 인정하느냐의 문제인데 말이다.

그런 나의 프레임을 깨준 것은 상담과 코칭이었다. 상담 초반 내가 코치님께 했던 말 중 아직도 기억나는 문장이 있다.

"가끔 정말 즐겁다는 마음이 들 때가 있는데, 그럴 때면 그 순간이 갑자기 굉장히 어색하고 낯설어요."

내가 뱉은 말인데도 정말 기이했다. 나는 어쩌다가 즐거움과 행복이라는 긍정적인 감정이 어색해졌을까? 상담은 말 그대로 우연히 시작했다. 잠시 아이들과 한국에 들어가 친정 부모님 댁에 머무를 때, 아파트 상가의 간판 하나가 눈에 띄었다. '언니들의 고민살롱'. 호기심을 부르는 이름에 이끌려 들어갔고, 여성을 위한 다양한 워크숍과 프로그램이 진행되는 기획 공간임을 알게 되었다. 다른 사람들과 이야기를 나누다 보니 놀랍도록 마음이 편해졌다. 그 뒤에도 석 달 정도 라이프 코칭을 받으며 스스로도 방치했던 나 자신에 대해 알아갔다.

나에게 던지는 아주 단순한 질문들, 그러니까 나는 무엇을 좋아하는 사람인지, 무엇을 하고 싶은지, 나를 좌절하게 하는 것은 무엇인지에 대해 답을 찾아갔다. 나는 갓난쟁이를 돌보던 마음으로, 마음속 상처받은 작은 아이를 돌보기 시작했다. 그 뒤로 육아로 인해 미뤄 두었던 운동도 시작하고, 잠깐이라도 좋아하는 일들을 하기 위해 시간을 냈다.

그러자 나에 대한 기억이 되살아났다. 나는 성취를 중시하고 욕심이 많으며 사람들과의 관계를 중요시하는 사람이었다. 그렇게 마음이 회복되어 가던 중 한 친구의 말이 나를 움직이게 했다. 우리 아이들 또래의 아이를 키우던 그녀에게, 일을 다시 하고 싶지만 도무지 언제 어떻게 다시 시작해야 할지 모르겠다고 하소연을 했더니 그녀가 말했다.

"완벽한 시기는 결코 존재하지 않아."

엄마여서, 여자여서, 나의 욕구는 항상 인생의 우선순위에서 밀려나 있었다. 하지만 그건 정답이 아니었다. 그렇게 몸과 마음을 회복한 나는 결국 7년간의 긴 공백을 마치고 재취업에 성공했다. 몇 년이나 나를 옭아매던 '일과 가정은 양립할 수 없다'는 프레임이 드디어 깨졌다.

싱가포르에서의
육아

아이의 유치원 적응은 그야말로 속전속결이었는데, 나에게
는 문화적 충격 그 자체였다. 등원 첫날은 아이와 함께 30분
정도 시간을 보냈다. 이튿날에는 등원하고 10분 정도가 지나
자 선생님께서 엄마가 빨리 가야 아이의 적응이 빠르다며 이
제 그만 가시라고 내 등을 떠미셨다. 아이의 눈빛도, 나의 눈빛
도 흔들렸다. 울며 팔을 뻗는 아이를 뿌리치며 나도 눈물을 흘
렸다. 하원까지의 세 시간이 어떻게 흘러갔는지 기억나지 않
는다. 그리고 유치원에서 나오는 아이 얼굴을 보자 다시 눈물
이 나기 시작했다. 아이는 다음 날부터 유치원에 가지 않겠다
고 난리를 쳤다.

내가 힘들다는 이유로 너무 빨리 아이를 기관에 보낸 건 아
닌지 수많은 생각이 들었다. 아이도 부모도 힘들었던 일주일
을 보내고, 주말 동안 지인들에게 유치원에 대해 상담했더니
다들 한 달 정도는 지켜보라고 말해줬다. 그리고 그다음 주가
되자 거짓말처럼 아이는 아무렇지도 않게 유치원에 가기 시

작했다.

이렇게 잘 적응했다면 엄마가 시시할까 봐 그랬을까? 아이가 유치원에서 한마디도 말을 하지 않는다며 선생님께서 걱정을 하셨다. 한국에 있을 때도 늘 아이에게 영어로 이야기했던 터라, 전혀 예상하지 못한 상황이었다. 선생님과 친구들이 하는 말을 다 알아들었을 텐데, 왜 그럴까 이해가 되지 않았다. 결국 아이의 말문을 트이게 한 것은 유치원 선생님도, 엄마 아빠도 아니었다.

헬퍼를 고용하면서부터 아이는 수다쟁이가 되었다. 싱가포르의 헬퍼는 보통 필리핀, 인도네시아, 미얀마 국적이 많다. 그 중 필리핀 출신의 헬퍼가 영어에 유창하지만, 어휘력이나 문법이 훌륭하지는 않은 편이다. 그럼에도 불구하고 어리고 쾌활한 성격의 필리핀 헬퍼는 아이의 눈높이에 맞춰 잘 놀아줬다. 헬퍼와 소통하려면 영어로 이야기하는 것 외에는 방법이 없으니, 아이는 그동안 갈고 닦았던 영어 실력을 뽐내기라도 하는 듯 입이 트이자마자 문장을 구사했다. 아마도 신중하고 조심스러운 성격에, 마음의 준비가 될 때까지 기다렸던 것 같다.

헬퍼라는 양날의 검

싱가포르에서 둘째를 임신하고 안정기에 접어들자마자 계

획대로 헬퍼를 고용했다. 아, 헬퍼라는 이름의 동반자여! 이제는 남편이 장기 출장을 간다고 하면 잘 다녀오라고 손을 흔들어 줄 수 있지만, 헬퍼가 쉬는 날이면 그 전날 저녁부터 초조해지기 시작한다.

해외에서 일하는 워킹맘에게 헬퍼는 정말 큰 도움이 아닐 수가 없다. 그런데 이 헬퍼라는 제도로 몸은 편한데 마음은 불편할 때가 상당히 많다. 한국 사람들 중에는 저렴한 비용에도 불구하고 가족이 아닌 사람과 부대끼며 지내야 한다는 점이 부담스러워 헬퍼를 고용하지 않는 경우가 많다. 우리 부부도 이러한 이유로 처음엔 반신반의하는 마음이었다.

그런데 헬퍼가 아이와 잘 놀아주고, 집 안 청소며 장보기, 요리까지 소화해주니 정말 행운이라고 생각했다. 그런데 어느 날 아이의 물병 실리콘 부분에 시커멓게 곰팡이가 보여 순간 두 눈을 의심했다. 설마 하는 마음으로 아이의 양치 컵을 들어보니 역시나 물때가 끼어 미끄러웠다. 이후 의심의 눈초리로 집 안을 살펴보자, 여기저기 빈틈이 보였다. 구멍가게 사장님도 아무나 못 한다더니, 아이와 가장 가까이 지내는 사람을 관리하는 일은 역시 쉽지 않았다. 혹시라도 헬퍼가 기분이 언짢으면 아이한테 해코지를 할까 봐 조심스러웠다. 최대한 자존심 상하지 않게, 그러나 단호하게 어렵지 않은 말(서로 모국어가 영어가 아니기에)로 그녀에게 설명했다.

둘째가 태어난 뒤, 첫째가 문제 행동을 보일 때면 아이를 헬퍼에게 맡겨서 그런가 싶기도 했다. 엄마와 보내는 시간이 상대적으로 적어진 아이들이 행여 어떤 결핍을 느끼는 건 아닐까 고민하다 보면, 내가 아직 '그래도 아이는 엄마가 키워야지' 프레임에서 온전히 자유롭지 못하다는 걸 느낀다.

헬퍼에게 의지하고는 있지만, 가족이 아니기에 백 프로 신뢰할 수는 없는 것도 사실이다. 지금까지는 다행히 좋은 사람들을 만났지만, 종종 들려오는 헬퍼 관련 사건 사고들은 아침 드라마가 따로 없을 정도다.

헬퍼에게 아이를 전적으로 맡기는 엄마는 이기적인 엄마일까? 분명 '희생자' 모드에서 탈출하기로 했는데도, 가끔 불현듯 밀려오는 죄책감은 아직도 어쩔 수 없다. 반대로 헬퍼 또한 워킹맘인데, 자신의 아이와는 떨어진 채 다른 사람의 아이를 돌봐야 하는 그녀의 마음은 어떨까? 가히 헤아릴 수 없다.

무시무시하다고 소문난 싱가포르 학교

아이는 운 좋게 집 근처에 있는 공립학교에 입학했다. 입학 직전에 영주권을 받은 덕분이었다. 영주권자의 경우, 집 근처 1킬로미터 내 학교로 지원하면 가산점이 있어 입학 가능성이 높다. 우리는 현지인에게 인기가 많은 학교는 일찌감치 포기하고, 집 근처 학교 위주로 지원한 덕분에 원하는 학교에 입학할 수 있었다.

어렵게 입학 허가를 받았어도 입학까지는 고민이 많았다. 싱가포르 공립학교에 대한 어마어마한 이야기들 때문이었다. 선생님들이 엄격하며, 공부량이 지나치게 많다는 이야기가 가장 많았다. '국제학교를 다니면 칭찬과 격려가 가득한 환경에서 창의적으로 자란다는데, 공립학교에 가면 우리 아이는 무서운 선생님과 엄격한 규율 속에서 틀에 박힌 공부만 하며 자라는 건가?'라는 생각에 갈팡질팡하기도 했다. 주재원이었거나 경제적으로 좀 더 여유로웠다면 고민 없이 국제학교를 보냈을지도 모른다. 하지만 연간 4만 달러가 넘는 국제학교의 학비는 큰 부담이었다.

싱가포르는 세계적으로도 우수한 공교육 수준을 자랑한다. 다니고 싶어도 공립학교에 못 다니는 아이들도 있는데, 이 타이밍에 영주권을 받은 건 하늘이 준 행운이라 생각하고 아이를 보내기로 했다. 그리고 생각보다 아이는 잘 적응해줬다. 주변의 평판과 달리 학교도 무시무시(?)하지는 않았다.

학교는 아이들의 적응을 위해 여러 가지 방안을 마련해두고 있었다. 예를 들면, 입학하고 며칠이 지나자 6학년 형 누나가 아이의 짝꿍Buddy이 되어 함께 교실에서 간식도 먹고 기념품을 전하는 시간을 가졌다. 또 정기적으로 같은 반 친구들과 선생님이 함께 교실에서 아침을 먹기도 했다. 입학 후 한 달이 지나자 모두가 잘 적응한 것을 축하하는 파티를 하고 아이는 작은 상장을 받아 왔다.

학습량도 걱정한 만큼 많지 않았다. 특히 1학년은 학교생활에 초점을 두어 선생님의 말씀을 기록하고, 숙제를 점검하고, 책가방을 스스로 정리하게 한다. 그리고 모든 아이들에게 '환경 리더', '클래스 리더', '독서 리더' 등과 같은 직책과 역할이 주어진다. 1, 2학년 때 우리 아이도 그룹 리더가 되었는데 네다섯 명 그룹의 리더가 되어 준비물을 나눠주거나, 선생님께 그룹원의 숙제를 모아서 내는 역할이었다. 내성적인 아이가 본인의 역할에 뿌듯해하는 모습을 보고 너무 기뻤다.

한국은 어린이집부터 균형 잡힌 식단을 매우 중시한다. 하지만 싱가포르의 어린이집이나 유치원에서는 보통 국수나 볶음밥, 죽 등 한 그릇 식사가 전부다. 다민족 국가인 특징 탓에 소고기와 돼지고기는 배제되고, 주로 닭고기와 생선류의 식사를 한다. 초등학교에 들어가면 아이가 원하는 메뉴를 주문해서 먹고 직접 뒤처리까지 해야 한다.

처음엔 아이가 주문이나 제대로 할 수 있을까 싶었지만, 오히려 본인이 원하는 메뉴를 고르고 계산하는 재미 덕분에 잘 해내고 있다. 매번 좋아하는 음식만 먹는 것이 단점이지만, 그런 소소한 재미가 학교 적응에 도움이 된다면 기꺼이 눈감아 줄 수 있다.

부모와 선생님이 협업하는 학교

학교에 만족하는 또 한 가지는 바로 부모협력그룹Parent Support Group의 활발한 활동이다. 희망하는 부모는 입학 환영 팬케이크 굽기, 다양성의 날 행사 지원, 재활용 지원, 독서 지원, 수영 강습 지원 등 다양한 교내 봉사활동을 신청할 수 있다. 이를 통해 다른 싱가포르 부모와도 교류할 수 있는 기회가 생겼다. 또 쉬는 시간에 친구들과 지내는 모습 등 학교에서 보내는 아이의 일상을 볼 수 있다는 점도 큰 장점이다. 단호하고 냉정한 교장 선생님이 학생들에게 소리치며 훈계하는 모습을 보기도 했지만, 오히려 학부모가 있어도 가식적이지 않은 모습에 신뢰가 높아졌다. 아이가 친구들과 계단을 내려오다가 나와 눈이 마주치자 눈동자를 반짝이며 싱긋 웃을 때, 모든 스트레스가 날아가는 그 기분을 잊을 수가 없다.

아이는 즐거운 학교생활을 하고 있다. 7시 반이 등교 시간이지만, 친구들과 수다를 떨어야 한다며 가까운 거리의 학교를 향해 7시면 집을 나선다. 사실 공립학교에 입학하며 큰 걱정은 중국어였다. 싱가포르 아이들조차도 어려워하는 상당한 난이도의 중국어(싱가포르 초등학교의 중국어 수준은 국내 대학의 중문과 전공과 비슷하다고 한다)로 아이에게 스트레스를 주고 싶지는 않았다. 우리는 외국인이니까 영어만 잘해도 대단한 거라고, 중국어는 일단 최대한 해보고 그 노력에 의의를 두자고 아이에게 조언했다.

3학년이 되자 아이는 지원해서 반장Class Monitor이 되었다. 담임선생님이 1, 2학년 때 반장을 해보지 않은 사람 중 원하는 사람만 손을 들라고 해서, 그중 자신과 또 다른 여자아이로 지정해주셨다고 한다. 나중에 학부모 상담을 하며 들어보니, 조용한 아이의 성향을 자극하고자 선생님이 일부러 시켰다고 한다. 반장이 된 후 수업 태도와 대화 등에서 더 활동적이 되었다는 피드백을 듣고 얼마나 감사했는지 모른다. 적절한 시기에 적절한 방법으로 개입해준 선생님이 고마웠다.

6학년이 되는 해엔 한국으로 치면 수능시험과 같은 중요한 시험을 보게 된다. 쉽지 않겠지만, 지금껏 잘 버텨준 아이와 커다란 산을 함께 넘는다는 생각으로 도전해보려고 한다.

10년 후의
나를 기대하며

다시 일을 시작하기로 마음먹었지만, 공백기가 길었기에 나만의 특별한 전략이 필요했다. 그간의 경력으로는 30대 초반의 신입이 되기도, 그렇다고 경력직으로 포지셔닝 하기에도 애매했다. 어렸을 때 해외에서 살았던 경험과 자신 있는 언어적 감각을 살려 '영어'를 적극 활용하는 일을 찾아보기로 했다.

우선 온라인으로 하는 통역 일을 시작했다. 집에서 일하면서 짬을 내 아이들을 돌볼 수 있어 안성맞춤이었다. 몇 년 만에 통장에 들어온 돈을 보니 그 뿌듯함이 말로 다 할 수 없었다. 역시 돈이 주는 성취감은 정직하다. 온라인 통역 다음으로는 싱가포르 국립대학병원에서 프리랜서로 대면 및 비대면 통역을 시작했다. 의료 용어가 낯설었지만, 점차 일은 익숙해졌고 아이들도 엄마가 일을 하는 새로운 환경에 잘 적응해줬다.

실패는 정말 실패였을까?

업무에 자신감이 붙자 다시 회사에 다니고 싶은 욕구가 커졌다. 그렇게 주싱가포르 한국대사관의 채용에 지원했는데 최종 면접에서 아쉽게 떨어졌다. 기대가 컸던 걸까. 차점자로 떨어지든 10등으로 떨어지든 최종 선택된 건 내가 아니라는 실망이 너무나 컸다.

너무 일하고 싶던 자리였던 터라 한동안은 처음 보는 사람에게 실패담을 늘어놓을 정도로 상심이 컸다. SNS에 큰일이 난 것처럼 글을 썼다가 대학 선배에게 무슨 일이 있냐며 연락이 오기도 했다. 멘토 같았던 그 선배에게 자초지종을 털어놓았더니 그 정도는 좌절할 일도 아니라고, 정신 차리라는 말을 아주 나이스하게 해주셨다. 선배 말대로 이제 겨우 구직을 시작하고 첫 실패를 맛본 참이었다. 그렇지만 이후 수많은 구직 공고를 봐도 지원을 하고 싶은 곳이 보이지 않았다. 시간만 흐르던 어느 날, 다시 한국대사관의 단기 계약직 채용 공고를 봤다. 사실 정직원으로 지원했다가 떨어진 회사에 계약직으로 지원하려니 망설여지긴 했지만, 채용의 형태보다는 내가 일하고 싶은 곳이라는 점이 나에겐 더 중요했다. 용기를 내어 다시 한번 지원했고, 결과는 합격이었다.

3개월의 짧은 기간이었지만 즐겁게 일했다. 오랜만에 출근한다는 사실만으로도 정말 기뻤다. 전업주부였던 나를 "윤재운 씨"라고 불러주는 사람은 택배 기사님뿐이었는데, 사무실에서는 내 이름 석 자로 일할 수 있었다. 커피를 마시며 대화를 나눌 수 있는 동료도 있었다. 계약직임에도 불구하고 최대한 업무를 가르쳐 주려 하시는 직속 상사를 만난 것도 행운이었다. 감사한 마음을 갖고 작은 일에도 최선을 다했다.

하나의 문이 열리면 다른 하나의 문도 열리는 걸까. 한국대사관에서의 계약이 끝나면 다시 통역을 하기로 에이전시와 이야기한 상태였는데, 스타트업을 지원하는 공공기관의 채용이 있다는 것을 알게 되었다. 스타트업에 대해서는 아무 경험도 없는 나였지만, 지금까지 도전해서 후회한 것보다 도전하지 않아서 아쉬움이 남는 경우가 더 많았다는 생각으로 도전했다. 그리고 나는 마침내 정직원이 되었다. 직무는 다르지만 매 순간의 경험과 경력이 그다음 채용으로의 징검다리가 되어 준 것이라 확신한다.

로컬 회사에서 생존하기

최근에는 업무의 영역을 넓히고 싶은 마음에 싱가포르 스타트업 지원 기관으로 이직했다. 변화에 대한 부푼 기대로 입성한 싱가포르 로컬 회사에 와보니 생각지 못한 복병이 있었다. 영어라면 자신 있다고 생각했는데, 하루 종일 외국인들과 영어로 일하는 것이 쉽지 않았다. 그래서 특유의 억양을 가진 싱가포르 영어에 적응하기 위해 노력 중이다.

동료와의 관계에도 공을 들인다. 싱가포르 전통 음식을 함께 먹으며 이야기를 나누기도 하고, 한국 문화에 관심이 많은 직원들과 한국 드라마나 케이팝에 대해 이야기하다 보면 웃을 일이 많다. 물론 문화적인 차이로 당황하는 일도 많다. 한 번은 회사 20주년 행사 때 입을 이브닝 드레스를 고르러 갔는데, 적당한 드레스를 찾지 못했다. 함께 갔던 동료가 CEO(여성이다)가 필요하면 빌려주겠다고 했다며 문자로 물어보라고 했다. 입사한 지 얼마 안 된 상태에서 CEO한테 개인적인 문자를 보내기가 왠지 민망해서, 그다음 날 다른 여직원들과 함께 부탁하기도 했다.

같은 자리에서 그 행사에 각자 지인을 초대하고 싶다는 이야기가 나왔다. 그러자 한 직원이 자연스럽게 자기의 여자친구에 대해서 언급했고, 함께 찍은 사진도 보여줬다. 편한 분위기이긴 했지만 성 소수자인 자신의 이야기를 용기 있게 꺼낸 그녀를 응원했다. 어떤 조직이든 소수집단은 있기 마련이기 때문이다. 여성, 그리고 워킹맘도 이에 해당할 수 있다. 지금 회사에서 나는 유일한 한국인이기에 나 또한 소수집단이다. 남녀노소를 불문하고 누구나 소수집단이 될 수 있기에, 모든 이들이 가치 판단에서 자유롭고 존중받기를 바라는 마음이 커졌다.

반대로 유일한 한국인이라는 포지션이 유리한 점이 되기도 한다. 한국 기관과의 미팅 등에서 한국말로 오가는 몇 마디 말에 분위기가 부드러워지기 때문에, 한국 관련된 업무에 자주 투입되곤 한다. 이런 점은 회사 내 나의 포지션을 단단하게 만들어 주는 강점이 된다.

외국 회사에 근무하는 장점 중 워킹맘에게 특히나 중요한 부분은 바로 근무 형태가 유연하다는 점이다. 우리 회사도 재택근무나 탄력 근무가 한국 회사에 비해서 자유로운 편이다. 이 회사에 입사하고 나서야 OTOT$_{own \, time, \, own \, target}$의 개념을 알게 되었다. 특히 나의 상사는 본인의 건강이 1순위이고, 그다음이 가족, 그리고 그다음이 '일'이라고 생각하는 사람이다. 자신의 건강을 위협하는 일은 그냥 "제낀다"며 웃는 상사를 보니 마음이 한결 편해졌다.

결핍에 집중하지 않기

해외에서 일하는 워킹맘 모임은 나에게 커다란 자극과 위로를 준다. 그 모임에서 나누는 풍부한 대화는 내게 자산과도 같다. 사무실 근처에서 함께 점심을 하며 시시콜콜 사는 이야기를 나누기도 하는데, 탄탄한 커리어로 글로벌 기업에서 리더로 일하는 분들이니 바로 옆에 롤 모델을 두고 있는 셈이다. 그러면서도 한국에서, 그리고 해외에서 성공한 워킹맘으로 자리 잡기까지의 그 고생담을 듣고 있으면 눈물 없이 들을 수 없는 경우가 많다. 나라면 그렇게 할 수 있었을까? 누구나 부러워하는 성공이라는 자리는 결코 그냥 주어지는 것이 아니었다. 그리고 그 뒤엔 본인의 노력뿐만 아니라 주변인들의 노력도 함께 있었다.

한편으로는 일과 육아를 병행하도록 가족들의 전폭적인 지지를 받을 수 없었던 내 사정이 서운하기도 했다. 심지어 같은 회사 입사 동기였던 남편은 나와 동일한 출발선에 있었는데, 그는 능력을 인정받아 싱가포르에 입성했다. 남편이 시내 중심지의 근사한 사무실에 처음 데려가던 날, 내가 느꼈던 얄궂은 감정의 정체는 부러움과 질투가 뒤섞인 것이었다. 결혼이 아니었다면, 육아가 아니었다면, 지금 저 자리에 내가 있었을지도 모른다는 생각을 했기 때문이다.

프리랜서 통역을 시작할까 고민할 때도 남편은 "아직 둘째가 어리니 때가 아닌 것 같다"며 말렸다. 남편이 원망스러웠지만 반박하지는 못했다. 아이의 주 양육자는 나였고, 나의 독박육아는 모두에게 당연한 일이었다. 퇴근 후에도 자유롭게 약속에 나가는 남편을 보고 우스갯소리로 "그래, 우리 둘 중 한 명이라도 인생을 즐겨야지. 나도 다음 생에선 남자로 태어날래" 하고 쓴 농담을 하기도 했다.

파트타임으로 청소를 해주는 이모님께서 하신 말씀이 지금도 기억난다. "○○ 엄마에게도 좋은 날 올 거예요." 하지만 그 '좋은 날'은 내가 찾아 나서지 않으면 결코 내 것이 될 수 없다. 기다린다고 저절로 찾아오지도 않고, 미룬다고 아무도 알아주지 않는다.

결국 변화가 시작된 건 내 삶에 내가 없다는 것을 깨닫는 순간, 스스로 변하겠다고 생각을 바꾸는 순간, 행동으로 옮기는 순간이었다. 긴 공백기를 콤플렉스로 여기기보다 인생의 순간마다 내가 스스로 내린 결정임을 받아들이기로 했다. 결핍에 집중하지 않기로 하자 내가 처한 상황과 주변인들에게 책임을 전가하며 주저앉아 있는 대신에, 온전히 내 자신에 집중하며 다시 성장하는 데에 에너지를 쏟을 수 있었다.

조금 늦어도 괜찮아

이제는 조금 다르게 생각하려고 한다. 나에겐 나만의 강점이 있다는 것을 믿는다. 영어와 한국어를 자유자재로 사용할 수 있고, 일상적인 대화라면 중국어와 프랑스어도 가능하다. 또 싱가포르의 영주권자로 안정된 장기 거주 계획을 세울 수도 있다. 이는 회사의 비자 스폰서 제약을 덜 받기 때문에 커리어를 쌓아 가는 과정에서 플러스 요인이 된다. 그리고 관계

지향적인 성향도 조직 생활에 도움이 된다고 생각한다. 핸디캡에 묶여 앞으로 나아가지 못하는 사람이 되기는 싫다. 반대로 어떤 직종이라도 지금 이 순간 일하고 있고, 성장하고 있다는 사실에 감사하려 한다.

얼마 전 잠시 한국에 들어가 부모님 댁에 머무른 적이 있었다. 거기에서 강연을 준비하는 아빠의 모습을 보았다. 30년간의 공직 생활을 마무리하고 은퇴하신 아빠는 현재, 작가와 강연자로 활동하고 계신다. 이미 수많은 강연 경험에도 불구하고 청중을 만나기 전 연사로서 열심히 준비하는 모습은 그 자체로 나에게 큰 힘이 되었다. 나 또한 내 아이에게 그렇게 열심히 살아가는 모습을 보여주리라, 겸손한 자세와 노력하는 모습이 언젠가 인정받는다는 것을 보여주리라 결심했다.

아이 때문에 또는 어떠한 사유로 일을 그만뒀거나 복직을 고민하고 있는 사람이 있다면 말해주고 싶다. 평범한 전업주부였던 나처럼 다시 커리어를 쌓아 갈 수 있다고 말이다. 망설이고 있는 사람에게는 용기를 주고 싶다.

"당신도 할 수 있습니다."

우리는 모두 내면의 목소리에 귀를 기울일 필요가 있다. 뭔가 계속 신경이 쓰인다면 분명히 이유가 있는 것이다. 해보고 싶은 게 있다면 고민하지 말고 일단 해보자. 다시 어린아이로 돌아간 나를 스스로 돌본다는 생각으로 좋아하는 것도 해보고, 왜 힘든지 물어봐 주고 토닥여 주자. 완벽한 엄마가 되어야 한다는 고정관념과 죄책감에서 벗어나자. 주변의 시선이나 사회의 통념에 휘둘릴 때, 나의 가치관이 흔들리고 아이들을 대하는 나의 태도도 일관성을 잃기 쉽다. 내가 중심을 잡아야만 비로소 아이들에게 좋은 엄마가 된다는 것을 알게 되었다.

다시 과거로 돌아간다면

'만약 다시 과거로 돌아가더라도 나는 지금처럼 출산을 하고 전업주부가 되었을까?' 내 자신에게 질문을 던져 봤다. 아마도 역시 육아를 선택했을 것 같다. 대신 그때로 돌아간다면, 아이와 온종일 살을 맞대고 보내는 시간을 더 귀하게 여기고 다시는 돌아오지 않을 그 순간을 만끽할 것 같다. 또 공백기를 줄이기 위해 열심히 고민했을 것 같다. (사실 7년은 너무 길긴 하다.)

아이가 주는 행복은 세상의 그 어느 것과도 바꿀 수 없다. 고된 하루를 마치고 아이들과 보내는 시간은 말 그대로 힐링이다. 엄마로서 부족한 모습을 보여도 무조건적으로 사랑해주는 아이들을 보면, 이러한 사랑은 어디에서도 받을 수 없는 귀하고 귀한 것임을 느낀다. 우리 아이들도 자녀를 가져 이런 충만함을 느낄 수 있으면 좋겠다. 물론 미래에 자녀를 갖고 안

갖고의 여부도 다른 것과 마찬가지로 본인의 삶을 만들어 나가는 과정에서 주체적으로 선택할 부분이지만 말이다.

지금 나는 스타트업을 지원하는 회사에서 기업 및 투자 파트너십을 맡고 있다. 생존을 위해선 뜨거운 포부와 냉철한 분석력이 동시에 필요한 스타트업의 생태계는 정말 매력적이다. 프리랜서 통역에서 시작해 지금의 회사에 오기까지 치밀하게 커리어를 계획한 적은 없었다. 작게 내딛은 발걸음의 '점'들을 잇다 보니 '선'이 만들어져 있었다. 그리고 이제는 그 선들을 연결해 거침없는 확장이 이루어지는 세계를 그려보려 한다. 이제 커리어는 내가 어떤 색깔의 사람인지 찾을 수 있는 많은 도구 중의 하나가 되었다. 이제 막 첫걸음을 뗀 초보 워킹맘이지만, 정성스럽게 아이들을 키운 것처럼 나의 커리어도 정성스럽게 쌓아가려고 한다.

그리고 다른 이들과 함께 서로를 응원하며 그 길을 함께 갈 수 있다면 더 바랄 것이 없겠다. 최근에는 해외 취업 관련 멘토로 활동을 시작했다. 해외 취업을 희망하는 이들과 대화하는 행사에 참여한 날, 한마디도 흘리지 않겠다는 멘티들의 반짝반짝 빛나던 눈빛이 지금도 기억이 날 정도다.

재미있었던 것은 그들 중에는 여성의 비율이 훨씬 높았다는 사실이다. 취업 시장에는 이토록 유망한 여성 인재가 많은

데, 그 많던 여성들은 다 어디로 갔을까? 고민의 깊이가 다를 수밖에 없는 여성들에게 내가 경험하고 느낀 바를 전하며 조금이나마 도움이 되고 싶고, 또 그들에게서 배우고 싶다. 함께 가야 멀리 갈 수 있으니까.

■ 이연주

내향적인 기질을 가지고 태어났지만 22년간 3곳의 외국계 기업에서 사회생활을 거치며, 외향적이지도 내향적이지도 않은 융합형 인간으로 거듭났다. 외국계 기업 소비재 마케팅에서 시작해 영업직, B2B 마케팅을 경험했다. 그 후 이를 모두 융합해 인사부로 커리어를 전환해 2017년 이후 홍콩에서 일하고 있다. 대충대충 열심히 사는 것이 삶의 철학이다.

엄마가 결심하면
가족은 10배 강해진다

"익숙한 환경에서 계속 익숙한 일을 하면서
살 수도 있었다. 하지만 잔인할 정도로
새로운 환경에서 내가 얼마나 성장할지,
혹은 처참하게 실패하고 쓰러질지
진심으로 궁금했다.
부딪쳐 보지 않으면 모를 일이었다."

남들과 다른
엄마로 살기

"엄마, 회사는 도대체 언제 그만둘 거야? 10년이면 많이 일했는데, 이제 그만둘 때도 되었잖아."

두 아이를 태우고 올림픽대로를 달려 집으로 가는 깜깜한 밤, 조수석에 앉은 열 살 첫째가 또다시 그 질문을 했다. 그동안 100번 이상 답해줬지만, 아이는 오늘따라 더 진심을 담아 물어보는 것 같았다. 엄마가 회사를 다니지 않으면 장난감을 사주지 못한다는 식의 대답이 통하지 않은 지는 오래였다.

"석현아, 엄마는 계속 일하고 배우면서 더 좋은 사람이 되고 싶어. 10년이 짧지 않은 시간이지만 아직 부족해. 엄마는 할머니가 될 때까지 일을 할 거야."

평소 같았으면 되받아치며 나를 닦달했을 아이가 어쩐지 더 이상 질문하지 않고 조용했다. 운전대를 잡은 채 힐끗 곁눈으로 아이를 보니, 굵은 눈물을 소리 없이 흘리고 있었다. 순간, 심장이 깊은 바닥으로 쿵 하고 내려앉았다. 차를 세우고 아이를 꼭 안아 주고 싶은 충동이 일었지만 그냥 말없이 가속 페달을 밟았다.

나는 대학을 졸업한 후 다국적 기업의 마케팅팀에 입사하여 20대 후반에 첫아이를, 30대 초반에 둘째를 낳았다. 30대 중반까지는 두 아이를 키우며 일하느라, 남편도 나도 전쟁 같은 하루하루를 보냈다.

첫째를 낳았던 2004년의 대한민국은 아직 육아휴직이 흔치 않았다. 3개월 휴가를 쓰고 복귀하기 2주 전, 아기와 젖병 사용 연습을 시작했다. 모유 수유를 하던 아기는 젖병을 거부하고, 하루 종일 우유를 먹지 않으며 단식 투쟁을 했다. 이미 그때부터 아이는 내가 회사에 가는 것이 정말 싫었던 모양이다.

그 이후 며칠 동안 서로 밀었다 당겼다를 하면서 아이는 결국 젖병에 익숙해졌다. 안타까운 마음에 분유라도 조금만 더 미뤄 보기로 하고 회사에서 유축을 시작했다. 회사에 수유실 따위는 없었다. 청소하는 아주머니들이 쉬는 탕비실 조그만 의자에 앉아 싱크대 위에 유축기를 올려놓고 유축을 했다. 아주머니가 컵을 씻어야 할 때나 회의 시간이 길어져 유축 시간을 맞추지 못할 때는 그야말로 좌불안석이었다. 하지만 집에 돌아와 냉동고에 가득 찬 아이의 식량을 보면 그렇게 뿌듯할 수가 없었다. 해외 출장이 있을 때면 장거리 비행 중 화장실에서 유축을 해서 변기에 버려가며 모유 수유를 6개월 동안 유지했다. 지금 돌아보면 내가 아이를 위해 이만큼 노력했다는, 나를 위한 위로가 필요했던 것 같다.

둘째를 출산한 2008년에는 회사에 수유실도 생기고 고성능의 유축기까지 구비되어 있어, 훨씬 수월했다. 다른 면에서도 둘째는 첫째보다 덜 예민했다. 젖병도 쉽게 받아들였고, 공갈 젖꼭지도 너무나 쉽게 포기했다. 그리고 아침마다 사라지는 엄마를 쿨하게 받아들였다.

딸의 어린이집은 발도르프 교육(오스트리아의 인지학자 루돌프 슈타이너가 시작한 대안 교육의 일종. 신체와 정신의 협력을 위한 만들기 교육을 중요하게 여긴다)을 지향하는 곳이었는데, 아이들이 낮잠 잘 때 사용할 애착 인형을 엄마들이 어린이집에 와서 직접 바느질로 만들어야 한다고 했다. 나는 그날 야근을 해야 해서 남편을 대신 보냈다. 남편은 청일점으로 엄마들 사이에 앉아, 그만의 꼼꼼함으로 바느질을 하고 딸에게 인형을 만들어 줬다. 남편은 선생님께 칭찬을 받았다며 좋아했고, 본인만 유일하게 남자였다는 점을 부끄러워하지 않았다. 딸도 친구들은 모두 엄마가 인형을 만들어 줬는데, 본인만 아빠가 만들어 준 것에 대해 아무 불만이 없었다. 확실히 여자아이라서 성숙한가 싶었다.

아이들이 어릴 땐 매일 비슷한 나날이었다. 일과 육아 사이의 쳇바퀴라고나 할까. 야근이 많은 딸과 사위를 위해 친정 엄마가 아이들을 돌봤고, 우리 부부는 도우미 아주머니에게 아기를 맡겼던 초창기에 비해서 훨씬 더 마음 편하게 일에 집중할 수 있었다.

그렇게 시간이 지나는 동안 나는 두 번의 이직을 했고, 10년째 다니고 있는 지금의 회사(프랑스계 에너지 관리 및 자동화 전문 기업)에 마케팅 본부장으로 입사를 했다. 아이들이 아홉 살, 다섯 살이 되던 해였다.

결혼 전 대학원을 다니던 시절, 교환 학생 프로그램으로 스위스 제네바에 있는 국제노동기구에서 여름 인턴십을 한 적이 있었다. 한 달간 유스호스텔에서 살았는데, 한 방에 이층침대가 두 개 있었다. 그러니까 한 방에 총 네 명의 여학생이 생활하고 있었다. 나만 대학원생이었고, 다른 친구들은 모두 고등학생이었다.

그녀들은 스페인, 독일 등지에서 프랑스어를 배우러 제네

바로 넘어와 상점 등에서 아르바이트를 하며 새로운 언어와 문화를 배운다고 했다. 대입을 위해 매일 밤 10시까지 학교에서 야간 자율 학습을 하고, 새벽까지 독서실에서 공부했던 나는 큰 충격을 받았다. 고등학생이 다른 나라에 혼자 가서 돈을 벌고, 언어를 배우고, 문화를 익힌다니! 일찍부터 그런 경험을 한 그녀들은 우물 안 개구리 같았던 나와는 전혀 다른 시야를 가진, 큰 그릇의 어른으로 성장할 것이 분명했다. 나는 그때 그녀들이 한없이 부러웠다.

큰아이가 일하는 엄마를 아직도 받아들이지 못한다는 걸 알게 되자, 나의 고민도 덩달아 깊어져 갔다. 아이는 "내 친구 엄마들은 다 집에 있고, 아빠들만 회사를 가. 나도 집에 오면 엄마가 문 열어 주면 좋겠어"라고 했다. 아이에게 고정된 성 역할을 심어 주는 사회가 답답했다. 일하는 엄마는 비정상이고, 집에 있는 엄마가 정상이라는 생각에 소리 죽여 울어야 하는 열 살 아들이 가슴 아팠다. 유스호스텔에서 만났던, 너무나 자유롭고 호방해 보이던 10대의 소녀들의 부모는 어떤 사람들이었을까. 적어도 그 세 명의 부모가 천편일률적으로 비슷한 삶을 살고 있지는 않을 것 같았다.

다행히 새로 입사한 회사는 이전의 회사들에 비해 내부 이직이 활발한 곳이었다. 프랑스 파리의 본사뿐 아니라 아시아 대륙에는 홍콩, 상하이, 인도 벵갈루루를, 아메리카 대륙에는 보스턴을 본사로 추가 지정하고, 해당 지역의 인재들이 글로벌 포지션에서 일할 수 있도록 기회를 열어 줬다.

그러던 어느 날, 한국을 방문한 본사 임원이 나에게 홍콩의 글로벌팀의 자리를 제안했다. 뜻밖의 제안이었지만 망설임 없이 가겠다고 했다. 내 나이는 이미 마흔이었고, 외국에서 살아본 적도 없고, 영어도 부족했고, 글로벌팀에선 무슨 일을 하는지도 잘 몰랐다. 심지어 마케팅에서 인사부로 그동안의 커리어 방향이 바뀌는 일이었다. 또 아이들은 절대 가고 싶지 않다고 했다. 하지만 나는 아주 세게 부딪쳐 보기로 결심했다.

삶의 무대가 한국이 아닌 그 너머의 세상이 될 수도 있다는 생각은 해본 적이 없었다. 다국적 기업에서 일하면서 다양한 국적의 직원과 협업도 하고 다양한 국가로 출장을 다녔지만, 그저 지나는 일일 뿐이었다. 하지만 기회가 온 그 순간, 나는 강 위로 뛰어오르는 물고기를 잽싸게 낚아채는 독수리의 심정이었다.

복잡하게 고민하지 않았다. 나 자신을 새로운 시험대에 올리고 테스트하고 싶었다. 익숙한 환경에서 계속 익숙한 일을 하면서 살 수도 있었다. 하지만 잔인할 정도로 새로운 환경에서 내가 얼마나 성장할지, 혹은 처참하게 실패하고 쓰러질지 진심으로 궁금했다. 부딪쳐 보지 않으면 모를 일이었다. 그리고 제네바에서 만났던 10대의 소녀들처럼 나의 두 아이에게 다양한 삶의 모습이 있다는 걸 보여주고 싶었다.

함께 살지 않아도 돼,
좌충우돌 모던 패밀리

홍콩 생활에 대한 불확실성에 대비하기 위해 남편은 한국에 남기로 했다. 떨어져 살게 된 우리 가족을 보면, 누군가는 "가족은 무조건 같이 살아야 한다"고 할 수도 있고, 누군가는 "해외 발령을 수락한 엄마가 잘못"이라고 할 수도 있다.

사실 우리는 예전에도 장거리 가족으로 산 적이 있었다. 첫째가 두 살이 되었을 무렵, 내가 청주의 지사장으로 발령이 났다. 가족과 떨어져 사는 두려움과 처음 해보는 영업 업무에 대한 부담으로 고사할 생각이었는데 남편이 오히려 나를 격려해줬다. 그렇게 청주에 오피스텔을 얻어 주말부부로서의 삶을 시작했다. 주중에는 청주에서 혼자 지내고, 주말엔 남편과 아들과 서울에서 지내는 생활을 1년 정도 했다. 그런 경험 덕분이었는지 이번에도 남편은 나의 커리어와 아이들을 위해 새로운 가족 모델을 시도해보자고 응원해줬다.

2017년 3월, 나의 영원한 스폰서 친정 엄마와 이제 막 중1, 초3이 된 아이들과 함께 홍콩에 도착했다. 햇빛이 쨍쨍한 여름 날씨를 예상하고 반소매 차림의 옷만 챙겨간 우리를 비웃기라도 하듯 비바람이 부는 추운 날이었다. 배로 부친 짐이 도착하려면 2~3주는 족히 걸릴 것이었다. 얼른 쇼핑몰에 달려가 가족들의 긴팔 옷과 재킷을 마구 사대며 나는 전혀 준비되지 않은 채로 홍콩에 왔음을 깨달았다.

아이들은 영어가 아직 서툴러서 ESL_{English as a Second Language} 프로그램이 있는 학교를 보내야 했다. 둘째는 금방 적응했지만, 중1 아들은 사춘기가 막 시작된 터여서 그런지 쉽지 않았다. 한국에서 일하는 엄마도 싫었는데, 이젠 언어도 통하지 않는 낯선 땅에서 살아야 하는 아들 입장에선 그야말로 죽을 맛이었을 것이다. "엄마 때문에 내가 홍콩에 와서 이게 무슨 고생이냐"며 아들은 새로운 반항을 시작했다. 막연하게 한국보다 경쟁이 덜한 국제학교에서 공부하게 되면 아들도 좋아할 거라고 생각했던 내 예상은 산산조각이 났다.

어느 날 회사에서 일하고 있는데, 아들의 학교에서 전화가 왔다. 아들이 친구의 핸드폰 비밀번호를 몰래 바꿔서 친구가 당황하는 일이 있었다고 했다. 장난으로 한 일이지만, 이런 것도 '괴롭힘_{bullying}'의 일종이라며 비슷한 일이 다시 일어난다면

'괴롭힘에 대한 무관용 정책'에 근거하여 징계가 있을 거라고 했다. 전화를 끊자 놀란 가슴이 그제야 두근거리기 시작했다. 주변의 홍콩 동료들에게 물어보니, 더 심한 일도 겪어봤다며 나를 안심시켜 줬다. 한국에 있는 남편에게 전화를 걸어 하소연해봤지만 해결되는 것은 없었다. 국제학교는 자유가 넘치는 곳이라고 상상했는데, 모든 유무형의 폭력에 대해선 한국에서보다 훨씬 더 엄격한 잣대를 들이댔다. 아이들도 나도 새로운 규칙을 배워야만 했다.

예각, 둔각, 사다리꼴, 분자, 분모 등 한국에서 익숙하게 사용했던 수학 용어들을 모두 영어로 사용해야 하는 것도 아이에게는 큰 산이었다. 코미디언처럼 친구들을 웃기는 걸 좋아했던 아들은, 영어로는 친구들을 웃게 만들 수 없다는 사실에 괴로워했다. 뜬금없이 캐나다 역사를 배워야 하는 것도 말이 안 되는 상황이었다. 아들을 돕기 위해 과외도 시작해봤지만, 사춘기 아들은 그냥 모든 것이 마음에 들지 않았던 모양이다.

어느 날 아들은 수학 과외 선생님을 바람맞히고 말았다. 내가 마음대로 보충수업을 잡았다는 이유였다. 그나마 달랑 하나 하던 과외였는데, 나는 미련 없이 과외를 끊어버렸다. 그래, 공부하기 싫으면 실컷 놀아보라는 마음이었다. 질리도록 놀고 나면 정신 차리겠지 싶었다. 그러나 나의 원대한 계산과 달리,

아들이 놀다가 질리는 일은 일어나지 않았다. 영어가 익숙해지면서 외향적인 성격의 아들은 다양한 국적의 친구들과 매일 수영장으로, 운동장으로 신나게 놀러 다녔다. 한편으로는 걱정도 되고, 다른 한편으로는 아들의 얼굴에 웃음이 돌아왔다는 사실에 기뻤다.

아직 초등학생이었던 둘째는 학교에 한국 친구들이 꽤 있어서 적응이 훨씬 더 수월했다. 어느 날 둘째의 친구 엄마에게 전화가 왔다. 그리고 조심스럽게 말을 꺼냈다. 해솔이가 학교 끝나고 집에 혼자서 걸어간다며, 홍콩에서 하교는 도우미나 부모님 등 어른이 와서 데려가는 문화라고 일러줬다. 아이를 생각한 조언은 너무 고마웠지만, 연로한 친정 엄마께 더운 홍콩의 날씨를 견디며 매일 20분 거리를 걸어가 손녀를 데려오라는 부탁을 할 수는 없었다. 나는 나대로 처음 들어간 글로벌팀에서 살아남기 모드였기에, 야무진 딸을 믿는 수밖에 없었다.

한국의 어린이집에서와 마찬가지로, 둘째는 왜 자기만 혼자 집에 가냐는 투정 한마디 없이 씩씩하게 하교를 했다. ESL 프로그램을 마친 둘째는 원하는 학교에는 자리가 없어서, 할 수 없이 집에서 멀리 떨어진 학교로 전학을 갔다. 그리고 학교를 마치면 친구들과 놀다가 말 그대로 산 넘고 물 건너 1시간 30분 거리의 집으로 돌아오는 중학생이 되었다. 초등학교 때의 독립적인 하교 시스템이 분명 도움이 되었으리라. 나중에 조금 더 가까운 곳으로 다시 한번 학교를 옮겼는데, 잦은 전학에도 불구하고 금방 적응했다. 이런 외향적 유전자를 공유해 준 남편에게 공을 돌렸다.

홍콩에서 살면서 감사하게 생각하는 일 중 하나는 아이들이 어릴 때부터 다양한 형태의 가족 모델을 자연스레 접한다는 점이었다. 큰아이는 고학년이라서 내가 그의 친구 가족을 만날 일이 없었지만, 저학년인 딸의 경우에는 자연스럽게 친구 가족을 만나거나 딸로부터 친구의 가족 이야기를 들었다.

딸의 친구들은 한국에서는 볼 수 없었던 모던 패밀리가 많았다. 아빠만 두 명인 친구, 엄마만 두 명인 친구, 피부색이 다른 가정에 입양된 친구 등 우리에겐 분명 낯선 환경이었다. 다채로운 국적의 혼혈 가족이나 싱글 부모를 둔 친구들도 있었다.

딸의 전체 학급 친구들과 엄마들이 처음으로 만나 다 함께 해변에서 놀던 날이 있었다. 딸의 친구 중 하나가 나에게 "해솔이가 엄마를 별로 닮지 않았네요"라고 말했다. 그 말에 나도 모르게 "다리 밑에서 주워 왔거든"이라고 대답해버렸다. 내가 어렸을 땐 다리 밑에서 아이를 주워 왔다는 농담을 정말 많이 하곤 했다. 정말 생각 없이 나온 반사적인 반응이었다. 그런데 그 말을 내뱉자마자 백인 가정에 입양된 아시아인 친구가 우리 바로 옆에 서 있다는 사실을 깨달았다. 얼굴이 화끈거리면서 땅에 떨어진 말을 재빨리 주워 갈기갈기 찢어버리고 싶었다. 나의 문화 다양성 점수가 바닥임을 인정해야만 했다.

한번은 딸과 함께 홍콩에서 열리는 가장 큰 성 소수자 페스티벌에 참여했다. 우리 회사가 페스티벌의 스폰서 중 하나였기 때문이다. 수많은 갈등을 야기하는 한국의 성 소수자 페스티벌과는 달리 가족, 아이들, 애완견이 큰 잔디밭에 모인 마치 소풍 같은 페스티벌이었다. 자세히 들여다보지 않으면, 어떤 주제의 페스티벌인지도 알 수 없을 정도였다. 참가자 중 하나는 캐나다에서 정식으로 결혼한 동성 부부였는데, 그들을 딸에게 소개시켜 줬다. 또 다른 참가자는 최근에 성전환 수술을 해서 목소리가 매우 어색한 상황이었다.

딸은 남자 두 명이 결혼한 커플이라는 사실에 대해, 남자인지 여자인지 분간이 힘든 사람에 대해 아무 질문도 하지 않았다. 딸에겐 그냥 엄마가 아는 사람들일 뿐이었다. 사실 그 이상은 어떤 의미 부여도 필요하지 않았다. 아이들이 사회적 편견 없이 다양성에서 오는 아름다움을 인정하며 성장하고 있다는 사실이 벅차고 감동적이었다.

70이 넘은 나이에 친구도 없고 말도 통하지 않는 외국에서 살게 된 친정 엄마 또한 내게는 걱정이었다. 홍콩에서는 헬퍼를 고용하는 것이 일반적이지만 우리는 아이들이 커서 헬퍼는 고용하지 않기로 했던 터였다. 나의 걱정이 무색하게 친정 엄마는 몇 가지 광둥어와 영어, 몸짓을 써가며 나보다 장을 잘 봤고, 집 근처의 새로운 시장을 찾아 탐험하기도 했다. 저녁에는 바닷가 공원에 나가 동네 할머니들 틈에서 느릿느릿한 태극권 체조를 배웠다. 홍콩 할머니들과 말이 통하지는 않았지만, 핸드폰 번역기를 통해 몇 가지 대화를 주고받으며 즐거워했다. 한인 성당에서는 자신의 경우처럼 손자 손녀의 육아를 위해 홍콩까지 온 다른 할머니를 많이 사귀기도 했다. 친정 엄마와 비슷한 상황의 할머니가 많다는 사실도 놀라웠지만, 70대의 나이에도 인생 친구를 만든 친정 엄마의 친화력이 더 대단하게 느껴졌다. 어쨌든 우리에겐 큰 축복이었다.

모든 것이 낯선
글로벌팀

회사 업무는 한국에서와 완전히 달라졌다. 한국의 작은 조직에 있다가 갑자기 글로벌팀으로 옮긴 것도 큰 변화였고, 겁도 없이 마케팅에서 인사부로 커리어 전환까지 한 상태였다. 나는 고용주 브랜드Employer Branding(기업의 고용주로서의 평판과 직원들에 대한 가치 제안) 디렉터로서, 잠재적인 직원들에게 우리 회사를 알리고 고용까지 이어질 수 있도록 전체 글로벌 그룹을 책임지는 업무를 맡았다. 마케팅 전략과 기술이 요구되는 일이었지만, 인사부 소속이었기에 기존에 가지고 있던 마케팅 네트워크는 이제 소용이 없었다. 인사부 내에서 새로운 네트워크를 바닥부터 쌓아가야 했다.

게다가 업무 범위가 전 세계로 확장되면서 갑자기 나는 그룹의 전략적 시장인 프랑스, 미국, 중국, 인도에 대한 전문가가 되어야 했다. 정해진 출퇴근 시간 없이 시차에 따라 탄력적으로 출퇴근 시간을 조정하며 다양한 나라의 팀과 시장에 대해 탐색하고 논의했다. 해당 업무의 글로벌 리더로서 수천 명이 모이는 온라인 미팅에서 발표를 하고, 인사부 리더들에게 프레젠테이션을 해야 했다. 한국에서만 영어를 배운 내가 갑자기 묵직한 회의에 프레젠터로 불려 다니게 되니, 처음에는 영어에 대한 스트레스가 이루 말할 수가 없었다. '나를 뭘 믿고 이 자리에 앉혔나'를 속으로 끊임없이 되뇌이며, 자신에 대해 계속 의심했다. 영어로 발표문을 만들고, 구글을 뒤져가며 문장을 수정하고, 내 발표를 녹음해 들어보며 수정을 반복했다. 그렇게 몇 번을 해내고 나니, 자신감이 붙고 얼굴도 두꺼워졌다. 회사 안에 다양한 악센트를 가진 다양한 배경의 사람들이 다양한 영어를 구사하고 있다는 사실이 그제야 눈에 들어오기 시작했다. 프랑스식 영어나 인도식 영어가 갑자기 아름답게 느껴졌다. 그리고 '내 딱딱한 한국식 발음이 뭐 어때서'라고 생각을 바꾸기로 했다.

내가 홍콩으로 이직할 수 있도록 도와준 글로벌 임원도 큰 용기를 줬다. 내가 글로벌팀에서 계속 일할 능력이 되는지 걱정이라고 자백했더니, 그는 "Part of my job is to make you ambitious(당신이 야망을 갖도록 하는 것도 내 업무입니다)"라고 말해줬다. 전혀 상상하지 못했던 피드백이었다. 형식적이나마 "넌 이미 잘하고 있어"라고 칭찬해주거나, 아니면 몇 가지 실용적인 조언을 예상했는데 그는 내 문제의 근본을 꿰뚫어 보고 있었다. 그는 나이가 많아서, 원어민 영어가 아니어서, 작은 나라 출신이어서, 위험을 감수하기 두려워서 등의 이유로 스스로를 상자 안에 가두고 있었던 나를 꺼내줬다.

나의 팀원은 총 5명이었다. 국적은 캐나다, 브라질, 미국, 폴란드, 호주로 제각각이었으며 홍콩, 파리, 보스턴 세 군데의 오피스에 흩어져 일하고 있었다. 오랫동안 다국적 기업에서 일하면서 외국인 동료와 일하는 것은 익숙했지만, 외국인 팀원을 두게 된 건 처음이었다. 게다가 같은 사무실이 아닌 각 대륙에 뿔뿔이 흩어져 있는 팀원들이었다.

우리 회사는 특유의 멀티허브 전략 때문에 COVID-19 위기가 찾아오기 전부터 온라인 회의가 일상인 상황이었다. 이렇게 얼굴을 보지 않고도 지구 반대편에서 같은 팀으로 일할 수 있다는 게 신기했지만, 얼굴도 모르는 팀원을 데리고 일하자니 큰 나사가 빠진 톱니바퀴 같은 느낌이었다. 어색함을 느끼던 나는 다음 해 전략을 위해 워크숍이 필요하다는 핑계로 모든 팀원들을 홍콩으로 초대했다. 업무와 국적, 성별 등을 불문하고 비즈니스 전에 인간적인 신뢰를 쌓는 것은 정말 중요한 일이다. 우리는 함께 딤섬도 먹고, 홍콩의 멋진 야경을 보고, 야시장도 가고, 호구 조사도 하면서 끈끈한 정을 쌓기 시작했다. 이렇게 개개인의 성향을 파악하고 인간적으로 친해지는 방식은 나중에 팀원을 관리하는 데 많은 도움이 되었다.

보통 글로벌 회사에서 일하다 보면 아시아 출신 매니저들은 권한을 이임하지 않고 너무 작은 일까지 간섭한다는 편견이 있다. 나는 그런 고정관념을 무너뜨리고 싶었지만 적절한 선이 어디인지를 찾기 어려웠다. 직원들을 방치하는 것도, 작은 업무까지 감 놔라 배 놔라 간섭하는 것도 좋지 않은 건 마찬가지니까. 그래서 주변 여러 사람의 리더십을 보고 배워 나갔다.

스스로 알아서 일하는 직원은 특별히 간섭하지 않고, 장애

물 제거가 필요하다면 언제든 달려갔다. 아이디어는 많지만 실행력이 부족한 직원은 주 단위로 일대일 미팅을 만들어 꼼꼼하게 조언을 주었다. 본인을 과대평가하여 밑도 끝도 없이 매번 월급을 올려 달라는 직원에게는 아주 구체적인 목표를 제시하고, 달성하지 못하면 강력한 피드백을 줬다. 동시에 팀원들에게 "나도 글로벌 업무는 처음이야", "상사라고 모든 걸 다 아는 것은 아니야", "내일 회의에서 발표해야 하는데 나 너무 걱정이야" 하며 나의 부족한 점을 공유했다.

당시는 심리학자 브레네 브라운Brene Brown의 '취약성의 힘 Power of Vulnerability'이라는 이론이 널리 퍼지던 때였다. 리더가 약한 모습을 드러내면 반대로 강해진다는 말을 믿었다. 사실 내가 하는 모든 업무가 나에겐 처음이었고, 진심으로 다 같이 도우며 일하자고 할 수밖에 없었다.

진심이 통했는지 시간이 흐르면서 매니저로서 신뢰를 얻고, 3년 후에는 다시 한번 직책을 바꾸게 되었다. 그리고 다시 맨땅에 헤딩하면서 새로운 업무를 배워 나갔다. 그쯤 되자 어떤 일도 할 수 있을 것 같은 자신감도 생겼다. 마사이족이나 이누이트족이랑 같이 일하면서 케냐에 이글루를 지으라고 해도 할 수 있을 것 같았다.

내 남편은
알프레도

처음 이주할 때만 해도 홍콩에서의 생활을 3년 정도 예상했는데, 시간은 생각보다 빨리 흘러갔다. 아이들이 한국으로 돌아가기엔 애매한 시기였고, 나도 새로운 업무에 자리를 잡아가고 있어서 그만두기엔 아쉬웠다. 고민 끝에 한국에 남아 있던 남편이 회사를 그만두고 홍콩으로 건너오기로 했다. 남편의 일은 홍콩에서 취직을 하기엔 불가능한 조건이었고, 영어도 가능하지 않았다. 50이 다 된 나이에 남편은 처음으로 전업주부가 되었다.

아이들의 재외국민 대학 입시와 남편의 커리어, 경제적인 부분까지 고민하려니 결정이 쉽지 않았다. 시부모님께도 괜스레 죄송했다. 고민에 고민을 거듭하던 어느 12월, 가족회의에서 최종 결론을 내렸다. 지금까지처럼 앞으로도 한국과 홍콩에서 떨어져 지내는 것이었다.

결정을 내린 뒤 한 달이 지났을까. 뉴욕에 출장 중이었는데 새벽에 핸드폰 알람이 울렸다. 남편에게 온 장문의 메시지였다. 남편은 홍콩으로 합류하겠다고 최종 결정을 바꿔버렸다. 시차로 뒤척이던 나는 남편의 문자에 안도의 한숨을 쉬고 단잠을 잤다. 남편은 이후 한국 업무를 마무리하고 COVID-19가 한창 기승을 부리던 2020년 6월에 홍콩에 도착했다. 친정 엄마는 한국으로 가시면서 남편에게 가사 업무의 바통을 넘겨줬다.

다행히 우리가 살던 아파트에는 비슷한 시기에 같은 결정을 내린 다른 한국인 가족이 있었다. 우리 남편과 그 집 남편은 생전 처음 해보는 전업주부의 삶을 함께 헤쳐 나갔다. COVID-19로 미용실을 비롯한 상점들이 모두 문을 닫은 터라 두 남자는 머리카락도 자르지 못하고 기르기 시작했다. 두 사람 모두 긴 머리에 대한 로망이 있었던 것 같기도 하다. 이목구비 뚜렷한 얼굴에 구불대는 반곱슬머리, 내려오는 앞머리를 헤어밴드로 고정한 두 사람을 보면 왠지 남아메리카 어딘가에서 온 사람들 같았다. 같은 동네에 사는 한국 교민들이 두 남자에게 별명도 지어 줬다. 내 남편은 알프레도, 다른 집 남편은 페르난도.

알프레도와 페르난도는 같은 헤어밴드를 하고, 장바구니를 돌돌 밀면서 재래시장을 돌아다녔다. 사과는 사이완호역의 왼쪽 집이 싱싱하고, 체리는 오른쪽 집이 더 싱싱하다며 정보를 교환했다. 냉동 삼겹살과 노르웨이 고등어, 살아 있는 갑오징어를 살 수 있는 가게도 간파했다.

COVID-19가 한창이던 시절, 홍콩의 격리는 악명 높아서 해외에 다녀오면 내 돈을 내고 호텔에서 격리를 해야 했는데 그 비용이나 시간이 만만치 않았다. 그러니 설날이나 추석이 되어도 한국에 다녀오는 건 꿈도 꿀 수 없었다. 고맙게도 알프레도와 페르난도가 제안해준 덕분에 몇몇 가족이 모여 서툰 솜씨로 만두를 빚고, 각종 전을 부쳐 명절을 보냈다. 명절이면 전 부치기 싫다고 아우성을 치던 우리가 스스로 전을 부쳐보자고 판을 벌였으니, 한국에 계신 시부모님이 알았으면 얼마나 배신감을 느꼈을까.

COVID-19 상황이 2년째에 접어들자 온라인 수업과 재택근무도 끝이 났다. 아내들은 회사로 가고, 아이들은 학교로 가면서 알프레도와 페르난도는 자유 시간을 맞이했다. 두 남자는 동네 뒷산으로 하이킹을 가서 수육과 굴 무침, 소주 한 병으로 행복한 소풍을 즐기기도 했다. 아파트 클럽 하우스가 문을 열면서 가끔 스크린 골프도 칠 수 있게 되었다. 하지만 즐거운 시절도 잠시, 페르난도가 한국으로 다시 일하러 가게 되면서 남편은 동병상련을 함께할 친구를 잃었다.

이제는 남편도 홍콩에서의 삶이 제법 익숙해졌지만, 오랫동안 일을 쉬고 혼자 지내다 보니 한국으로 돌아갈 날을 손꼽아 기다렸다. 그러던 2023년 3월, 대학을 준비하던 첫째가 한국

의 대학에 입학을 했다. 그렇게 아들과 함께 남편도 한국으로
복귀하기로 결정했다.

다시 한번
모던 패밀리

　2023년 3월 이후 남편과 아들은 한국에서, 나와 딸은 홍콩
에서 살고 있다. 동료들에게는 우스갯소리로 남자들은 한국에
서, 여자들은 홍콩에서 사는 새로운 가족 운영 모델을 시도하
고 있다고 했다. 회사에서는 끊임없이 운영 모델을 바꾸고 테
스트한다. 가족이라고 한 가지 모델로만 살아야 한다는 법은
없다.

　회사에 가지 말라고 나의 바짓단을 붙잡던 큰아이는 이제
한국의 공대생이 되어 앞날을 설계하고 있다. 이제 와서는 엄
마가 그때 일을 그만두지 않아서 정말 다행이라고 한다. 나의
가슴을 짓눌렀던, 소리없이 눈물짓던 올림픽대로의 밤 따위는
그의 기억에 존재하지 않는다.

　중학교 3년을 실컷 놀고 난 아들은 고등학교에 들어가면서
다시 과외를 시켜 달라고 했고, 친구들이 선행 학습을 할 때
후행 학습을 시작했다. 그렇게 고등학생이 되어서야 몇 달 만

에 중학교 수학을 떼고 학년에 맞는 진도를 찾아갔다. 3학년 때는 작은 규모의 학교였지만 전교 회장에 당선되어 졸업식에서 졸업생 대표로 답사도 했다. 스파이더맨이 되겠다는 본인의 꿈을 짓밟은 엄마의 이야기로 시작하는 답사를 들으니, 아들의 마음이 한결 여유로워진 것 같아 안심이었다. "왜 나를 홍콩에 데려왔냐"고 박박 따지던 아이는 이제 홍콩에서 먹던 남기 국수를 그리워하는 청년이 되었다.

어릴 때부터 독립적이었던 둘째는 여전히 야무지게 잘 살아간다. 시차가 있는 다른 나라 팀원들과 야간 회의가 많은 나는 아침에 늦잠을 자는 편이다. 그러면 둘째는 조용히 일어나서 혼자 등교 준비를 하고, 7시 10분이면 스쿨버스를 탄다. 혼자서 하교를 하던 초등학생은 내가 출장을 간 동안 스스로 샤브샤브를 만들어 먹고, 스테이크를 구워 먹으면서 〈나 혼자 산다〉라는 프로그램에 나가도 모자람이 없을 정도로 재미있게 사는 고등학생이 되었다. 올가을에는 학교 프로그램의 일환으로 라오스로 봉사활동을 가서 지역 사회를 위해 기숙사 건물을 짓는다고 한다. 다양한 활동을 통해 딸아이의 문화 다양성에 대한 감수성도 높아지고 있다.

물론 아이들의 방황도 여전히 현재 진행형이다. 아들은 기계공학 전공이 본인의 적성에 맞는지 입학 첫해부터 의문을 품고 있고, 딸은 학교 커리큘럼의 높아지는 강도를 걱정하면서도 메이크업 기술에 더 많은 시간을 쏟는다.

본인의 의지와 상관없이 홍콩에 온 아이들이지만, 6여 년의 시간을 보내는 동안 두 세상에 한 쪽씩 발을 걸치고 양쪽을 경험하며 사는 재미를 배운 것 같다. 한국에서는 역동성, 끈끈한 정, 재미라는 키워드를 취하고 홍콩에서는 다양성, 글로벌, 개인 존중이라는 키워드를 취한다. 한국에서 경험한 세 개의 키워드는 너무나 매력적이어서 두 아이 모두 장기적으로는 한국에서 살고 싶다고 한다. 한국을 포기할 수 없는 또 하나의 이유는 동전 노래방이다! 너무나 한국을 사랑하는 아이들을 보면서 가끔은 '우리 아이들을 제네바에서 만난 소녀들처럼 키우는 건 실패했구나' 생각하기도 한다. 이제 나는 아이들이 '어디에서 무엇을 하면서 살 것인가'보다 '왜, 어떻게 살아갈 것인가'에 가치를 두기를 바란다.

3년이나 일을 쉬었던 남편은 공백기의 충격이 적지 않다고 한다. 3년 동안 업무 환경이 너무나 바뀌어서 남편은 신입 사원처럼 공부를 한다. 그래도 3년간 온전히 가족을 위한 시간을 보냈다는 것에, 새로운 문화를 배운 것에, 페르난도와 같은 소중한 친구를 얻은 것에 대해 감사해한다.

COVID-19 격리가 종료되고 해외여행이 가능해지자 친정 엄마가 그리운 친구들을 만나러 홍콩에 오셨다. 친정 엄마는 다른 할머니들을 만나 홍콩식 죽과 딤섬, 운남 국수를 드시면서 수다를 떨었던 예전의 일상을 3주간 재현하느라 매일 아침 9시에 집을 나서서는 오후 4시에 돌아오셨다. 나와 딸, 친정 엄마 이렇게 여자 셋이 홍콩에서 같이 지내는 동안 76세 할머니가 가장 바빴다. 10년 전만 해도 우리 엄마가 인생 친구들과 페리를 타고 홍콩섬을 누비고 다닐 줄은 정말 몰랐다.

요즘은 어느 기업이든 업무 현장에서 애자일 혁신Agile Transformation이라는 말을 듣는다. 애자일에 대해 아무것도 모를 때부터 우리 가족은 애자일 하게 살아왔던 것 같다. 모든 결정의 순간 너무 길게, 깊게 고민하기보다 가장 중요한 부분에 확신이 생기면 빠른 결정을 내렸다. 일단 결정을 내리면 후회하지 않고 나아가되, 결정을 바꿔야 한다면 다시 빠르게 움직이는 식이다. 나의 홍콩 발령이 그랬고, 아들의 학업, 딸의 두 번의 전학, 남편의 퇴사도 그러했다. 우리 선택이 합리적인지 고민하는 데 에너지를 쏟기보다는 결정을 실행하고, 시행착오를 발견하면 빠르게 방향을 틀 수 있는 탄력성을 준비했다.

나의 홍콩 발령으로 인해 우리 가족은 모두 각자의 자리에서 삶의 무게를 견뎌야 했다. 각자의 시간은 다른 내용으로 채워졌지만, 그 무게를 견뎌 낸 만큼 우리는 모두 10배 더 단단해졌다. 우리가 보낸 시간은 그냥 살아진 게 아니라 살아낸 것이었다. 그래서 우리는 구성원 각자의 삶을 존중하는 모던 패밀리가 되었다.

■ 임주영

국철 1호선 키드로 자라서 서울대, 미국 유학을 거치며 시야를 넓혔다. 수학 박사 취득 후 대학에서 수학을 가르치기도 했지만, 결국 전공인 금융수학 업계로 돌아와 불혹을 넘어 지천명 가까이 현업에서 일하고 있다. 미국에서 10년, 홍콩에서 9년째 살고 있으며 육아는 끝난 직장맘이다. 좋아하는 일과 해야 하는 일을 계속 잘하고 싶고, 날마다 좌절하면서도 "괜찮아, 어떻게든 되겠지. 넌 뭐든지 할 수 있어"를 중얼거리며 산다.

공부 잘하던 쎈언니는
잘살고 있다

"자신의 성취욕과 야망을
가까운 이에게조차 드러내지 못할 만큼
스스로 어색해하는 모습은 보기에 좋지 않다.
스스로 원하는 것, 욕망하는 것이
무엇인지에 솔직하지 못하면
내가 어디로 가는지 알 수가 없다.
구체적인 야망을
가지는 데 주저하지 않길 바란다."

여자애가 공부 잘해봤자
팔자만 세지

2023년은 내가 대학에 입학한 지 30년이 되고, 박사 학위를 받은 지 20년이 되는 해이며, 네 번째 맞이하는 토끼띠의 해이기도 하다. 고등학생 시절, 어떤 전공을 선택하고 어떤 삶을 살 것인가 고민하는 나에게 어른들은 말했다. 앞으로는 여자도 계속 일하는 세상이 될 거라고. 초중고를 다니는 내내 일하는 엄마를 둔 친구는 거의 본 적이 없었지만, 우리 엄마는 항상 일하고 있었고, 나는 그것이 당연하고 뿌듯했다. 그때의 우리에겐 세상이 점점 더 좋아질 거라는 암묵적 믿음이 있었다.

어린 시절, 엄마는 집에서 조화造花를 만들었다. 야쿠르트 배달도 하고, 당시 유명했던 수입 화장품 코티Coty분을 팔던 나드리 화장품 외판원도 했다. 그때 엄마가 만지던 제품 라인들이 지금도 기억난다. 제품 하나에 몇만 원씩 하던, 당시로는 꽤 비싼 가격의 화장품을 가난한 동네에서 어떻게 팔았는지 지금도 신기하다. 엄마는 마사지나 화장 시연을 해주는 젊고 예쁜 직원들과 함께 다녔는데, 그때 함께 일하던 미용 사원 언니 중 한 분은 이후 메이크업숍을 열어 성공했고, 내가 결혼할 때 신부 화장을 해줬다.

엄마가 야쿠르트 배달을 할 때는 회사에서 처음으로 '팔도라면'을 론칭했다. 클로렐라 라면이라는 이상하고 맛없는 초록색 라면에 실망도 하고, 비빔면이 대박을 내자 같이 뿌듯해하던 기억도 난다. 그 후로도 엄마는 남대문에서 옷을 떼어다가 파는 옷 가게도 했고, 내가 대학생이 된 후로 시작한 부동산을 지금까지 운영하고 있다.

우리 엄마는 대기업 직원도, 전문직 여성도, 돈을 많이 버는 사람도 아니었지만 엄마가 일하고 있다는 자체가 은근히 좋았다. 그리고 나 역시 당연히 커리어 우먼이 될 거라 생각했다. 그리고 아주 잘하고 싶었다.

나는 공업단지가 가까운 인천시 부평구 산곡동에서 자랐다. 당시 내 주변에는 롤 모델이 되어 줄 멋진 여성이 없었다. 내가 만난 가장 지적인 어른은 고등학교 때 선생님들이었다. 조숙한 편이었던 나는 어릴 때부터 신문과 책을 보며 내 좁은 마을 너머에 더 넓은 세상이 있다는 것을 잘 알고 있었다. 그리고 설렘과 기대와 두려움으로 과연 나는 어디까지 갈 수 있을지 상상하곤 했다.

이웃 어른들은 "너는 말을 잘하니 아나운서를 해봐라" 혹은 "영어를 잘하니 외교관을 해봐라" 하고 덕담을 해줬다. 중학교 선생님들은 나에게 글을 잘 쓰니 기자, 작가, 시인이 될 수 있을 거라고 했다. 우리 부모님은 당시 재계 1, 2위이던 삼성과 현대에 취직하는 것이 최고라고 생각했다. 겨울방학에 함께 귤을 까먹으며 농구대잔치 중계방송을 보면 넥타이 부대들이 단체로 실업 농구팀을 응원하는 장면이 나왔다. 그때 부모님은 "너는 서울대에 가서 저런 직장에 취직할 수 있을 거야" 했다. 그때의 나는 역사에 남을 책을 쓰거나 업적을 남기고 싶다는 꿈이 있었다. 구체적인 건 생각해본 적 없는 밑도 끝도 없는 꿈이었다.

당시 비평준화 지역으로, 우수한 학생이 모이던 우리 학교에는 실력과 인성이 훌륭한 선생님이 많았다. 그때 선생님이 주는 수많은 자극 덕분에 열심히 공부했고, 내 커리어의 바탕을 다질 수 있었다. 하지만 훌륭한 선생님들조차 똑똑한 여학생에게 해줄 수 있는 비전은 그저 명문대에 진학해서 큰물로 나아가라는 게 전부였다. 본인들도 명문대를 졸업한 전문직 여성이었지만, 이미 대학이나 다른 직장에서 좌절을 겪은 경우가 많았다.

남녀공학 고등학교에 다니다 보니 이성 교제가 자유로웠고 나도 예외는 아니었다. 성평등이나 일하는 여성으로서 배우자와의 관계에 대한 고민도 일찍 시작했다. 자녀의 이성 교제를 걱정하는 부모의 마음은 그때도 마찬가지였는데, 유독 남학생 부모들은 "여학생이 꼬리를 쳤다"느니 "자기 아들 앞날을 망친다"느니 하는 질 낮은 뒷말을 하곤 했다.

고등학생인 내 눈에도 어른들이 한심해 보였다. 한편으로는 가슴이 철렁하기도 했다. '그럼 나보다 잘난 남자를 만나야 하나? 내가 공부를 제일 잘하는데 나보다 잘난 남자가 어디 있을까? 결혼을 하면 내조를 해야 하나? 내가 남편보다 더 잘나고 바빠서 내조를 못 하면 남편은 불행한 건가?'

입시를 코앞에 두고 이성 교제를 하려니 앞서가는 생각들이 꼬리를 물었다. 깊은 생각 끝에 여고생 임주영은 깨달았다. 나는 미래의 남편 능력에 기댈 이유가 없고, 내조를 할 필요도 없다는 것을. 나의 커리어는 스스로 만들 것이고, 미래의 남편 또한 그럴 것이라는 것을.

예나 지금이나 경쟁 관계에서는 시기와 없는 말이 횡행하기 마련이다. 공부를 잘했던 나를 두고 몇몇 입이 가벼운 학부모나 선생님은 "여자애가 공부 잘해봤자 팔자만 세지"라고 말하기도 했다. 처음에는 그런 말에 심장이 벌렁거릴 정도로 상처받고 화가 났지만, 그때의 나도 지금처럼 멘탈이 강했나 보다. 어른답지 못한 말에 흔들리지 않겠다고 스스로를 위로했으니 말이다. 이런 성격은 타고난 것 같다.

나는 학교에 입학할 때부터 어휘력이 풍부하고 주관이 뚜렷하다는 통지표를 받았다. 내가 자란 동네는 척박한 교육 환경 때문에 우수한 학생이 적었는지 각종 경시대회, 글쓰기 대회에는 내가 항상 대표로 나가서 상도 많이 받았다. 그런 대회에서 새로운 과제를 접하고 어찌어찌 결과를 내는 경험은 낯선 상황에 대한 면역을 키워줬다. 5~6학년 즈음부터 신문을 읽으면서 세상의 지식에 눈을 뜬 것도 강한 멘탈을 키우는 데 도움이 되었다. 중학교에 가면 성적이 떨어진다더라, 고등학교에 가면 전교 1등도 소용없다더라는 말에 걱정을 하기도 했지만 나의 공부법은 계속 효과가 있었고, 자신감도 더 강해졌다.

아무튼 어른들로 인해 마음이 어지러울 때는 연습장에 '가장 가치 있는 일은 남들이 네가 할 수 없다는 일을 해보이는 것이다' 혹은 'You can do anything' 등의 치기 넘치는 말을 끄적거리며 멘탈을 잡았다. 꽉 찬 40대가 된 지금도 가끔 혼잣말로 "You can do anything"을 외치고 있음을 고백한다.

지금 나는 홍콩에서 일하는 48세의 워킹맘이고 19세, 14세의 딸 둘과 남편이 있다. 30년 전 서울대 수학과에 입학했고 25년 전에 미국의 대학원에 진학했으며, 20년 전 뉴욕에서 수학 전공으로 박사 학위를 받았다. 그리고 그 후 교수가 될 계획으로 미국 텍사스에서 3년간 전임강사로 일했다. 이후 금융계로 커리어를 전향해, 1년의 국내 기업 근무를 제외하면 미국계 은행에서 20년 가까이 퀀트로 일했다. 현재 미국 업계 2위, 임직원 20만 명 규모의 뱅크 오브 아메리카Bank of America에서 아시아 태평양 모델 위험관리 책임자Asia Pacific Model Risk Officer로 일하고 있다.

전임강사 시절에 첫째 아이를 출산한 이후 지금의 자리에 오기까지 워킹맘으로서의 삶은 절대 무난하지 않았다. 임원의 꿈은커녕 한 치 앞의 미래도 보이지 않아 한 발 한 발 더듬거리듯 내딛는 날이 많았다. 하지만 돌아보면 "You can do anything"을 외치던 여고생은 그때의 주문에 어울리는 성취를 이뤘다. 그리고 여전히 계속 성장하고 있다는 사실에 감사한다.

가본 적 없는
길을 향해

공부에 진심이었던 나는 서울대학교 수학과에 입학했다. 어릴 때부터 지적 호기심이 높았기에 대학에서 펼쳐진 학업과 경험의 장은 나를 더욱더 자극했다. 그만큼 더 열심히 배우고, 세상을 넓혀 갔다.

전공으로 선택한 수학은 많은 선후배 동기들이 좌절할 정도로 어려웠다. 당시 우리 과 정원 50명 중 여학생은 9명이었는데, 그때까지 여학생 수가 이렇게 많은 적이 없었다고 했다. 우리의 의도는 아니었지만, 여학생 수가 많다는 것은 동기들에게 큰 힘이 되었다. 선배들은 93학번 여학생들은 기가 세다고 놀리기도 했다. 1학년 2학기에는 과 대표가 되었다. 여학생이 과 대표가 된 것도 처음이라며 화제가 되었다. 학생운동이 치열했던 이전과는 달리 우리 때의 과 대표는 개강이나 종강 모임, 엠티MT 준비를 맡는 정도의 일이 전부였고 동기와 선배들의 도움을 받으며 잘 해냈던 것 같다. 이후로는 여학생이 과 대표를 맡는 일은 평범한 일이 되었다.

50명 중 9명, 고작 18%에 불과했지만 우리 학번 이후 수학과 여학생의 위상이 달라졌다. 결론부터 말하면 우리 학번 여학생 9명 중 8명이 박사 학위를, 1명은 석사 학위와 교직을 취득했다. 현재 5명은 미국에서 대학 교수, 금융계, IT 업계에서 일하고, 1명은 홍콩의 금융계(바로 나)에서, 3명은 한국에서 대학 교수와 가정주부로 살고 있다. 그리고 만난 지 30년이 지난 지금까지 서로를 응원하고 있다.

삶을 돌아보면 그동안 내가 스스로 만든 기회와 성취도 있지만 운이 좋았던 경우도 많았다. 그중 최고의 행운은 내가 서울대 수학과, 여학생 수가 임계점Critical Mass을 넘긴 93학번에 있었던 것이라고 생각한다. 친구들과 함께한 스터디 그룹 덕분에 전공 공부의 벽을 넘을 수 있었고, 친구들과 쌓아 올린 자신감 덕분에 겁 없이 금융수학이라는 새로운 전공에 도전하고 미지의 길로 나아갔다.

대학 졸업반이 되자, 진로를 정해야 했다. 그때만 해도 곧 IMF 금융 위기가 닥칠 줄은 아무도 몰랐다. 우리는 다들 취업보다 대학원이나 전공, 유학을 고민했다. 주변에서 대학 나온 사람도 찾기 힘들었던 나에게 유학은 생각해본 적 없는 아주 먼 나라 이야기였다. 미국 유학 준비를 하던 동기 2명을 보며 '유학이라는 걸 갈 수도 있구나' 싶었다. 그러던 중 제주도로 간 졸업 여행에서 교수님으로부터 금융수학Mathematical Finance 이야기를 들었다. "미국 월스트리트에서는 금융수학을 전공한 사람을 뽑아서 높은 연봉을 준다더라", "전망이 밝으니 관심을 가져 봐라" 하는 말이었다. 귀가 번쩍 뜨였다.

1996년의 대한민국은 인터넷이 막 보급되기 시작했고, 구글이 생기려면 아직 2년이나 남은 시점이었다. 나는 수학과 도서실에 있던 공용 컴퓨터로 금융수학에 대한 자료와 교수들의 홈페이지, 교육과정 등을 열심히 검색했다. 한글로 된 콘텐츠가 거의 없던 시절이라 금융수학에 대한 자료는 전부 영어로 써 있었다. 재미로 공부했던 영어 실력이 조금이나마 도움이 되었다. 미국의 대학원을 가려면 성적표, 추천서 3장, 영어 능력 시험, 그리고 자기소개서가 필요했다. 유학 중인 선배들에게 물어보기도 하고, 관심 있는 교수나 입학처 직원에게 이메일로 멍청한 질문을 보내면서 열심히 분위기를 파악했다. 그런데 영어 실력이 부족하니 이메일 하나를 반듯하게 쓰는 데에도 두세 시간이 걸렸다. 읽는 건 자신 있었지만, 영작을 하려니 부족함이 느껴졌다. 요즘처럼 챗지피티Chat GPT나 파파고Papago, 혹은 구글 번역기가 있었다면 얼마나 좋았을까. 매일 머리를 싸매고 '나는 누구, 여긴 어디' 하는 심정으로 몇 시간씩 인터넷을 뒤지며 근근이 문장을 만들어 이메일을 보냈다.

그렇게 유학 준비를 시작했고, 그 과정에서 무엇보다 영작 실력이 부쩍 늘었다. 아마 그때 썼던 이메일을 지금 본다면 손

발이 오그라들지도 모른다. 하지만 부끄러움을 무릅쓰고, 어색한 이메일을 보내며 쌓은 영작 실력이 지금까지도 업무에 많은 도움이 되는 것 같다.

가난하고 즐거웠던
대학원 생활

미국에서 박사 학위를 했다고 하면 부모님이 도와줬냐고 묻는 사람이 많다. 하지만 나의 부모님은 지식 노동자가 아니었고 연구직에 대해서는 전혀 몰랐기에, 부모님과 상의해야겠다고 생각해본 적이 없었다. 물론 계획을 말씀드리긴 했지만, 결정은 당연히 나의 몫이었다.

요즘은 모든 것이 인터넷으로 가능하지만, 그때의 인터넷은 겨우 문서나 읽는 정도였다. 그래서 대학원을 알아보고 지원하는 것도, 필요한 자격을 갖추는 것도 몸으로 부딪쳐야 했다. 수학 과외로 생활비 정도의 돈을 벌고 있던 터라 비싼 영어 학원 수강료나 원서 접수 비용은 스스로 부담할 수 있었다. 1998년 8월, 나는 같은 과의 복학생이었던 남편과 결혼식을 올리고 미국으로 갔다. 우리는 스스로 선택한 공부를 한다는 흥분과 자신감에 들떠 있었고, 이른 결혼은 유학 생활에 안정감을 줬다.

미국은 큰 나라이고 대학의 지리적 위치에 따라 경험치가 천차만별이다. 나는 맨해튼에 있는 뉴욕대학교로 진학했다. 당시 뉴욕대학교는 영화학과나 경영대학이 유명했지만, 한국에는 아이비리그처럼 잘 알려진 대학이 아니었다. 뉴욕대학교의 수학과는 독일의 수학자 리하르트 쿠란트Richard Courant가 설립한 쿠란트 수리과학 연구소Courant Institute of Mathematical Sciences 산하로, 응용수학Applied Mathematics으로는 손꼽히는 명문이었다.

학교에서 순수수학만 접했던 나는 새로운 학문과 세계적인 석학을 볼 수 있다는 생각에 아이돌 스타를 기다리는 팬처럼 신이 났다. 하지만 도착하자마자 나를 반겨준 것은 뉴욕의 높은 물가라는 현실의 벽이었다. 아파트 월세가 100만 원이 넘는다니 눈이 튀어나올 것 같았다. 목가적인 기숙사에서 낭만적으로 유학하는 사람도 많다는데, 우리 부부는 퀸즈 우드사이드에 월세 100만 원이 안 되는 쪽방 같은 원룸을 겨우 얻어 팍팍하고 쪼들리는 유학 생활을 시작했다. 요즘 재미교포 예술가들의 SNS에서 그때 타던 7번 뉴욕 지하철 고가 철도 밑에서 찍은 사진들을 보면, 25년 전 풍경과 비슷한 모습에 향수에 젖기도 한다.

박사과정 5년은 순조롭게 흘러갔다. 전공 공부는 즐거웠고 석학들의 사고를 들여다보는 재미도 있었다. 학부 때 탄탄히 쌓은 기초 위에 수학적 사고법이라는 건물을 세워가는 기분이었다. 매일 같은 시간에 일어나 밥 먹고, 종일 공부하고, 같은 시간에 잠드는 일이 쉽지 않았지만 젊음이라는 무기가 있었고 함께 해주는 남편이 있어서 의지가 되었다.

첫 1년간은 외식비를 아끼기 위해 매일 도시락 두 개를 쌌다. 단골 메뉴는 야채를 듬뿍 넣은 불고기와 김치. 그때는 중국의 경제력이 급성장하기 전이라 중국 유학생 수도 적었고, 그들 역시 쥐꼬리만 한 조교 월급을 쪼개서 대륙의 가족들에게 송금하는 입장이라 우리처럼 초절약 모드였다. 궁한 동양인 유학생들끼리 카페테리아에 모여 도시락을 까먹던 일, 학생 할인으로 메트로폴리탄 오페라를 보던 일, 생소한 동유럽이나 브라질 음식을 먹던 일, 가난한 대학원생들끼리 모여 파티도 하고 떡볶이를 만들어 먹던 일, 차이나타운에서 기기묘묘한 식재료에 기절초풍했던 일 등 가난하던 유학 시절이었지만 기억은 아름답게 남아 있다.

그리고 2003년 8월에 우리 부부는 박사 학위를 받았다. 그때는 사실 하루하루 코앞의 일에 집중하다 보니 박사 학위를 받고도 아무 느낌이 없었지만, 돌이켜보면 연구 능력이 있는 지식 노동자로서 면허증을 받은 의미 깊은 일이었다.

워킹맘이 된
나의 삶

미국에서 공부하다 보면 부부가 같이 공부하고 같이 직장을 구하는 게 얼마나 어려운 일인지 알게 된다. 우리 부부도 365일 꽃노래만 부른 것은 아니었지만, 각자의 공부를 최우선에 놓고 자기 앞가림에 바빴다. 하지만 주변의 여학생들을 보면 "나는 박사를 할 그릇이 아닌데 무리하는 거 아닐까?" 하고 자신을 의심하는 경우가 정말 많았다. 무식해서 용감했는지, 박사라는 걸 대단하다고 생각해본 적이 없는 나는 그런 말을 들으면, 박사를 하는 데 그릇씩이나 필요한 건지 도무지 공감이 되지 않았다. 요즘 말로 옆 구르기 하면서 봐도, KTX를 타고 가면서 봐도 능력과 자질이 충분한 친구들이 왜 그렇게 스스로를 의심했을까? 반대로 나는 왜 그런 자기 의심을 한 번도 하지 않았을까?

결정적인 이유는 수학과 여학생 동기들이었다. 우리 9명 중 취업으로 진로를 정한 친구를 빼면 8명이 모두 박사 공부를 하고 있었으니 당연히 나도 할 수 있다고 생각했다. 박사라는 게 특별한 진로라고 생각하지 않았고, 덕분에 5년의 시간 동안 힘든 날은 있었지만 한 번도 나의 능력을 의심하지 않았다.

비슷한 친구들에 묻어서 확신을 갖는 것, 임계점을 넘긴 여학생 수의 힘이었다.

박사과정의 마지막 해부터 동기들은 진로를 준비했다. 뉴욕대학교 수학과는 월스트리트와 가까워서 여름방학에 대형 은행에서 인턴으로 일하다가 졸업 후 바로 취업하는 경우가 많았다. 그때의 나는 현실 감각이 부족했는지 금융수학을 주제로 논문까지 썼으면서 회사보다 대학에서 강의와 연구하는 쪽을 선택했다. 당시는 여러 학교에서 금융수학 강좌를 개설하려는 수요가 있었고, 나와 남편은 텍사스 주립대학교에서 함께 일을 시작했다.

2003년 텍사스의 주도인 오스틴Austin으로 이주한 첫해의 연말 방학, 친구들과 여행을 다녀와서 임신 사실을 알았다. 연말 연초를 입덧에 시달리다가 탈수로 입원하기도 했다. 임신 사실을 알자 제일 먼저 임신 출산에 대한 책을 주문해서 읽었는데 당시 《삐뽀삐뽀 소아과》, 《What to expect when you're expecting》, 《미국 소아과협회 가이드》 등 몇 권의 책이 너무 재미있어서 반복해서 읽었던 기억이 난다. 호기심이 많은 나에겐 임신과 출산 과정이 너무나 흥미로웠고 남편과 함께 라마즈 호흡 수업을 다니기도 했다. 건강하게 첫째 아이를 자연분만했고, 회복도 순조로워 나는 2주 만에 복귀를 결정했다.

그때 나의 결정은 최선이었을까? 생각해보면 아닌 것 같다. 좀 더 멀리 보고, 무급 휴직으로 시간을 얻어 논문을 썼다면 어땠을까? 하지만 그때 나의 그릇은 딱 그만큼이어서 월급도 육아도 놓치고 싶지 않았다. 개인적인 착오에 멘토링이나 네트워킹 부족까지, 여러 가지 이유로 학교에서의 연구는 동력을 잃은 상태였고, 나는 그 상황이 불안했다. 자존심이 상하기도 했다. 그래서인지 쑥쑥 자라는 아기는 너무나 예뻤지만 하루 종일 아이만 돌보고 싶지는 않았다. 항상 그래왔듯이 나는 근거 없는 자신감으로 불안한 상황을 견디며, 육아와 강의를 즐겼다. 어릴 때부터 좋아했던 옷 만들기와 빵 만들기에도 입문했다. 책과 재료를 사들이고 연구하며 '작품'을 만들어 냈다.

같은 학교에서 연구원으로 일하던 남편도 시간이 자유로운 편이었다. 육아를 도와주러 1년이나 와계셨던 이모와 남편과 나, 셋이서 즐겁게 아이를 키웠다. 그럼에도 신생아 육아는 힘든 일이어서 첫 100일 동안 모유 수유나 수면의 고통으로 하늘이 노랗게 보일 지경이었다. 하지만 100일이 지나고 아이와 교감을 시작하자 이후 몇 년은 육아의 행복에 흠뻑 빠졌다. 그러면서도 마음 한편에서는 커리어에 대한 걱정과 '어떻게든 되겠지' 하는 낙관이 엎치락뒤치락 힘겨루기를 했다.

워킹맘의 역할이 시작된 첫 2년은 순조로웠다. 무엇보다 아이가 건강했고 남편도 나도 시간 활용이 탄력적이라 함께 전력을 다했다. 어린이집도 무척 만족스러웠다. 초대형 대학이 위치한 덕분에 고학력자들이 과잉 공급되는 도시였고, 그래서 그런지 좋은 제도도 가장 먼저 시행하곤 했다. 첫째 아이가 다닌 어린이집은 새미의 집Sammy's house이라는 장애아 통합 어린이집이었다. 이 글을 쓰며 찾아보니 설립 20년이 지난 지금도 운영 중이다! 유아와 교사 비율이 낮고(3대1), 가정집을 개조한 환경, 무엇보다 장애 통합 보육에 대한 교사들의 사명감과 자질이 마음에 들어서 선택한 기관이었다.

9개월에 입소한 우리 아이는 뉴욕으로 이사를 간 24개월이 될 때까지 새미의 집에 다녔다. 세 명이 한 반이었는데, 한 명은 스페인어가 모국어인 남자 아기였고 다른 아이는 다운증후군과 심장질환이 있는 남자 아기였다. 당연히 교사는 장애아 친구를 돌보는 데 더 많은 시간을 할애했지만, 엄마로서 문제를 느끼지 않았다. 아이는 다른 친구와 스페인어와 한국어 단어를 서로 가르쳐 주며 즐겁게 지냈다. 통합 보육 환경을 경험하고, 어린이집 내에서 재활 수업을 받는 아이들을 보는 것도 신기했다. 우리 아이가 재활을 받을 일은 없었지만, 특수교육을 전공한 선생님들이다 보니 발달 과정과 지도에도 민감하다고 느꼈다. 좋은 환경에서 아이의 유아기를 보내게 되어 감사했다.

다시
뉴욕으로

　당시 전임강사 계약은 3년이었는데, 아이가 만 두 살이 될 즈음 만기가 다가왔다. 이제 테뉴어tenure, 종신 교수직에 지원해야 하는 시기였다. 우리 부부처럼 두 명이 모두 교수나 연구직을 구직하는 경우, 드넓은 미국에서 같은 도시 혹은 통근 가능한 거리에 직장을 잡는 것은 무척 어려운 일이었다. 좀 생뚱맞지만 물리학의 용어를 빌려 표현하자면 이체문제二體問題, two body problem(상호작용하는 두 물체의 운동을 다루는 문제)라고 하기도 한다.

　많은 대학에 원서를 넣었고, 나는 투자 은행의 퀀트 자리에도 이력서를 보냈다. 그중 보스턴 근교의 작고 알찬 대학에서 부부를 모두 임용하는 데 관심을 보였다. 2박 3일 동안 발표와 세미나, 수많은 교수와 대화를 가장한 인터뷰가 진행되었고 만족스러울 정도로 잘 해냈다. 아이를 키우면서 원래도 강했던 멘탈이 더 단단해졌는지 집중해서 긴 시간의 인터뷰를 해낸 내가 대견했다. 그런데 예상과 달리 전임강사 계약이 만료

되는 5월이 되도록 고용에 확답을 주지 않았다.

대학 인터뷰 전, 나는 뉴욕의 제이피모건JP Morgan Chase과도 인터뷰를 했는데 요즘 아이들 말로 '찢었다'고 해야 하나, 아주 만족스러운 결과로 바로 오퍼를 받았다. 하지만 남편과 함께 갈 수 있는 대학이 나타난 덕분에 오퍼를 거절한 상태였다. 그런데 채용을 확정할 것 같던 대학이 확답을 피하니 눈앞이 캄캄해졌다. 나는 제이피모건 인사부에 메일을 보내 이전에 오퍼를 거절한 이유와 바뀐 상황을 솔직하게 설명하고 다시 오퍼를 받고 싶다고 정중하게 요청했다. 다행히 다시 오퍼를 받았고, 연봉도 오히려 조금 올랐다. 그리고 남편은 우리가 졸업한 뉴욕대학교 수학과에서 일하게 되었다. 셋이 된 우리는 2006년 여름, 3년간의 텍사스 생활을 마무리하고 뉴욕으로 돌아갔다.

입사해서 보니, 퀀트 부서에는 먼저 입사한 대학원 동창들이 자리 잡고 있었다. 잘 아는 업무였고, 회사 분위기도 합리적이어서 적응도 순탄했다. 문제는 아이의 어린이집이었다. 회사에서 가까운 어린이집은 원비가 너무 비쌌다. 나는 이스트엔드 쪽에 원비가 저렴하고 보육 환경이 좋은 어린이집을 찾아 결정하고 근처에 방 하나짜리 아파트를 얻었다. 저렴하다고 해도 어린이집 원비와 월세를 내고 나면 생활비가 빠듯했다. 당시 남편은 무급 연구직이었던 터라 스트레스를 받았지만 열심히 논문들을 써냈고, 어린이집이 끝나면 아이를 데리고 근처 공원에서 내가 퇴근할 때까지 놀아줬다. 물가가 싼 텍사스에서 지내다 다시 허리띠를 졸라매려니 잘한 건가 의문이 들기도 했지만, 그때의 우리에게 중요한 것은 경력이었다. 그리고 기회가 올 거라는 믿음이 있었다.

대학원생 시절 5년간 뉴욕을 구석구석 누비고 다녔지만 아이와 함께 보는 맨해튼은 새로운 즐거움이었다. 만 두 돌을 지나 자아가 생기기 시작한 아이를 유모차에 싣고 메트로폴리탄 박물관과 자연사 박물관, 센트럴 파크, 동네 놀이터와 서점을 샅샅이 누비고 다녔다. 아이는 영어를 알아들으면서도 거의 말은 하지 않았다. 나는 개의치 않고 집에서는 한국어를 사용했다. 아이도 나도 책을 좋아하는 편이어서 다양한 그림책을 읽어주는 재미도 컸다. 비약적으로 발전하던 한국의 어린이책을 보는 것도 즐거웠다. 아이는 영어책보다 한국어책을 훨씬 좋아했다.

몇 달 후 남편이 서울에 있는 대학에서 오퍼를 받았다. 당시 우리는 미국 생활 10년 차였고 지금 생각하면 웃을 일이지만 한국에 돌아가는 게 막연히 두려웠다. 너무나 좋은 기회지만 나는 뉴욕에서 더 경력을 쌓고 싶었다. 그러자니 육아가 고민이었다. 뉴욕에는 아무도 없었고, 한국에는 친정 가족들이 있었다. 우리는 일단 남편과 아이만 한국으로 가서 지내보기로 결정했다.

혼자 뉴욕에 남은 나는 한동안 우울하고 헛헛했다. 몇 년간 육아에 푹 빠져서 애착이 컸던 탓일까. 힘든 마음에 병가를 내고 집에서 내내 잠만 자기도 했다. 그렇게 몇 달이 지나자 남편도 아이도 한국 생활에 잘 적응했다. 맨해튼에서 1,400달러, 우리 돈으로 180만 원의 원비를 내던 우리에게 한국 어린이집은 기적 같았다. 아이는 아파트 단지 내의 평범한 어린이집에서 한국식 보육을 받으며 잘 지냈다. 영어를 금세 다 잊어버렸지만 신경 쓰지 않았다.

그렇게 1년 남짓의 나 홀로 뉴욕 생활을 보내다 2008년 4월, 외롭게 지내던 나도 서울로 들어가기로 결정하고 국내 증권사에 경력직 면접을 봤다. 리먼 브라더스가 파산하고 대규모 금융 위기가 닥치기 직전이었다. 당시 한국의 증권사나 은행의 퀀트는 대부분 계약직으로, 일이 년마다 계약을 갱신했다. 나는 국내 증권사에서 1년을 근무하고 재계약을 하지 못했다. 한국에서는 전문성을 살려서 근무하기가 어렵겠다고 판단했다.

모든 것이
감사합니다

아이는 적응이라고 할 것도 없이 물 흐르듯 한국 아이로 자라고 있었고, 나는 증권사에 다니던 중 둘째를 임신했다. 지금 생각해보면 그때가 내 인생 최대 위기였다. 퇴사를 하고 쉬면서 출산을 앞두고 있던 어린이날 아침, 갑자기 눈앞이 핑 돌며 어지러웠다. 잠시 누웠다 다시 일어서려는데 중심을 잡을 수 없고 구토가 나왔다. 두려운 마음에 종합병원 응급실에 갔지만 임신부라고 하니 아무 치료도 받을 수 없었다. 우여곡절 끝에 이비인후과에서 돌발성 난청이라는 진단을 받았다. 오른쪽 귀가 안 들린다는 것도 그제야 느꼈다. 임신부라는 이유로 이비인후과에서는 치료를 망설였지만, 태아에게 미칠 영향은 없다고 당장 엄마가 살아야 한다는 산부인과 담당의의 강력한 소견으로 고막에 스테로이드 주사를 맞는 치료를 시작했다.

돌발성 난청 같은 신경계통 급성 질환은 초기 24시간 내 치료 개시 여부에 따라 예후가 크게 달라진다고 한다. 그러나 나는 임신이라는 특수 상황으로 골든 타임을 놓친 셈이었다. 치료를 받으며 어지러움은 개선되었지만, 오른쪽 청력은 사실상 잃고 말았다. 의사는 입원 치료를 권했지만, 유치원에 다니던 첫째 아이의 육아가 최우선이었던 나는 통원 치료를 택했다. 청력을 잃었다는 사실에도 큰 충격은 없었다. 그저 어지럼증이 나아 일상생활을 할 수 있게 된 것에 안도했다.

이후 몇 년간은 돌발성 난청의 후유증에 시달렸는데 피곤하거나 잠이 부족하면 극심한 어지러움이 밀려왔고, 여러 사람이 떠드는 공간에 가면 오른쪽 귀가 웅웅거리고 두통으로 힘들었다. 하지만 일상생활을 할 수 있다는 감사함에 귀에서 진물이 나도, 머리가 아파도 화조차 나지 않았다.

그런 과정을 지나 둘째 아이를 출산했다. 아이는 건강했고, 고통스러웠던 임신 과정이 무색하게 나의 회복도 빨랐다. 나는 둘째 아이의 육아를 즐기기로 마음먹었다. 다섯 살이 된 첫째 아이도 너무나 예쁠 때였다. 주변에서는 직장을 잃은 나를 걱정했지만 계약 연장에 실패한 퀀트 아줌마는 큰 걱정이 없었다. 항상 그래왔듯이 '어떻게 되겠지' 하는 마음이었다. 기회가 오지 않으면 수학 보습 학원이라도 차리면 된다고, 남편이 생활비는 벌어오니 스트레스 받지 말자고 생각했다.

두 아이에게 전념하는 시간이 몇 개월 지났을 때, 대학 동기 한 명이 외국계 은행에서 퀀트를 찾는다며 연락을 줬다. 온라인으로 런던에 있는 열 명 가까운 퀀트팀과 마라톤 인터뷰를 했던 기억이 난다. 인터뷰라면 자신 있었던 나는 마지막까지 집중하여 성실하게 마쳤고, 오퍼를 받았다. 그렇게 7개월 만에 재취업에 성공했다. 돌발성 난청이 왔고, 둘째 아이를 출산했고, 육아에 전념하기도 했고, 경력 단절의 두려움에 떨기도 한 고난의 7개월이었다.

입사를 해보니 서울 지점은 직원 30명으로 규모도 작고, 다른 부서의 업무를 서로 도와주는 분위기였다. 엄밀히 따지면 내 업무는 아니었지만, 고객에서 시작되어 비즈니스가 완성되는 과정을 모두 볼 수 있다는 장점이 있었다. 백업 부서의 업무를 돕기도 하고 단순 작업을 해야 할 때도 많았지만, 단순 작업에도 배울 점이 있었고 덕분에 다양한 비즈니스 지식을 쌓아갔다.

처음 이삼 년 회사의 분위기며 사업 모델 등을 익히고 내가 쓸모 있는 사람임을 증명하느라 부단히 애쓴 덕분에 나한테 오는 문제는 잘 해결된다는 평판도 얻게 되었다. 회사에 적응하는 동안 첫째 아이는 초등학교에 입학했고, 학부모 노릇도 무척 즐거웠다. 폭발적으로 성장한 어린이책 시장의 열혈 소비자가 되어 책을 사다 날랐고, 아이는 그만큼 잘 소화해줬다. 재미있는 영어 그림책을 사다가 읽게 하고, 오디오북을 들려주며 엄마표 영어 수업에도 정성을 쏟았다. 내가 하는 만큼 아이의 영어가 하루하루 늘어가는 것이 큰 기쁨이었다.

아이러니하게도 엄마로서의 이런 즐거움은, 내가 회사에서 충분한 기회를 얻지 못했기에 가능한 것이었다. 당시 나는 야근이 거의 없었는데 워킹맘으로서는 다행스러운 일이었지만, 근무시간에도 내 능력을 충분히 발휘하지 못한다는 아쉬움이 있었다. 그리고 그 아쉬움은 수면 아래에서 잔잔하게 위험 요소가 되고 있었다.

입사 후 4년이 넘어가던 시점, 홍콩에 있던 동료가 퇴사를 하게 되자 기회라는 생각이 들었다. 내가 홍콩으로 가서 그 업무를 커버하겠다고 적극적으로 어필했더니 회사에서도 수락했다. 한국에서 온 가족이 살겠다는 마음으로 들어온 지 6년 만에 남편을 서울에 남겨 두고 다시 한국을 떠나게 되었다.

인생은
새옹지마

2014년 8월, 홍콩으로 이주를 했다. 초등학교 5학년을 다니던 첫째는 국제학교에, 아직 어리고 한국어를 배워야 하는 둘째는 한국국제학교에 들어갔다. 육아와 살림을 도와줄 헬퍼도 구하고, 적응이랄 것도 없이 홍콩에 안착했다. 아이들도 다행히 새로운 학교에 잘 적응했다.

하지만 뜻밖의 위험 요소가 직장에 있었다. 우리 사업부의 수익은 몇 년째 부진했고, 팀장은 중요 업무를 팀원에게 주지 않고 독식했다. 똑똑한 팀장이 '왜 본인도 팀도 힘들게 일할까' 생각해봤지만 나로선 알 수가 없었다. 홍콩으로 오면서 새로운 업무에 대한 기대가 컸는데 팀장이 일을 다 끌어안고 있으니 나도 발전이 없었다.

그때 냉정하게 판단하고 이직을 준비했어야 했다. 얼마 지나지 않아 회사는 부진한 사업부의 인력을 25% 감축하겠다고 했다. 말로만 듣던 감원 대상이 된 것이었다. 업무 능력 하나만큼은 자신 있는 나였지만 감원의 칼날 앞에 그건 중요하지 않았다. 눈앞이 캄캄하고 자존심이 상했다. 회사는 3개월 유급 휴직 후 퇴사를 통보했다.

비싼 월세와 두 아이의 학비를 감당할 수 있을까 걱정되었지만, 휴직 기간 동안은 둘째 아이의 학교 엄마들과 하이킹도 다니며 시간을 보냈다. 즐거운 와중에도 불안감이 마음을 짓눌렀다. 틈틈이 헤드헌터와 주요 은행에 이력서를 보냈고, 오랜만에 이력서를 정리하며 인터뷰 연습도 했다. 다행히 지금 다니고 있는 회사에서 연락을 받았고, 몇 번의 인터뷰를 거쳐 입사를 확정했다. 마음속에 정해두었던 홍콩 철수 데드라인 직전이었다. 결국 새옹지마가 되었지만, 정말이지 아찔한 시간이었다.

새 직장에서 맡은 부서는 그전과는 다른 위험관리risk management 담당이었다. '일이 지루하지는 않을까? 조직 문화가 보수적이거나 비합리적인 건 아닐까?' 하는 걱정과 '어떻게든 해보자, 다 사람 사는 곳이지' 하는 기대 속에 입사한 그곳에서 나는 지금까지 일하고 있다.

입사 후 7년, 임원이 된 지는 만 1년이 넘었다. 나의 업무에도 많은 변화가 있었다. 입사 당시에는 이자율 평가 모형의 검수 업무를 담당했는데, 아시아 각국의 위험관리에 관심을 가지다 보니 다양한 경험이 쌓였다. 이런 경험이 기존의 업무와 시너지를 내면서 점점 전문성을 갖추게 되었고, 이 과정에서 동료와의 협업으로 큰 성과를 내기도 했다.

문제를 발견하면 목소리를 높여 알리는 직원이었던 나에게 회사가 이제는 문제를 해결해보라고 멍석을 깔아 준 셈이다. 그런데 막상 멍석 위에 앉으니 보통 일이 아니었다. 나는 오늘도 많은 문서를 읽고, 문제를 파악하고, 해결 계획을 세우고, 아시아·미국·유럽 각지에 있는 동료들과 회의를 하고, 성과를 내며 바쁘게 멍석 위를 달리고 있다.

나의
영어 성장기

해외 거주나 유학 경력 없이 해외에 진출한 한국인 직장인에게 영어는 영원한 숙제다. 나 역시 미국에서 대학원을 다니긴 했지만, 순수학문을 공부하는 현장에서는 생각보다 영어를 쓸 일이 없었다. MBA처럼 토론 수업도 없고, 교수님도 대학원생들도 태반이 비영어권 출신이라 원어민 영어를 들을 기회는 가뭄에 콩이 날 정도였다. 그러니 이공계 유학생들은 개인적인 노력이 없으면 아무리 길게 유학을 해도 영어가 늘기 어렵다.

어학연수도 없이 바로 미국으로 온 나를 무모하다고 하는 사람도 많았지만 나로선 자신이 있었다. 어려서부터 언어를 좋아했고, 고등학교 때 영어 공부를 열심히 한 덕분에 신문이나 책을 읽는 데 어려움이 없었다. 입시에는 도움이 안 되는 쓸데없는 공부였지만 영어 경시대회에 나가면서 혹독하게 받았던 훈련도 도움이 되었다. 당시 유행하던 《맨투맨 종합영어》 다섯 권과 《성문 종합영어》 시리즈를 반복해서 볼 정도로 영문법 공부도 너무 재미있었다.

대학에 온 뒤, 커다란 즐거움 중 하나는 도서관의 책을 맘껏 뒤적일 수 있다는 것이었다. 그 많은 책을 다 읽을 순 없지만 방대한 지식의 보고가 가까이 있다는 사실이 좋았다. 그때 나를 매료시켰던 책이 힐베르트Hilbert와 쿠란트Courant라는 수학자들의 전기였다. 대우학술총서 시리즈로 이일해 교수님 번역의 《힐베르트Hilbert》를 읽고, 원서를 찾아보고 싶었다. 원서를 읽자 얼마나 재미있던지 내친김에 《쿠란트Courant》의 원서까지 찾아 읽었다. 신문 기사 정도의 호흡이 짧은 영어만 보던 나에게 몇백 페이지짜리 원서는 커다란 도전이었지만 멈출 수가 없었다. 이후 쿠란트가 뉴욕대학교에 설립한 쿠란트 수리과학연구소로 진학하게 되었으니 작은 계기가 주는 기회의 가능성이 어디까지인지 알 수가 없다.

영어 실력은 이후 여러 번 계단식으로 도약했다. 첫 번째는 뉴욕으로 대학원을 가면서 귀와 말을 튼 것이었다. 앞서 말했듯이 수학과 대학원이란 곳이 대부분 비영어권 출신들과 함께 있다 보니 영어가 수월해지는 기적은 없었다. 최소한의 생존 영어만 하는 동료도 많고, 교수님들 역시 뛰어난 연구 실적으로 영어 실력은 문제가 되지 않는 분들이 많았다. 노력하지 않으면 영어는 늘지 않을 것이 뻔했다.

대학원에 입학했던 1998년은 드라마 한 편을 고화질로 보려면 밤새 다운로드 받아야 하고, 넷플릭스가 막 등장한 시절이었다. 넷플릭스라는 온라인 디비디DVD 대여점이 생겼다는 말에 호기심에 가입했더니 한 달에 4장 정도 디비디를 빌릴 수 있었다. 대여한 디비디를 보고 반환 봉투에 담아서 우체통에 넣어 보내던 넷플릭스를 25년이 지난 지금도 보고 있으니 감개가 무량하다. 그렇게 뉴스도 보고 재미없는 일일 드라마도 보다가 드라마 〈섹스 앤 더 시티Sex and the City〉에 눈이 번쩍 떠졌다. 도시락을 두 개씩 싸던 내 입장에서 브런치를 즐기는 뉴요커 언니들이 얼마나 멋지던지, 동경하는 마음으로 디비디를 반복해서 보곤 했다. 한국에서도 인기 있던 〈프렌즈FRIENDS〉나 당시 미국에서 선풍적인 인기를 끌던 〈소프라노스The Sopranos〉 같은 드라마를 보며 듣기 실력이 많이 늘었다.

영어 실력이 질적으로 좋아진 건 역시 다양한 읽기 덕분이었다. 대학원 시절, 시간이 남거나 지루해지면 서점에 갔다. 잘 먹는 남편 덕분에 요리에 흥미가 생겼던 나는 학교 근처의 반스앤노블 서점에서 요리책을 보며 시간을 보냈다. 방학에는 앉은 자리에서 요리 잡지를 몇 시간씩 읽기도 했다. 다양한 식재료 단어들, 조리법을 설명하는 동사, 생동감 있게 요리의 순서나 배경지식을 설명하는 경쾌한 문장들이 정말 재미있었다. 서점에서 패션 잡지, 뜨개질 잡지, 연예계 가십 잡지 등을 읽으면서 생활 어휘와 영문의 흐름에 많이 익숙해졌다. 당시 내게는 조금 벅찬 수준이었지만 〈뉴욕 타임스〉나 〈월스트리트저

널〉 같은 신문 기사도 모르는 단어를 찾아가며 공들여 읽었다. 그렇게 몇 년 읽다 보니 신문 기사에서 모르는 단어가 없을 정도로 어휘가 늘었다. 수학과 대학원생이던 내게 영어에 대한 압박은 없었지만, 어휘가 늘면서 글이나 상황이 명료하게 이해되는 것이 좋아서 꾸준히 영어 공부를 했다. 어려운 전공 공부에 비하면 영어는 단순하고 즐겁고 명확했다.

박사과정 중 논문 자격시험에 합격한 뒤에는 내가 좋아하는 것도 해보자는 마음으로 영어책 읽기에 집중했다. 동기 중에 어휘나 문장 구사가 뛰어난 이스라엘 친구가 있었는데, 마음이 맞던 그 친구는 소설책, 역사책 등을 멋지게 읽어냈다. 나도 추천을 받아 바바라 터크먼Barbara W. Tuchman의 역사책《8월의 포성Guns of August》과 바버라 킹솔버Barbara Kingsolver의 소설《The Poinsonwood Bible》(현재까지 한글로 번역이 안 됨) 등을 읽기도 했다.

이후 다양한 분야의 영어책을 찾아서 읽으면서 '뭐든지 읽을 수 있다'는 자신감이 쌓여 갔다. 2000년경에는《해리포터》시리즈에 빠져 만사 제치고 책만 읽었던 기억이 생생하다. 처음 만나는 영국식 유머가 정말 신선했다. 나중에 아이들 영어책을 골라주다 보니 로알드 달Roald Dahl이나 질 머피Jill Murphy 등의 아동문학에서도 영국식 유머의 전통이 보였다.《해리포터》

시리즈 신간이 나올 때마다 흥분했고,《트와일라잇》시리즈도 꽤 재미있게 읽었다.

간질간질한 성적 긴장감으로 전체를 이끌어 가는 청소년 로맨스를 영어로 접하자 왠지 모를 신선함을 느끼기도 했다. 이외에도 기억도 나지 않을 만큼 많은 통속소설을 읽으며 어휘가 급속도로 늘었고 영어로 생각하는 습관이 들었다. 영어 책 읽기는 지금도 나의 큰 즐거움이자 숙제다.

2006년 뉴욕에서 일하던 때, 금융계의 거장이었던 앨런 그 린스펀의《격동의 시대The Age of Turbulence》를 원서로 읽고 있었는데, 같은 회사에 있던 한국인 동료가 너무 놀라서 내가 더 놀랐던 기억이 있다. "퀀트라면 벽돌책 정도는 읽어야 하는 거 아닌가요?" 내가 동료에게 건넨 농담이다. 이공계 출신이 많은 퀀트 중에는 독서를 즐겨하는 사람이 드물어서 놀랐던 것 같다.

마지막으로 나의 영어 실력을 가장 극적으로 끌어올린 건 청해력이다. 25년 전 처음 미국에 갔을 때는 의사소통 자체를 헉헉대며 따라갔지만 점차 영어도 늘고 뻔뻔함도 늘면서 몇 년 만에 대화가 편해졌다. 하지만 중요한 업무로 갈수록, 만나야 할 사람이 늘어날수록 청해력이 관건이었다. 임원으로서 마라톤 회의와 중요한 의사 결정이 필요한 회의에 참석하다 보면 긴 시간 동안 집중력을 유지하는 것, 그리고 복잡한 정보를 이해하는 청해력이 절대적으로 중요하게 느껴진다. 여기에는 오래전부터 통근이나 산책길에 즐겨 들었던 오디오북과 시사 팟캐스트가 큰 도움이 되었다. 요즘은 브라우저에 시각 장애인을 위해 자동 읽기 기능이 내장되어 있어서 그 덕을 톡톡히 본다. 읽을거리가 너무 많고 노안으로 눈이 피로하니 자동 읽기 기능에 기대어 소리로 정보를 읽곤 한다.

내게 있어 영어는 업무의 도구이자 넓은 세계로 문을 열어주는 열쇠와 같았다. 요즘은 번역기로도 의사소통이 충분하다고 하지만 완벽한 번역기가 나오는 날이 언제일지 그날만 기다릴 순 없지 않을까? 나는 운전을 하지 않지만 자율 주행차가 나오면 구매하겠다는 마음은 있다. 그런데 생각보다 너무 오래 걸리고 있다. 그러니 여전히 자가용 없이 늙어가는 나는 결국 택시만 타다가 실버타운에 가겠구나 생각한다. 완벽한 번역기를 기다리는 것보다 내 실력으로 넓은 세상의 문을 여는 게 빠를 것이다.

수요가
있는 곳으로 가라

종종 후배나 지인들이 커리어를 선택하는 기로에서 조언을 구할 때가 있다. 그러면 나는 "가능하면 수요가 많은 곳으로 가라"고 말한다. 수요가 많은 일이 적성과도 맞는다면 더할 나위 없이 좋겠다. 취업 시장에서 수요와 공급의 흐름 앞에 개인의 힘은 해일 앞에 나뭇잎처럼 미약하다. 수요가 있는 직업이나 전공을 택하는 것과 그 반대의 경우는 결과의 차이가 너무나 크다. 그러니 언론을 꾸준히 모니터하면서 시장의 수요를 읽기 바란다. 다만 요즘 인터넷의 기사들 중에는 소위 낚시성 기사가 너무 많으니 반드시 공신력 있는 기사를 엄선해서 읽기를 꼰대의 마음으로 신신당부한다. 가능하다면 해외의 검증된 언론 기사를 함께 읽는다면 더욱 좋겠다.

나는 교수님의 권유와 적극적인 탐색 덕분에 적성에도 맞고 수요도 많은 전공을 택했다. 같은 공부를 했어도 수요가 적은 분야를 전공한 친구들은 취업이 말할 수 없이 어려웠다. 나보다 훨씬 뛰어난 실력을 가진 친구는 100개 가까운 지원서를 내기도 했다. 그러나 나처럼 금융수학을 전공하고 취업이 어려웠던 친구는 한 명도 없었다. 당시 한국은 IMF 금융 위기로 지독한 구조 조정과 취업난의 상황이었지만, 그때도 금융수학을 전공한 동기나 선배들은 대부분 좋은 직장에 취업해서 오랫동안 직장 생활을 했다. 내가 제이피모건으로부터 거절했던 오퍼를 다시 받았던 일도 그런 맥락에 있었다. 내 실력이 뛰어났다기보다 그때 그 회사가 퀀트를 많이 고용해야 했기 때문이다. 신용 파생 상품 시장이 엄청나게 커지면서 은행과 신용 평가 기관들이 돈을 많이 벌던 때였고, 회사들은 퀀트를 고용하려고 경쟁했다. 기업이 원하는 전공을 하면 개인의 선택의 폭이 넓어진다.

1990년대 말부터 퀀트에 대한 수요가 많았다면, 2020년대 중반으로 가는 지금은 데이터 사이언스와 인공지능, 머신 러닝 분야에 인력의 수요가 크다. 그런데 이 좋은 진로에 여학생들의 진출이 적다는 기사를 보고 꼰대 아줌마는 화가 날 지경이었다. 남녀 차이가 없는 이런 직종이라면 완전 황금 광산이 아닌가?

누군가는 아이돌이 될 재능이 있고, 누군가는 인플루언서가 맞을지도 모른다. 하지만 경쟁이 치열한 곳은 아무리 열심히 해도 살아남기 힘들다. 반대로 파이가 크고 수요가 많은 분야는 많은 사람이 필요하다. 그리고 인재 확보를 위해 다양성을 존중한다. 눈으로는 세상이 돌아가는 방향을 보고, 기왕이면 영어로 이야기하자. 젊은이들이여! 특히 여성이여! 수요가 있는 곳으로 가길 바란다.

"내가 꼭 뭘 이뤄야 하는 건 아니고!", "내가 꼭 욕심을 내는 건 아니고!" 여성 후배나 동료들에게 자주 듣는 말이다. 공개

된 자리라면 모를까 친밀한 사람과의 대화에서조차 이런 말을 한다. 그러면 되묻고 싶다. "욕심도 없는데 나한테 고민 상담은 왜 하고 있니?" 물론 나도 그런 말을 문자 그대로 받아들이진 않는다. 자신의 성취욕과 야망을 가까운 이에게조차 드러내지 못할 만큼 스스로 어색해하는 모습이 불편할 따름이다. 스스로 원하는 것, 욕망하는 것이 무엇인지에 솔직하지 못하면 내가 어디로 가는지 알 수가 없다. 부서장이 되고 싶다, 몇 년 뒤에 연봉 얼마를 받고 싶다는 구체적인 야망을 가지는 데 주저하지 않길 바란다.

한국 사회의 절반이 여성이지만 아직 기업의 의사 결정 테이블에는 여성의 자리가 너무나 적다. 우리 모두의 손해이고 불행이다. 직장에서 승진을 한다는 건 나의 영향력으로 조직을 바꿀 수 있고, 나아가 시장과 세상을 변화시킬 수 있다는 의미다. 개인적으로는 자신의 역량을 힘껏 발휘하고, 한계를 확장하는 짜릿한 과정을 즐기길 바란다. 그리고 더 많은 여성이 기업의 임원이 되고, 즐거운 마음으로 세상을 바꾸는 주체가 되길 바란다.

■ 조은경

평생 대충 살 뻔하다가 자기 돈 들여 공부를 한 이후로 열심좌로 전향했다. 새로운 일 하는 것을 좋아해 IT 및 컨설팅 9년, 소매 은행 6년, 보험사 10년 등으로 두서없지만 묘하게 연결되는 커리어를 거쳤다. 현재 소매 은행의 글로벌 마케팅팀에서 라이프사이클 마케팅을 담당하고 있다.

일단 가 보자,
그러면 어딘가에 닿아 있겠지

"자신에 대한 성찰만으로 목표를 정하고,
질주할 수 있다면 더할 나위 없을 것이다.
하지만 오직 성찰만으로 좋아하는 일과
잘하는 일을 알 수 있는 사람이 얼마나 될까.
시행착오와 실패와 수많은 경험은
당연한 것이라 말하고 싶다."

아이와

함께 자란다

"아앗!"

헐레벌떡 버스를 타러 가던 내가 지르는 외마디 소리다. 아침에 아이에게 모기 기피제 스티커를 붙여주려고 일부러 보이는 곳에 꺼내뒀는데, 그걸 까맣게 잊고 그냥 나온 것이 생각나서였다. 아이는 내가 소리 지른 이유를 듣더니, 내 손을 조용히 잡으며 차분한 목소리로 말했다.

"엄마, 괜찮아. 그건 중요한 게 아니야. 그렇게 '악' 소리 낼정도의 일이 아니야. 걱정하지 마."

그래, 걱정하지 말자. 아이고, 누가 엄마인지. 이제 곧 열 살이 되는 아이는 나와 성격이 너무 다르다. 무엇이든 빨리 해야 하고 높은 성취욕과 함께 높은 불안감을 가진 나와는 달리, 아이는 느리지만 건강한 자존감과 회복력을 가지고 있다. 엄마는 폭죽이 터지듯 30초마다 폭발하지만, 옆에 있는 아이는 다른 차원의 시공간에서 수련하는 마스터처럼 다른 속도로 움직인다. 이런 아이가 내게 오다니, 전생에 나는 큰 공덕을 쌓았음에 틀림없다. 사실 나는 내 인생에 아이가 있을 거라고는 상상도 하지 못했다.

나는 여전사이고 싶었다

사회생활을 시작할 무렵, 나에게 커리어 목표 같은 건 없었다. 다만 고집스럽게 가지고 있던 한 가지 원칙이라면 절대 "여자가!" 소리는 듣지 않겠다는 것이었다. 군대를 다녀와 복학한 나이 많은 동기들을 "오빠"라고 부르지 않고 꼬박꼬박 "○○ 씨"라고 불렀고, 남자들이 담배를 피우러 가면 꼭 함께 나갔다. 어른들이 보든 말든 보란 듯이 함께 담배를 태웠다.

나는 여전사가 되고 싶었다. 아침에 출근하면 사내에 비어 있는 정수기 물통을 다 채우고 다녔다. 굳이 남자 직원이 출근할 때까지 기다렸다가, "이것 좀 올려 주세요" 하고 부탁하는 여직원은 되기 싫었다. 간혹 물통이 비어 있는 데도 남자 직원이 모른 척하면 보란 듯 묵직한 물통을 번쩍 들어 올려놓곤 했다.

결혼을 하더라도 아이는 절대 낳지 않겠다고 생각했다. 그때만 해도 출산과 육아 문제로 퇴사하는 여자 선배들이 많았고, 그런 이유로 여직원 채용을 기피하는 현상이 생긴다고 생각했다. 나는 회사에서 끝까지 살아남아 여성 리더의 본보기가 되겠다고, 육아를 이유로 중간에 낙오하는 시시한 여자가 되진 않겠다고, 그들과 나는 다르다고 생각했다.

시간이 흘러 결혼이라는 것을 하려고 보니, 남편은 손이 귀한 집안의 2대 독자였다. 나는 딩크DINK를 지향하는 여성이자 여전사로서 독하게 마음먹고 상견례 자리에서 시부모님께 딱 잘라 선언했다.

"저는 업무가 바빠서 제사에 못 갈 것 같아요. 요즘은 여자들도 일을 해야 해서…. 저희 큰집도 제사를 다 줄이셨어요. 저희 친척 오빠 장가갈 수 있게요."

그 자리에서 아이도 안 낳겠다는 말까지는 차마 하지 못했다. 어쨌든 결혼을 했어도 여전히 싱글 같은 생활이 계속되었다. 1년 정도 신혼을 보낸 뒤, 나는 MBA를 하러 떠났다. 그리고 한국에서 3년간의 직장 생활을 한 뒤 싱가포르에서 근무를 시작했다. 남편은 한국에 남았고, 나는 싱가포르와 한국을 오가는 생활을 했다. 그렇게 1년 반 정도의 시간이 흘러갔다.

어느새 결혼 생활은 5년 차에 접어들고 있었다. 각자의 생활을 하던 우리 부부에게 사랑의 감정은 점점 희미해졌고, 가족으로서 유대를 쌓을 시간도 없었다. 아무리 생각을 해도 계속 이런 식이라면 우리는 가족으로 남지 못할 것 같았다. 그래서 아이를 가져볼까 생각했다. 여기에는 나의 얕은 계산도 깔려 있었다. '갓 낳은 아이를 데리고 싱가포르로 와버리면 남편이 따라오지 않을까?' 싱가포르에 정착하겠다는 나의 의지이기도 했다. 그때 나는 한국에서 파견된 직원에서 막 싱가포르 현지 채용으로 고용 형태를 변경한 터였다.

천지가 개벽하다

그리고 거짓말처럼 쉽게 아이가 생겨버렸다. 태어나서 처음으로 대장내시경 검사를 예약하고, 지금까지 경험한 적 없던 배출의 고통을 만끽한 다음 날이었다. 초음파실에 들어갔더니, 의사 선생님이 배 속에 뭔가 보인다고 했다.

"그럴 리가요. 다 내보내고 왔는데요."

나는 그 무언가가 그 무엇인 줄 알고 농담처럼 말했다. 의사 선생님은 임신 가능성이 있으므로 대장내시경은 할 수 없다며, 오늘은 다른 검진만 하겠다고 못 박았다. 머릿속이 새하얘지는 느낌이었다. 임신보다 그 고생을 하고 왔는데 대장내시경을 못 한다는 것이 충격이었다. 절박하게 "정말 안 되나요?

진짜 못 하나요?"를 반복하다 떠밀려 나왔다. 그날 이후 아직도 대장내시경은 해보지 못했다.

한국 회사에 속한 직원이었다면 6개월 정도는 출산휴가를 받았을 텐데, 싱가포르의 출산휴가는 석 달이 채 되지 않았다.

나는 출산을 위한 가장 효율적인 계획을 세웠다. 한국에서 아이를 낳고 산후조리원에서 회복한 뒤, 갓난아이와 함께 (그리고 곧 남편도 함께) 다시 싱가포르로 돌아오리라! 그러고는 최대한 출산에 임박한 날짜로 귀국일을 정해뒀다. 그러나 한국으로 떠나기 며칠 전, 조산의 기미가 보여 급하게 입원을 했다. 다행히 며칠 만에 위기는 넘겼지만, 대신 한국으로 가는 비행기를 놓치고 말았다. 한국으로 돌아갈 날짜에 딱 맞춰 집도 정리한 상태라 아이가 나오면 머물 곳도 없었다. 내 상태를 보러 오가는 간호사들은 한국은 못 간다고, 싱가포르에서 아이를 낳아야 할 거라고 했다. 내 머릿속은 한없이 복잡해졌다. 그런데 뜻밖에도 내 사정을 이해해주는 의사 선생님이 출산 예정일을 넉넉하게 잡은 서류를 재발급해줬고, 덕분에 간신히 비행기에 오를 수 있었다. 그렇게 남편이 끄는 휠체어에 앉아 한국으로 왔고, 드디어 아이가 세상에 태어났다. 그리고 나의 세상은 천지개벽을 했다.

난생처음 경험하는 실패와 좌절

나에게는 엄마로서의 식스 센스라는 것이 전혀 없었다. 아이의 울음소리에 귀 기울이면 뭐가 불편해서 우는지 알 수 있다고 했는데, 나에게 들리는 건 그냥 찢어지는 울음소리뿐이었다. 한 번도 내가 무엇인가를 못한다고 생각해본 적이 없었는데, 육아는 처음 만나는 실패와 시련이었다. 대체 어떻게 저 울음소리를 멈출 수 있는지 전혀 감이 잡히지 않았다. 잠을 제대로 자지 못해 머리는 항상 멍했다.

'내가 왜 이런 짓을 했을까. 왜 아무도 나에게 아이가 나오면 얼마나 힘든지 말해주지 않았을까.' 모든 것이 원망스러웠다. 더욱 절망스러운 것은 이 모든 과정이 매일매일 모든 순간, 반복된다는 사실이었다. 아이가 생기면 모유 수유도 저절로 되는 줄 알았다. 하지만 내 유선은 자주 막혔고, 그때마다 신체적인 고통과 함께 '아이를 굶기는 엄마'라는 어마어마한 죄책감에 시달렸다. 아이가 충분히 먹고 있는 것인지도 알 길이 없었다. 혼란 그 자체였던 나는 아이를 데리고 싱가포르로 돌아갈 엄두가 나지 않았다.

'싱가포르에 가면, 당장 아이를 돌봐줄 헬퍼를 구해야 하고, 아이와 헬퍼가 있으니 최소 방 두 개짜리 집도 구해야 하고, 유선이 막힐 때 해결해줄 마사지 숍도 구해야 하는데, 싱가포르에 그런 곳이 있을까? 그 와중에 회사에도 복귀해야 하고, 부모님이 싱가포르로 오셔서 도와주실 수 있는 상황도 아니고, 이 모든 걸 세팅하려면 한 달이라도 먼저 싱가포르에 가서 준비해야 하는데 그동안 한국에 있는 아기는 누가 볼 것이며, 내가 없어도 아이가 괜찮을까? 아이는 나중에 어떻게 데려가지? 싱가포르에서 예방접종은 제대로 해줄 수 있을까?'

끝없는 고민이 이어졌다. 시간은 흘러 복귀는 점점 다가오는데, 잠이 부족하여 피로한 두뇌에 오만 가지 걱정까지 더해지자 나는 초과민 상태가 되었다. 싱가포르에서 아이를 혼자 키우겠다는 나의 생각이 얼마나 터무니없는 것이었던가! 그렇게 하루하루 싱가포르 복귀는 내 마음속에서 멀어지고 있었다. 그러던 어느 날 아이가 젖을 거부했고 나는 완전히 무너져버렸다.

싱가포르의 상사에게 전화를 걸어 아이가 젖을 먹지 않는다고, 이게 온라인에서 찾아보니 보통 일이 아니라고, 도저히 복귀 못 하겠다고, 나는 퇴사를 해야겠다고 폭풍 같은 통화를 마쳤다. 그렇게 나의 야심 찬 싱가포르 정착 계획은 출산과 함께 갑자기 막을 내렸다.

다행히 산후조리를 마치는 동안, 내 이력서를 본 헤드헌터가 외국계 금융사로의 입사를 제안했고, 출산 후 약 5개월 만에 서울의 새로운 직장으로 출근을 했다. 출근을 하면서도 육아와 일을 어떻게 병행할지, 일만 알고 살던 나는 걱정이 태산이었다. 한편으로는 아침이 되면 직장으로 도망갈 수 있다는 사실에 안도하기도 했다. 다행히 친정 엄마가 아이가 돌을 맞을 때까지 양육을 맡아주셨고, 그 이후로는 양가에서 번갈아가며 아이를 봐주셨다. 덜그럭덜그럭 일과 육아의 시스템이 굴러가기 시작했다.

그럼에도 불구하고 아이는 축복

아마도 아이가 없었다면, 나는 꼴통 리더가 되었을 것이다. 막 싱가포르 현지 채용 형태로 계약을 변경했을 때, 싱가포르의 상사에게 멋쩍게 임신 사실을 알리면서 푸념하자, 그녀가 내게 해준 말이 기억난다.

"아이가 있는 것이 리더십 자질leadership quality을 쌓는 데 정말 큰 도움이 될 거야. 육아는 사람을 이해하고 움직이는 좋은 수련의 장이거든."

그녀의 말처럼 나는 정말이지 아이 덕분에 성장하고 있다. 나는 120% 과업 중심, 0% 사람 중심의 성향을 가진, 공감 능력이 거의 제로에 가까운 사람이다. 어린 시절부터 다른 사람에게는 관심도 없고 혼자 있는 시간을 좋아했다. 그런데 아이를 낳자, 처음으로 나를 닮았지만 너무 다른 존재에 대해 관심을 가지고 공부할 일이 생긴 것이다.

지금도 매일, 우리는 모두 각자 고유의 욕구와 관심사가 있다는 것을, 심지어 유전자를 공유해도 우리는 다른 사람이라는 것을, 그리고 각자의 욕구와 관심사를 모아 결과를 내는 것이 리더십이라는 것을 깨닫는다. 또 세상에 노력으로 안 되는 일이 있다는 것을, 그냥 안 되는 일도 있다는 것을, 그럴 때는 그냥 앞으로 나아가야 한다는 것을 알게 되었다. 세상 모든 일에는 타이밍이 있다는 것도.

아울러 삶에는 여러 우선순위가 있고, 이 우선순위를 위해 모두가 최선을 다해 살고 있다는 것도 깨닫게 되었다. 만약 아이 없이 딩크족으로 살았다면, 가족에 우선순위를 두고 직장에서 200% 달리지 않는 모든 사람들을 싸잡아 '게으름뱅이'의 딱지를 붙였을지도 모른다.

아이의 존재는 그 자체가 그저 힐링이다. 나와는 다르게 자기 아빠의 성향을 닮아 느긋한 아이는 짜증 한 번 내는 일이 없고, 나를 진정시켜 주기도 한다. 내가 화가 나 뾰로통해져 있으면, 슬그머니 농담을 걸거나 다른 주제로 이야기를 건넨다. 어쩌면 이렇게 다른 사람의 마음을 잘 아는지, 그리고 그 순간 상대를 대하는 방법을 잘 알고 있는지, 나에게는 정말 기적 같은 아이가 왔다. 그래서 가끔 누가 엄마인지 헷갈릴 때가 있다.

커리어와
육아 사이의 줄타기

"부사장님이 지금 좀 보자고 하세요."

사무실에 들어서자 그가 자리에 앉으라는 몸짓을 했다. 마주 보고 앉으니, 그의 새파란 눈빛이 나를 꿰뚫어 보는 듯했다. 그는 내 상사의 상사이고, 큰 키와 덩치로 존재감을 과시하는 다혈질 호주인이었다.

"너에게 중요한 역할을 맡기려고 하는데, 너의 생각을 듣고 싶어."

그의 첫마디였다. '아, 이건 너무 갑작스러운데. 새로운 프로젝트가 생긴 건가?' 가만히 앉아 있었지만 심장 박동이 빨라지는 것이 느껴졌다. 그가 제안한 자리는 세일즈 채널의 '전략 기획 및 운영' 책임자로, 약 30명 정도의 팀원이 있는 역할이었다. 신사업 추진을 위해 외부에서 고용된, 어쩌면 굴러온 돌인 나에게 이렇게 크고 중요한 역할이 오다니, 바라던 바였지만 동시에 겁이 나기도 했다. 머릿속에 온갖 생각이 광속으로 떠올랐다 사라졌다. '이 기회를 잡아야 해. 이건 정말 중요한 역할이야. 업계에 온 지 2년도 안 되었는데 내가 과연 할 수 있을까. 준비가 덜 된 것 같은데. 못 하겠다고 하면 이런 기회가 다시 올까.' 광속의 고민 끝에 결론은 '일단 하겠다고 하자'였다.

"이런 기회를 줘서 고맙습니다. 너무나 해보고 싶었던 역할이고, 하고 싶습니다. 다만 알다시피 내 경험이 많지 않아 준비가 부족합니다. 부사장님의 도움이 많이 필요할 것 같습니다."

떨리는 심장 박동을 감추고 이야기하자 그가 씩 웃으며 한 마디 했다.

"기회가, 준비되었을 때 오는 적은 거의 없어."

커리어라는 정글짐

출산 직후 입사한 새 회사는 정말 너무나 좋은 조직이었다. 나는 그룹의 신사업을 추진하는 역할이었는데, 사내 분위기는 사업의 성사 여부에 회의적이었지만 모든 사람들이 흔쾌히 나의 일을 도와줬다. 그러나 주변의 도움에도 사업 진행은 지지부진했다. 국내에는 규제 문제가 있었고, 그룹은 그룹대로 다른 우선순위 국가에서의 프로젝트를 이행하느라 너무 많은 시간이 지연되었다. 나의 열정과 노력만으로 전체적인 구도를 바꾸는 데는 한계가 있었다.

답답했던 나는 호주인 부사장과의 일대일 미팅에서 "내 월급이 너무 아깝지 않으세요?" 하고 말을 꺼냈다. "알다시피 사업의 기초 작업은 이미 끝났고, 이제 본사에서 움직이기 전까지 여기에서 할 수 있는 것이 별로 없어요. 기다리는 것 외에는 더 이상 내가 할 일이 없어요. 이 시간이 너무나 아깝습니다. 난 다른 일을 더 할 수 있습니다." 그러자 그는 나에게 세일즈 프로젝트 수행 업무를 떼어 줬다. 두 명의 팀원이 있는 작은 역할이었지만, 세일즈 채널이 돌아가는 상황을 배울 수 있었다. 그리고 6개월 후, 갑자기 나에게 세일즈 채널의 핵심인 전략 기획 및 운영 책임자라는 자리가 주어진 것이었다.

정말 상상도 하지 못했던 전개였다. 회사 내부에서는 굴러온 돌이었던 나의 이동을 반겨주는 사람이 없었다. 하지만 그런 분위기에 신경 쓸 겨를도 없이 너무 많은 일들이 이미 진행되고 있었다. 나는 매일 자정을 넘겨 가며 내용을 흡수하고, 업무를 진행하고, 조직 운영 모델을 만들어 냈다. 100일 안에 조직을 장악해야 한다는 생각뿐이었다.

정신없이 일하던 어느 날, 본사 인사팀에서 출장을 온 담당자가 사장실과 부사장실을 오가며 이야기하는 장면이 목격되었다. 그리고 곧바로 여러 '카더라' 통신이 난무하기 시작했다. 이어 사장과 부사장이 모두 교체된다는 생각지도 못한 소식이 들렸다. 한국 비즈니스의 성과가 나쁘지 않았음에도 결정된 인사였다. 나로서는 새로운 역할을 맡은 지 두 달도 안 된 시점이었다.

새로운 사장은 지금까지와는 전혀 다른 새로운 구조를 세우고자 했다. 그렇게 나의 새로운 역할은 취소되었다. 조직 전체에 대한 변경이었지만, 나에게 이 결정은 너무나 수치스럽게 다가왔다. 발령 취소라니, 조직 내 평판에 큰 타격이 될 것이라고 생각했다. 그리고 그 타격을 다시는 극복할 수 없을 것 같았다.

이 일이 있기 6개월 전, 전 직장의 멘토로부터 홍콩에 있는 자리를 제안받은 적이 있었다. 그때는 가족과 떨어져 사는 문제도 걸렸고, 근무하던 회사의 사람들도 너무 좋았고, 막 세일즈 채널의 역할을 얻어 의욕이 넘치던 때였으니 당연히 고사한 터였다. 그런데 이렇게 어이없게도 나의 커리어가 도끼질에 동강 난 나무처럼 꺾여버리다니, 어지러운 마음에 전 직장의 멘토에게 조언을 구했더니 뜻밖의 대답이 돌아왔다.

"그럼, 여기 와서 일해."

6개월이 지난 지금 그 자리가 아직 남아 있을 거라고는 생각지도 못했다. 나중에 알고 보니 내부 채용의 마무리 단계에서 모든 걸 취소하고 내게 기회를 준 것이었다. 정말이지 커다란 행운이자 감사할 일이었다.

주말 엄마가 되다

나는 홍콩에 가기로 했다. 세 살이 된 아이와 남편은 한국에서 지내고, 나는 주말마다 홍콩과 서울을 오가기로 했다. 홍콩으로 아이를 데려가면 낮에는 헬퍼와 둘이 있어야 하는데 아직 의사 표현이 확실하지 않은 아이를 낯선 헬퍼에게 맡길 순 없었다. 한국에서 양가 할머님들이 봐주시는 것이 훨씬 좋은 환경이었고, 비행기로 홍콩까지는 세 시간 반 정도 걸리니 주말부부로 살아도 문제없을 것 같았다.

3년간 금요일마다 여행 가방을 들고 출근해, 야근을 한 뒤 자정 비행기를 타러 갔다. 자는 둥 마는 둥 세 시간 반을 날아 토요일 아침 인천 공항에 내리면, 겨우 등을 펴고 공항 벤치에 누워 잠시 눈을 붙이고, 공항철도 첫차를 타고 새벽에 집에 들어가 아이 옆에 조용히 누웠다. 주말은 한국에 사는 보통 엄마처럼 아이 친구들을 집으로 부르고, 나들이를 다니며 바쁘게 지냈다. 그리고 일요일이 되면 밤 9시 비행기를 타기 위해 저녁 식사 전에 집을 나섰다. 나는 홍콩에 살았지만 홍콩에 살지 않았다. 3년간, 여권을 두고 와서 비행기를 놓친 단 한 번을 빼고 매주 그렇게 한국에서 주말을 보냈다.

아이의 초등학교 입학을 1년 정도 앞둔 때였다. 갑자기 평일에 아이를 돌봐주던 양가 할머님들이 동시에 병이 나셨다. 나는 급히 2주 정도 원격 근무를 하는 조건으로 한국으로 돌아와 베이비시터를 찾기 시작했다. 만약 한국에서 일하는 워킹맘이었다면 정말 낭패였을 것이다. 다행히 생각지도 못한 곳에서 도움의 손길이 찾아왔다. 우연히 마주친 아이 친구의 엄마와 이모할머니가 우리 사정을 딱하게 보고 자신의 일처럼 대책을 마련해줬다. 아침밥을 먹이고 등원시키는 것은 같은 단지에 사는 아이 친구의 이모할머니가, 하원 이후는 이모할머니의 친구분이 봐주기로 하고, 나는 원격으로 아이 먹을 것을 챙기기로 했다. 멈출 것 같았던 원격 육아 시스템이 다시 그럭저럭 갖춰졌다. 너무나 감사할 따름이었다. 그렇게 다시 1년의 시간이 흘러갔다.

그러나 아이를 돌보는 일은 절대 쉽지 않고, 우리의 시스템은 완벽하지 못했다. 두 이모할머니가 아무리 잘 돌봐준다고 해도, 엄마의 손길이 닿지 않는 빈틈이 조금씩 드러나기 시작했다. 무더웠던 여름 어느 날, 주말 저녁에 집에 돌아온 나는 꼬질꼬질한 아이의 모습을 보고 억장이 무너지는 것 같았다. 하루에 몇 번씩 목욕을 해도 땀이 날 정도로 더웠던 여름, 땀에 젖어 더러운 옷에 아이의 머리는 땀에 절다 못해 떡이 되어 있었다. 어쩌면 그날 마침 딱 한 번, 그런 모습이었을지도 모른다. 하지만 마치 엄마 없는 아이처럼 방치된 모습을 보자 속상함과 죄책감이 무겁게 나를 덮쳤다.

홍콩에서라면 아이는 초등학교에 입학할 나이가 된 참이었다. 매주 홍콩과 서울을 오가는 일정도 이제 힘들었다. 남편도 내색하진 않았지만 매일 혼자서 아이를 돌보는 일상에 지쳐 보였다. 나는 아이를 홍콩에 데리고 오기로 결심했다.

잘 헤쳐 나가 줘서 고마워

흔히들 어디에 가도 아이는 쉽게 적응한다는 말을 한다. 하지만 나는 결코 그렇지 않다고 생각한다. 우리 아이는 한국에서 어린이집을 다니는 동안 동네에서 좋은 친구를 만났고, 주말은 항상 친구들과 함께였다. 홍콩으로 온 아이는 친구들 없이 새로운 환경에 이식되어야 했다. 게다가 수줍은 성격의 아이는 먼저 친구에게 다가가는 것도 어려워했다. 한국에서 영어 유치원을 다니고 온 덕분에 수업은 쉽게 따라갔지만, 친구들과의 소통은 아무래도 힘들어했다. 특히 여자아이들은 남자아이들과 다르게 몸으로 만들어 가는 우정보다 대화의 깊이와 밀도가 중요했기에, 아이는 한국과 한국의 친구들을 항상 그리워했다.

홍콩으로 아이를 데려온 것을 후회하지는 않는다. 특히 워킹맘에게 있어, 상주 헬퍼가 있는 홍콩의 환경은 축복이다. 홍콩에서 일하는 워킹맘들은 남편 없이는 살아도 헬퍼 없이는 못 산다고 진심 섞인 농담을 하곤 한다. 다만 환경이 바뀌면서 아이가 겪어야 하는 친구 문제와 정서적인 불안, 엄마가 채워줄 수 없는 부분을 혼자 극복해야 하는 어려움이 있다는 점을 간과하지 말아야 할 것이다. 아이라고 해서 어려움이 없는 것이 아니고, 오히려 아이이기 때문에 더욱 그 과정을 지나는 것이 쉽지 않을 수가 있다. 다행히도 어려웠던 그 시간들을 아이는 잘 견뎌 줬지만, 과연 그런 시간들을 겪게 하는 것이 부모로서 최선의 선택일지는 각자의 답이 있을 것 같다. 나는 그저 아이에게 너무 고맙기만 하다.

바보 엄마라도 괜찮아

아이의 몸에는 큰 흉터가 두 개 있다. 첫 번째는 아이가 다섯 살 무렵이던 어느 주말, 놀러 가는 길에 신호등이 깜빡이는 횡단보도를 건너겠다고 아이 손을 잡고 달리다가 같이 넘어져 생겼다.

두 번째 흉터는 정말이지 어이없이 생겼다. COVID-19가 창궐하던 어느 주말, 우연히 자전거를 타고 아름다운 바닷가를 지나게 되었다. 홍콩에서 처음 보는 자갈과 갯벌이 섞인 작은 바닷가에서 사람들이 조개를 잡고 있는 모습이 보였다. 자전거를 세우고, 바다로 내려갔더니 좁고 짧은 둑이 하나 보였다. 둑 뒤로는 바로 깊은 바다가 펼쳐져 있었다. 갑자기 그 위에 올라가고 싶은 마음이 든 나는 운동화가 젖지 않도록 발을 뻗어 한 발을 둑에 대고 양팔의 힘을 이용해 둑 위에 몸을 올렸다. 나를 본 아이도 둑 위에 올라오겠다고 했다. 나는 아이를 당겨 올릴 생각으로 손을 내밀었다. 그런데 아이의 손을 잡은 순간 깨달았다. 둑은 너무 좁고, 의지할 곳도 없고, 아이의 무게가 실리면 나까지 넘어질 거라는 걸. 아이가 올라오면 우리는 둘 다 둑 뒤의 바다로 빠질 게 분명했다. 우왕좌왕 망설이는 사이 아이는 나를 끌어당겼고, 나는 앞으로 고꾸라졌다. 우리는 둘 다 날카로운 둑 아래 자갈밭으로 떨어졌다. 피부가 찢어지고 피가 흐르기 시작했다. 주위에 있던 사람들이 다가와 도와준 덕분에, 급한 대로 지혈을 했다. 그리고 정신이 들자 창피함이 몰려왔다. 우리는 다리를 절룩거리며 최대한 재빨리 바닷가를 빠져나왔다. 자전거를 대여소에 반납한 후 우리는 서로의 몰골을 바라봤다. 그리고 동시에 웃었다.

"정말 바보짓이었어."

엄마가 바보짓을 했다고, 미안하다고, 넌 엄마를 바보짓 하는 엄마로 기억하겠다고, 횡설수설 장황한 변명을 해대는 나에게 아이는 짧게 한마디 했다.

"바보 엄마."

나는 언제나 급하고 바보 같은 엄마였지만, 아이는 나를 이해하고 기다려 줬다. 그렇게 대견하게 자기 자리에 적응해준 아이는 어떤 면에선 나보다 더 성숙하고 이해심 많은 나의 친구가 되어 줬다.

유일하게 변하지 않는 사실, '모든 것은 변한다'

나는 항상 기회의 순간마다 변화를 선택했다. 새로운 것을 좋아하고 쉽게 지루함을 느끼는 성향이기도 하지만, 모든 경험은 배움의 기회라고 생각하기 때문에 그런 것 같다. 그리고 내가 무엇을 잘하는 사람인지 알기까지는 많은 경험이 필요하다.

물론 자신에 대한 성찰만으로 목표를 정하고, 질주할 수 있다면 더할 나위 없을 것이다. 하지만 오직 성찰만으로 좋아하는 일과 잘하는 일을 알 수 있는 사람이 얼마나 될까. 시행착오와 실패와 수많은 경험은 당연한 것이라 말하고 싶다.

나의 커리어 항해기

우연히 IT 회사에서 첫 커리어를 시작한 나는, 그곳에서 인생의 첫 멘토를 만났다. 그는 팀의 리더였고, 내 사수의 사수였다. 날 선 성격과 말투로 팀원들을 긴장하게 하던 그는 의외로 클래식 음악을 좋아했다. 그리고 천재였다. 그는 어려운 프로그래밍을 새로운 방식으로 해내고, 그걸 그대로 팀원들에게 가르쳐 주고, 다른 어려운 과제에 도전하곤 했다. 그때 그가 항상 한 말이 있었다.

"한 번 한 걸 자꾸 붙들고 있으면 발전이 없어. 다 나눠줘야지. 그래야 나도 새로운 걸 할 여유가 생기지."

나눠주고 항상 새로운 것을 추구하라는 그의 말이 인상적이었다. 그 사수 덕분에 다음 회사로 이직을 했고, 그곳에서 만난 좋은 동료들에게 자극을 받아 MBA를 하게 되었다. MBA 과정이 정말 필요한지 주변에서도 스스로도 의구심이 있었지만, 답은 자신만이 내릴 수 있는 것이었다. MBA를 통해 얻은 가장 큰 소득은 삶을 대하는 나의 자세가 완전히 바뀐 것이었다.

나는 그때까지 이를 악물고 공부한 적이 없었다. 회사에서도 열심히 일하긴 했지만, 그렇다고 미친 듯이 하지는 않았다. 그런데 다시 학생이 되어, 그동안 모았던 피 같은 돈으로 학비와 생활비를 내야 하는 입장이 되니 공부가 너무 절박했다. 내가 이렇게 열심히 무언가를 할 수 있는 사람이었다니! 주말에 콘도 수영장에 가면 유럽의 투자 은행이나 컨설팅사의 스폰서를 받아 온 친구들이 선글라스를 끼고 누워 있었다. 하지만 나는 무거운 가방을 메고 학교에 나와 회의실 하나를 통으로 차지하고 공부를 했다. 그러면 다른 회의실에서 하나둘씩 중국인, 한국인 친구들이 스멀스멀 나오곤 했다. 유럽 아이들은 절대 주말에 학교에 오지 않았다. 첫 두 학기의 성적표를 받아 보니, 상위권은 모두 수영장에 널브러져 있던 친구들이었다. 하지만 부족한 영어 실력에 오직 절박함으로 승부한 나의 성적도 상위 그룹에 맞닿아 있었다. 예전의 나였다면 열심히 노력해서 성적을 받는 모습을 오히려 부끄럽다고 여겼을지도 모른다. 하지만 이제는 노력하는 내가 자랑스러웠다. 그때 이후 나의 캐릭터는 완전한 성실좌로 바뀌게 되었다.

　홍콩으로 아이를 데려온 지 얼마 되지 않아 나는 새로운 상사를 맞이했다. 그리고 그녀로부터 지금까지 보지 못한 '위임의 리더십'을 배울 수 있었다. 그녀는 첫 몇 개월간 사람 읽기에 몰두했다. 그녀는 항상 팀원들에게 지시가 아닌 질문을 던졌다. 팀원들은 스스로 답을 찾아야 했고, 책임감을 가지고 자신의 답을 실행에 옮겼다. 그동안 만나보지 못한 전혀 다른 스타일의 리더십이었고, 그런 상사와 일하는 것은 경이로운 경

험이었다. 궁극적으로 그녀의 리더십 스타일은 나의 지향점이
되었다.

그러나 물 만난 고기처럼 일하던 나의 홍콩 생활에 또다시
변화가 찾아왔다. 미국 본사는 아시아의 사업 일부를 매각하
기로 결정했고, 내가 속해 있던 본부의 일도 크게 줄어들 터였
다. 나는 다시 이직을 결심했다.

우연한 기회로 이야기를 나눈 지인이 추천해준 회사는 홍
콩에 있는, 한국에서 발령 취소를 선사했던 바로 그 회사의 본
사였다. 회사의 시니어 리더는 아직 나를 기억하고 있었다. 나
에게 마음의 빚이 좀 있었던지, 이직은 일사천리로 진행되었
다. 그러나 새로운 팀에 합류하고 불과 두 달 후, 나를 불러준
시니어 리더가 갑자기 돌아가시면서 많은 일이 내가 희망했
던 것과는 다른 방향으로 전개되었다. 이후 1년여, 나는 바다
위에 떠 있는 작은 배처럼 표류하며 나 자신에 대해, 그리고
커리어와 조직에 대해 많은 것을 생각했다.

이직을 할 때는 조직에 내가 맞을 것인가에 대해 정말이지
깊이 생각해야 한다. 인터뷰는 쌍방향의 대화이며, 상대가 흘
리는 작은 힌트도 놓치지 않고 상대 조직의 문화를 평가해야
한다. 물론 막상 그 안에 들어가기 전까지는 제대로 알아내기
어렵긴 하지만.

새로운 직장에서 표류하던 나는 행복하지 않았다. 그러던 어느 날, 아이에게 나의 불행을 마구 쏟아내고 있는 내 모습을 발견했다. 나 스스로 생각해도 별로인 내 모습을 자각하자 더 이상 망설일 것도 없었다. 나는 다음 단계로 나아가기로 했다.

'일단 한국으로 돌아가자.'

남편과 아이가 떨어져 산 지 벌써 4년, 나와 남편은 7년 차의 장거리 부부였다. COVID-19 때문에 서로 자주 보지 못했고, 가족의 유대감도 차차 옅어져 가고 있었다. 싱가포르에서 조산기로 갑자기 입원하고, 귀국 일정을 변경하고, 생난리를 칠 때도 묵묵히 건너와 나와 배 속의 아기를 감싸 한국으로 와 준 남편은 이번에도 조용히 홍콩으로 와서 여섯 개의 커다란 짐 가방과 우리 둘을 구조해 2023년 여름, 한국으로 우리를 데려다줬다. 난파선이 항구에 닿는 심정이었다.

뱃사람 대 뭍사람

인생의 바람은 어디로 불지 모른다. 이제 한국에 정박하려 하는 나에게 다시 바람이 불고 있고, 나는 들썩대며 돛을 올리는 중이다. 아직 배는 손볼 곳이 많은데, 바람이 부니 배가 까부는 형국이다. 게다가 바람의 방향이 생각지도 못한 쪽으로 오락가락하여, 이 글을 마무리하고 있는 짧은 시간 동안에도 내가 가야 할 목적지가 계속 바뀌었다.

결과적으로 나는 다시 홍콩으로 귀환하게 될 것 같다. 그러나 지금까지 경험하지 못했던 새로운 회사의 새로운 역할이다. 갑작스레 불어온 돌풍에 항로를 변경할지 결정하는 데 있어 가장 어려웠던 점은, 커리어상 위기의 순간마다 나를 구해 준 나의 멘토에게 그 길이 아닌 다른 길을 가겠다고, 그것도 너무 뒤늦게 말씀드려야 했던 점이었다. 그러나 며칠간 불면의 밤을 보내며 끙끙 앓다가 말을 꺼낸 나에게 멘토는 진심 어린 축하를 보내줬다. 다시 한번 커리어의 여정에서 업무적으로도 인격적으로도 이토록 훌륭한 사람들을 만날 수 있었던 것이 얼마나 큰 행운이었던가를 깨닫는 순간이었다.

지금 나는 지난 1년간 힘들었던 경험을 정리하고, 이를 성장의 밑거름으로 삼고 싶은 마음에 비즈니스 코칭을 받고 있다. 첫 코칭 세션에서 다뤘던 주제는 '우리 세상에 가득한 VUCA'였다. (Volatility는 변동성, Uncertainty는 불확실성, Complexity는 복잡성, Ambiguity는 모호함을 나타낸다.) 그런데 첫 번째 코칭을 마치자마자 재미있게도 나의 삶이 VUCA 그 자체가 되었다.

변화와 불확실성의 세상에 아이에게는 조금이나마 안정적이고 연속적인 환경을 만들어 주고 싶은 마음이 다시 나를 움직이게 했다. 대치동의 학원가와 입시를 향해 달리는 한국 엄마들의 이야기를 들으면서, 가급적 아이를 치열한 교육 시스템에서 벗어나 본인이 원하는 것을 탐색할 수 있는 환경에서 자라게 하고 싶었다. 한국에도 여러 형태의 국제학교가 많다는 것을 알고, 공교육이 아닌 선택을 하는 경우도 생각해봤다. 그러나 여전히 큰 틀에서는 의미 없는 것들에 애써야 하는 환경이었다. 여기에 아이를 맞춰야 한다는 것이 마땅찮았다.

지금 아이는 다른 무엇보다 친구가 중요한 시기다. 그래서 꼭 홍콩으로 돌아가고 싶어 한다. 우리가 한국에 나와 있는 동안 아이가 다니던 학교의 메일 계정이 삭제되었고(학교를 그만뒀으니 당연하지만), 아이의 소중한 작업 내용과 친구들과 나눴던 메시지도 송두리째 사라졌다. 아이는 "이런 바보 같은 일에 너무 마음이 아파" 하고 애써 눈물을 참았다. 갑작스러운 나의 결정으로 원래 다니던 홍콩의 학교에 급히 자리를 알아보고 있지만 어떻게 될지는 모르겠다. 불확실성이 가득한 이 와중에도 아이는 다시 친구들을 만날 수 있다는 가능성에 행복하기만 하다.

아이보다 더 큰 걱정은 남편이다. 남편은 원래 말이 없고 차분한 사람인데 가족이 한국으로 온다는 소식을 듣자 삶을 다시 찾은 사람처럼 몇 년 동안 멈췄던 운동을 시작했다. 계속 홍콩으로 돌아가고 싶다는 아이에게도 "왜 그러지?" 한마디

뿐이었다. 우리가 떨어져 있던 사이 아이는 자랐고, 이제 부모보다 친구가 소중해진 나이라는 걸 그는 인지하지 못하는 것 같다. 남편 주변 사람들의 절반은 "전생에 나라를 구했냐?"라고 하고, 다른 절반은 "어떻게 가족이 떨어져 사냐?"라는 반응이라고 한다. 마음만 먹으면 쉽게 다녀갈 수 있는 홍콩이지만, 일상을 같이하지 못하는 간극은 우리가 감당해야 할 부분이다. 그의 마음이 얼마나 복잡할지, 그는 따로 표현하지 않지만 나는 알 것 같다.

우리는 '평범한 가족'은 아니다. 가족 구성원의 느슨한 연합 같은 느낌이다. 각자의 삶을 살면서 기댈 수 있는 보루가 되어 주는, 서로를 신뢰하는 연합이다. 서로에 대한 지원과 육아에서의 유연한 공수 전환, 그리고 남편이 아이에게 물려준 느긋하고도 사려 깊은 유전자, 이런 것들 덕분에 아이는 속 깊고 회복탄력성을 가진 존재로 자라고 있다.

지금도 가끔 '해보자'는 나의 결심이 아이 몸에 흉터를 남길까 봐 불안감이 밀려온다. '나중에 돌아봤을 때 지금의 결정이 바보짓이면 어쩌나. 이 바보짓이 아이 인생에 큰 상처를 남기면 어쩌나' 늘 불안하다.

하지만 어쩌면 바보짓도 괜찮은 게 아닐까. 작은 상처라면 툭툭 털고 일어나서 "바보짓이었지만 재미있었어"라고 할 수도 있지 않을까. 이렇게 불안을 재우곤 한다.

나는 여전히 고민이 많고, 생각도 많고, 하고 싶은 것은 더 많다. 하지만 걱정보다는 새로운 것에 대한 기대와 흥분이 앞서는 나는 어쩔 수 없는 뱃사람이다. 그리고 그런 나와 항해해야 하는 뭍사람인 아이와 아이 아빠가 있다.

"그래도 우리 일단 해보자. 그리고 그 과정을 즐겨 보자. 그럼 언젠가 어딘가에 닿아 있겠지."

■ 채형은

투덜대면서도 대충은 못 하는 타입이다. 아직 내려놓지 못하고 동동대며 주변을 닦달하는 반성과 성찰이 필요한 빌런이다. "관둘 거야"를 입에 달고 살지만 은 근히 오래 다닌다. 첫 직장 7년, 두 번째 직장 3년의 한국 커리어를 접고 타의로 강제 이주해 미국 회계사로 업종 전환을 했다. 지금은 잘 탈출해 홍콩에서 또 다른 업종으로 고군분투 중이다.

나는 나를
해고할 수 없다

"'삶은 어느 걸 집을지 알 수 없는
초콜릿 상자와 같다'는 영화 속 대사가 기억난다.
나 역시 삶의 다음 단계에서 어떤 초콜릿을
집어 들게 될지 알 수 없다.
하지만 나는 나를 해고할 수 없고,
내 일을 찾는 과정이 계속되어야 한다면
그 임무를 게을리하지 않으려고 한다."

같이
가기 싫다

초등학생이었던 나는 정주영 회장을 존경했다. 무역업을 하는 아빠에게 일을 배우겠다고, 나도 정주영 회장처럼 중학교는 가지 않겠다고 말했다가 엄마한테 등짝을 맞았던 기억이 있다.

부모님의 설득에 "그래, 전쟁통도 아니고 학위는 있어야 정주영 회장이 만든 현대자동차에 취직할 수 있겠군"이라는 초딩적 사고의 흐름에 맞춰 고민 없이 경영학을 전공했다. 대학에서는 컨설팅 동호회와 벤처 동아리, 신문사, 밴드부 등 잡다한 관심사를 해결하며 시간을 보냈다. 경영학과 수업을 대부분 좋아했지만, 회계 과목은 토하고 싶을 정도로 싫어했다. 당시 했던 직업적성검사에는 경영자나 회계사가 어울린다고 나왔지만 '회계사는 말도 안 된다'고 생각하던 시절이었다. 그렇게 졸업반이 되고, 노래를 부르던 현대자동차 입사는 실패했다. 나를 뽑아준 애증의 첫 직장은 내 마음대로 현대그룹의 라이벌이라고 여기면서 좋아하지 않았던, 삼성그룹 계열사이자 한미합작사였던 삼성코닝정밀유리였다.

직장 생활은 생각처럼 다이내믹하지 않았고 시간은 늦게 흘렀다. 업무는 한국적인데, 이름만 외국계 회사인 모순이 답답하게 느껴지기도 했다. 전략 기획 업무를 할 수 있는 프로젝트에 자발적으로 참여하여 중국과 홍콩으로 출장을 다니던 기억, 합병된 회사를 정리하는 M&A에 참여해서 여러 달 재미있게 일했던 기억도 있다. 그때만 해도 10여 년 후에 홍콩에 와서 살게 될 줄은 몰랐다.

20대의 해외 출장은 설렜고, 열정도 커서 몇 년간 중국어를 꽤 열심히 공부하기도 했다. 그리고 다시 지루해질 무렵, 회사에서는 나와 동기들에게 미국 공인회계사AICPA 시험을 권유했다. 회사의 실적 보고에 필요했기 때문이었지만 덕분에 나도 공부할 기회를 얻었다. 그렇게 주중에는 회사, 주말엔 학원에서 공부에 매달린 지 1년 반 만에 합격을 했다. 다른 팀의 여러 동기와 선배가 공개적으로 같이 시작한 공부였기에 소홀할 수가 없었다. '쪽팔리기 싫다'는 목표 하나가 한창 놀기 좋아했던 나를 동호회 활동까지 포기하고 주말 내내 학원과 도서실에 붙어 있게 만들었다.

합격하고 나서도 회계사 자격증은 회사가 제공하는 혜택으로 받은 이력서 한 줄 거리 행운이고, 그저 업무에 도움이 되겠거니 하는 소소한 보람으로 여겼다. 내가 이 자격증을 업으로 써먹을 일이 올 거라곤 눈곱만큼도 기대하지 않았다. 나는 전략 기획, 그중에서도 한 번 하면 다시 할 일 없는 일회성 프로젝트 업무를 좋아했다. 결산 마감과 전표 정리, 회계 감사를 반복하는 회계팀의 일을 하라고 하면 버틸 자신도 의지도 없었다. 그때의 나는 그랬고, 지금도 그렇다.

이후 옮기게 된 두 번째 회사는 글로벌을 꿈꾸는 나의 갈증을 해소해줄 수 있는 건설회사였다. 전 세계에 삽질을 해대지만 마진은 박하다 못해 손해가 날 정도이고, 공사 기한부터 예산·인력까지 관리할 것은 많고, 소송이나 사고 리스크도 많았다. 물장사에 비할 정도로 영업 이익률이 높았던 전자부품 제조업체에서 일하던 나에게는, '아니, 회사가 이렇게 힘들게 일하고 이렇게 돈을 못 벌다니!'라는 생각을 하게 만드는 신선한 충격이었다. 하지만 시장도, 사업 영역도 제한이 없는 업무가 마음에 들었다. 회사의 실적은 월급 받는 나에게는 리스크가 아니었다. 오히려 여기저기 삽질하고 입찰하고 들이대는 업무에 대한 설렘이 컸다.

이직 무렵 나는 결혼을 했다. 군 장교로 복무하느라 남들보다 직장 생활을 늦게 시작한 남편은 짧은 직장 생활을 빨리 포기하고 공부를 더 하겠다고 했다. 그러고는 결혼 1년 반 만에 박사 학위를 따러 미국으로 떠났다. 동갑인 우리는 겹치는 친구가 많았다. 그중 어쩌다 만나는 눈치 없는 친구들이 "와이프 돈으로 생활하니 좋겠다"는 실없는 농담을 해댔는데, 남편은 그런 말을 너무나 싫어했다. 그렇게 두 번째 직장에 적응할 무렵, 신혼부부였던 우리는 떨어져 살게 되었다.

이직 시 보너스 수령 조건이었던 2년 근무를 채우지 못했다는 핑계를 댔지만 바로 따라가지 않은 건, 솔직히 남편에게 내 인생을 맡기기가 불안했기 때문이었다. 가는 지역도 마음에 들지 않았고, 할 일도 없이 따라가 떠밀리듯 공부를 하는 것도 싫었다. 아무리 생각해도 재주 없는 요리나 살림을 하며 블로그 글을 쓰는 내 모습 또한 전혀 그려지지 않았다.

그렇게 남편을 혼자 보내고 나는 사내에서 오지로 출장 보내기 쉬운, 마치 부양가족 없는 기러기 아빠처럼 무연고자 취급을 받으며 운 좋게도 해외 출장 기회를 여러 번 얻었다. 합작사 설립 논의를 위해 인도네시아로 가거나 이라크 진출 전략을 수립하기 위해 비자 발급이 안 되어 갈 수 없었던 이라크 대신 국경을 맞댄 아랍에미리트에서 한 달씩 머물며 관계사들을 만나기도 했다. 그야말로 세상은 넓고 할 일은 많던 시절이었다.

그렇게 재미있는 출장 기회도 있었지만, 고정적인 회의 운영과 전사 KPI 관리 같은 루틴한 업무를 2년 정도 하니 전략 일도 지겨워졌다. 그래서 졸업 이후 9년간 해왔던 전략 기획 업무를 놓고, 글로벌 사업개발팀으로 부서를 옮겼다. 그리고 그곳에서 오지 프로젝트의 끝판왕, 우간다 리파이너리 국제 입찰에 참여하게 되었다.

나는 수도 캄팔라에 입찰을 위한 임시 오피스 셋업을 위해 파견되어, 두 달여의 시간 동안 우간다라는 멋진 나라에서 커머셜 플랜을 수립하며 지냈다. 당시 우간다를 장기 집권 중이던 무세베니 대통령 앞에서 컨소시엄에 대해 프레젠테이션을 했던 경험은 내 커리어에서 가장 빛나는 순간 중 하나다. 지금도 가끔 당시 나와 후임이었던 대리, 그리고 상무님까지 우리 셋을 두 달여간 먹여주고 거둬준 교민분의 민박집, 그 집 마당의 망고나무, 그 나무에서 딴 망고로 간 스무디가 생각난다.

엄마가
되고 싶어

남편과 떨어져 살던 기간 동안 나는 정말이지 정신없이 여러 나라를 돌아다니면서 2년 반의 시간을 보냈다. 남편이 떠날 당시만 해도 반기, 혹은 분기 부부는 되지 않을까 생각했는데 막상 떨어져 살기 시작하니 내 휴가와 남편의 학업 일정을 맞추는 게 쉽지 않았다. 경제적으로는 궁핍하고 스트레스는 많은 늦깎이 유학생과 매일 출퇴근하는 K-직장인의 생활 리듬을 맞추기도 힘들었다. 그렇게 각자의 시간을 보내며 남편과 나는 점점 멀어지고 있었다. 운 좋으면 반기, 현실적으로는 연간 부부가 되는 것도 빠듯했지만 한창 재미있는 출장 기회 많은 일을 모두 포기하고 남편에게 인생을 맡길 용기는 나지 않았다.

그렇게 가끔 만나는 남편이었지만 운 좋게도 임신의 행운이 찾아왔다. 하지만 임신 초기의 장거리 비행이 원인이었는지 두 차례 연거푸 계류유산이 되었다. 남편 없이 두 번의 수술을 겪으면서 나는 무서웠고, 지쳐 갔고, 남편에게 서운한 마음도 커져 갔다. 생전 처음 외국에서 혼자 힘으로 살아가야 하는 남편도 멀리 있는 내 슬픔을 나눌 마음의 여유가 없었고,

그렇게 각자 슬픔을 삭이며 서로를 사이버 아내, 사이버 남편으로 느끼기에 이르렀다.

나는 결심을 해야 했다. 가정을 지키려면, 아이를 가지고 엄마가 되려면, 사이버 남편이라 자조하는 내 사람과 같이 살기 위해 가야만 했다. 막상 결심은 했지만, 내가 그곳에서 무얼 할 수 있을지 답답한 마음에 고민의 시간이 계속되었다. 고민의 한가운데서 주변을 둘러보니 비슷한 경험을 했던 선배들이 있었다.

대학생 두 딸을 둔 상무님은 유산 경험이 있다고 했다. 유산 끝에 낳은 둘째가 첫째보다 이쁘다며 힘내라고 밥을 사주기도 했다. 전 직장의 과장님은 미국 유학 시절, 출산 직전에 사산한 아이와 사진을 찍어 줬던 의사 이야기를 해주며, 지나간 일은 아무것도 아니라고 말해줬다. 그리고 내가 남편에게 갈 수 있도록 대학원 추천서를 써주셨다. 내 또래의 둘째 딸이 있던 전무님은 "긴 인생이라고 생각하면 지금은 찰나의 슬픔"이라며 빨리 공부하러 남편 곁으로 가라고 "아직도 안 갔니?" 하며 계속 나를 재촉하고 응원해주셨다. 회사의 최초 여성 임원이었던 상무님은 본인도 남편 학업 때문에 커리어 전환을 해서 지금 여기에 와 있다며 내 입장에 공감해주기도 했다. 가게 되면 집에 있지 말고 학업을 디딤돌 삼아 할 일을 찾으라고 해주신 조언도 고마웠다.

그렇게 주변에 있었던 선배들의 금쪽같은 조언을 들으며 나는 미국으로 갈 준비를 했다. 신나게 다니던 출장이며, 하던 일에 대한 아쉬운 마음도 접었다. 중학교도 안 가고 싶었는데 내가 석사 공부를 해야 하다니, 정말 인생은 살아 보기 전엔 알 수 없는 일들의 연속이었다.

가성비 전공을 택한
늦깎이 대학원생

학교는 이미 남편이 다니는 곳으로 정해졌고, 전공을 선택하는 일만 남아 있었다. 미국 중부 시골의 주립대에서 2년짜리 MBA 코스를 공부하려면 연간 학비 2만 달러와 생활비가 필요하다. 하지만 거기에 들어간 기회비용까지 회수할 수 있는 일자리는 극히 적었다. 반면에 회계 석사를 하면 공부 기간도 1년이고, 회계 분야는 미국에서 아시아인이 직장을 구할 가능성도 높았다. 게다가 학비도 더 저렴했다. 그리고 예전에 합격했던 AICPA 시험을 안 볼 수 있으니 좀 편하게 공부할 수 있겠다는 생각이 들었다. 이미 합격증을 받은 상태라고 하니 토플 시험도 패스, 장학금도 주는 조건이었다. 그러니 벌던 소득을 포기하고 남편이 공부해서 받는 쥐꼬리만 한 생활비를 같이 쓰러 가는 처지인 나에게는 후자가 훨씬 자연스러운 선택이었다.

고민 없는 결정이었지만, 만족스러웠던 직장을 버리고 졸업한 지 10년이 지나 뜻도 없는 대학원에 지원하려니 지원서에 쓸 말이 영 없었다. 그래서 나에게 이 선택을 하게 한 원인 제공자, 박사과정에서 살아남으려 고군분투하던 남편을 잡았다.

"너 때문에 팔자에 없던 공부를 해야 되니 지원서는 네가 써라."

남편은 투덜댔지만 나에게 미안한 마음이 있던 터라 나를 훌륭한 학자가 될 것 같은 멋진 지원자로 잘 포장해줬다. 세 명의 추천서가 필요했는데, 10년도 전에 가르쳤던 학부 교수님들은 내가 누군지 기억하지 못하셨고 대신 내 처지를 알던 직장의 보스 세 분이 추천서를 써주셨다. 그렇게 나는 미국으로 가게 되었다.

불안한 세 번째 임신,
그리고 미국 취업

우간다 1차 입찰 결과가 발표되기 전에 퇴사를 하고 미국으로 갔다. 가자마자 시작된 석사 학기가 두 달쯤 지났을 때 나는 세 번째로 임테기에서 두 줄을 보게 되었다. 미국에서는 임신 10주가 넘어야 첫 산부인과 진료를 받을 수 있어서 불안한 마음을 외면하며 학업에 집중했다. 두 번의 유산 경험도 있고 해서 불안한 마음에 양가에도 알리지 않았다.

한국인은 나밖에 없는 100% 영어 환경 학급에서 어린 동기들과 함께 공부하는 게 쉽지만은 않았다. 와중에 학위 과정에서는 코스 시작과 동시에 취업을 장려했다. 이미 석사과정 후 CPA 시험을 치르고, 취업할 직장을 구해놓고 코스를 듣는 학생이 절반 정도였다. 남편 따라 억지로 공부를 하겠다고 삶의 방향을 틀어봤으나, 고민 없이 골랐던 석사과정은 다시 나를 취업의 길로 내몰았다. 내심 공부하는 나보다 일하는 내가 마음에 들었던 나는 학교의 푸시에 적극 응하기로 했다.

외국인 학생 비자로 미국에 거주하던 내가 갈 수 있는 직장은 비자 스폰서를 해주는 미국의 초대형 회계법인 4곳뿐이었다. 아시안이고 여성인 내 상황을 활용해서 그 회사들의 소수자 채용minority TO을 공략하라는 취업 센터의 조언을 듣고 '아, 여기서 나는 소수자, 마이너리티구나' 하고 자각했다. 그곳에서의 내 처지와 상황이 처음으로 무겁게 느껴졌다. 한국에서의 30년은 스스로를 마이너리티로 여긴 적 없던 행복한 인생이었다는 걸 깨달았다.

배 속에 있던 첫아이의 기운 덕인지, 나는 미국에 간 지 두 달 만에 운 좋게 대형 회계법인 중 한 곳의 신시네티 오피스에 세무사tax accountant로 합격했다. 석사 학위 취득 후 근무를 시작하는 조건이었다. 이후 나는 퀴즈, 쪽지 시험, 중간시험, 과제 등의 학업 일정과 함께 산부인과 진료를 소화하며 지냈다. 기형아 가능성의 위협 등 예비 엄마인 나를 무너뜨리는 많은 위기를 넘기며 아이는 잘 자랐다.

무서운 미국 맘,
무심한 할머니 교수

마지막 여름 학기 과목을 가르치던 할머니 교수에게 불룩 나온 배를 보이며 출산이 기말시험과 겹치면 과제로 대체할 수 있는지 물었다. 백발의 단발머리였던 할머니 교수는 본인의 다섯 아이들은 모두 다 예정일보다 늦게 나왔으니 걱정 말라는, 납득이 가지 않는 말만 반복하며 나의 불안을 이해해주지 않았다. 그리고 나는 그녀의 다섯 아이들과는 다르게 첫아이를 예정일 2주 전에 낳았다. 마지막 수업의 기말고사를 남기고 엄마가 되었다.

걱정 말라던 할머니 교수의 계획은 출산으로 놓친 시험을 본인 집에서 치르게 해주는 것이었다. 아니 애 낳고 2주는 조리원 가서 쉬는 게 국룰 아닌가. 하지만 미국 할머니는 엄마의 나약한 엄살을 봐주지 않았다. 나는 도넛 방석을 들고, 출산 3일 만에 퇴원해 할머니 교수 댁에서 시험을 봤다.

변화하는 세계 질서상 쇠락해가는 미국이지만, 한국 아줌마 뺨치는 미국 맘들의 강인함이 아직도 천조국을 지키는 근간이라고 생각할 때가 있다. 미국 코스트코에 가면 한국 마트보다 훨씬 더 큰 카트를 몰며 한 팔에 애 하나를 안고, 한 명은 카트에 태우고, 제일 큰 한두 명은 걷게 하면서 애 서넛을 혼자 데리고 박스에 담긴 상품을 한 팔로 번쩍번쩍 드는 무시무시한 여자들이 많았다. 특히 내가 살던 시골 지역은 출산율도 높고, 아이들을 풀어놓고 대충대충 잘 키우는 젊은 백인 엄마들이 많았다. 놀이터에 가면 넓고 좋은 시설에서 아이들은 자유롭게 놀고, 엄마 아빠 중 한 명 정도가 다른 부모와 가벼운 대화를 하며 멀찍이서 지켜볼 뿐이었다. 위험한 상황에만 개입할 뿐 놀이터에서 처음 만나는 부모와도 아이들의 수면 패턴 등에 대해 편하게 이야기를 나누곤 했다.

조부모와 놀러 온 어린아이들이 많이 있는 한국의 놀이터, 좁지만 시설 좋은 놀이터에 아이 하나당 헬퍼든 부모든 어른

두셋이 붙어 밀착 마크하는 홍콩의 놀이터와는 사뭇 다른 환경이었다. 특히 홍콩에서는 서로 다른 언어를 쓰는 아이들이 많아서 아이들끼리도 잘 놀지 않는다. 나라마다 육아 환경이 다름을 느낀다.

미국은 출산 문화도 전혀 달랐다. 분만 중에는 목이 마르다면 얼음 침을 물게 하고, 산후조리의 개념 없이 분만 후 바로 시원한 물로 샤워를 한다. 자연분만은 48시간, 제왕절개는 72시간 후 바로 퇴원한다. 퇴원 전에도 아이는 항상 엄마 곁에 있다. 산후 일주일 만에 접종을 위해 병원에 갔더니 불과 얼마 전 산모였던 엄마들이 번쩍번쩍 아이를 들고 다니기도 했다.

그 시절, 직장에서 일 잘하고, 똑 부러지고, 날씬하고, (미국 사람이니 당연히 영어도 잘하고), 애도 잘 키우는 시니어 매니저들을 보면 엄마가 되는 순간부터 저렇게 빡세게 훈련받고 살아남아 체력도 좋고 회사 일도 잘하나 보다 하고 생각했던 것 같다. 지금 생각하면 그 사람들 역시 엄청나게 물밑에서 발길질을 하며 힘든 삶을 살아냈던 것일 텐데 말이다.

어쨌든 할머니 교수 집에서 치를 시험공부에, 출산 후 밀려오는 우울감에, 위장이 탁구공보다 작아 자주 젖을 달라고 보채는 아이의 울음에, 파열된 회음부가 아파 앉지도 못하고 동기가 챙겨 준 시험 예상 문제 프린트로 공부하며 울었던 그 시절은 내 인생 가장 빡센 순간 중 하나였다. 그렇게 시험을 치르고 일주일 뒤, 나는 예쁜 신생아 모자와 장갑, 그리고 속싸개로 꽁꽁 싸맨 생후 10일된 아들과 함께 학교로 가 석사 졸업장을 받았다. 배 속에서 나와 같이 회계 석사과정을 밟은 아이와 1+1로 받은 졸업장이었다. 적성보다는 가성비를 쫓아 택한 전공과 학위였지만, 그래도 그 순간만큼은 아이라는 인생의 가장 큰 성취와 더불어 덤처럼 주어진 학위를 스스로 자랑스럽게 여겼다.

아는 이가
아무도 없는 곳

남편이 처음 공부하러 떠날 때 나는 '학생 배우자 비자(F2)'를 받아서 배웅 삼아 여행 삼아 미국에 다녀왔다. 이후 한국생활을 정리하고 가면서는 나의 '학생 비자(F1)'를 받았다. 그리고 졸업 후 1년간 OTP 비자라는 학위 취득자들이 갖는 임시 수련 비자 상태를 거친 다음, 터무니없는 뺑뺑이를 돌고 돌아 마침내 'H1B'라는 워킹 비자를 받았다. (이 모두가 한 여권에 붙어 있었다.)

취직을 한 이후로는 출퇴근을 위해 그동안 살던 학교 기숙사를 떠나 회사 근처의 낯선 도시로 이사를 해야 했다. 아들은 생후 4개월이 되었고 친정 엄마가 한 달, 시어머니가 석 달간 베풀어주신 보육 찬스도 끝이 났다. 우리는 남편의 학교가 있는 주와 내 직장이 있는 주의 경계에 있는 고속도로 출구 옆의 아파트를 찾아 이사를 했다. 나와 남편이 각자 반대 방향으로 이동해야 했기에, 없는 살림에 양가에서 도와준 돈을 보태 차도 한 대 더 구입했다. 기숙사에 살 때는 그래도 몇몇 한국인 유학생이라도 만날 수 있었는데, 여기는 정말로 아는 사람 하나 없는 그야말로 무연고지였다.

플로렌스Florence라는 이름은 예쁘지만 도움받을 곳 하나 없는 낯선 도시에서 우리는 돌도 안 된 아이를 아침 일찍부터 저녁 늦게까지 보육 기관인 데이케어daycare에 맡겨야 했다. 아시안도, 히스패닉도, 흑인도 한 명 없는 코캐시언들만 있는 기관이었다. 중간에 기관을 옮기기도 했지만, 기관에서 아이는 행복하게 지냈던 것 같다. 트럼프에 표를 주고, 총기 소유에 찬성하는 동네에서 나고 자란 데이케어 선생님 중에는 한국 아이를 처음 보는 사람도 있었다. 그럼에도 대부분의 선생님은 순박하고 정이 많았고 아이를 잘 보살펴줬다. 몇몇은 아직도 페이스북으로 연결되어 아이가 커가는 모습에 꿀 떨어지는 댓글을 달아주기도 한다.

하루 대부분을 영어만 쓰는 환경에 노출되어야 했기에 한국말 하는 엄마 아빠랑만 살던 아이의 언어가 당연히 늦겠거니 생각했는데, 그룹에서 우리 애가 말을 두 번째로 잘한다는 칭찬을 듣고 놀랍고도 뿌듯했던 기억도 있다. 남편은 아침마다 울고불고하며 처절한 눈빛으로 슬픈 신호를 보내는 아이를 두고 오는 마음이 내내 무겁다고 했다. 내가 데려다줄 수 없는 것이 차라리 다행이라고 생각했다.

나도, 남편도, 아이도
모두가 힘들었던 날들

이 시절 아이가 자주 아팠다. 데이케어에 보낼 수 없으면 남편과 나 둘 중 누가 아이를 돌볼 것인지 싸움으로 이어졌고, 이제 막 취업한 경직된 상태의 나보다 학생인 남편이 희생할 때가 압도적으로 많았다. 남편은 나의 취업으로 인해 집중해서 공부할 시간을 빼앗기고, 서울-천안 정도 되는 거리를 출퇴근하게 되고, 아이의 등하원을 전담하게 된 것을 부담스러워했다. 나를 미국으로 오게 하고, 함께 취업을 기뻐해주고, 임신 기간 동안 유일하게 기댈 곳이었던 남편은 이제 출근하는 나에게 불편한 시선을 주는 야속한 사람이 되어 갔다. 남편의 입장을 이해하지 못하는 것도 아니었다.

아이가 갑자기 열이 나서 등원을 거부당한 어떤 날, 남편은 학교에 중요한 일정이 있었고 나는 출근을 해야 했다. 아이 맡길 곳이 없어 동동대다가 예전에 이웃에 살던 유학생 친구의 임신 중인 와이프에게 아이를 맡긴 적도 있었다. 야근이나 주말 근무, 출장이라는 말만 꺼내도 남편의 눈빛이 따가워졌고, 모든 걸 포기하고 내조하는 와이프를 둔 동료가 부럽다며 자주 다투게 되기도 했다. 하지만 비자를 숱하게 바꿔 가며 여기까지 온 나도 포기할 수 없었다. 왜 일하는 게 미안한 일이어야 하는지, 남편에게 할 원망은 아니었지만 내 억울함을 가장 많이 표출하는 것도 아이보단 당연히 남편이었다. 나도 남편도 말 못하는 아기도 너무 힘든 시기였다.

싸움이 잦아지던 즈음, 우리는 유학생 커뮤니티에서 만난 신부님과 성경 공부를 시작했다. 신부님은 멀리 루이빌에서 한 시간 반 거리를 운전해 우리 집으로 와주셨다. 아이가 깰까 봐 긴장하며, 울면 방으로 들어가 달래며, 힘들게 공부를 마치고 우리는 집 근처의 한인 성당 커뮤니티를 소개받았다. 공부를 하면서도 항상 "이렇게 살 자신 없어요", "너무 어려워요"만 반복했던 나를 이끌어 세례를 받게 해주신 신부님이 아니었다면 우리 부부는 벌써 이혼했을지도 모른다. 신부님은 우리의 힘든 처지를 누구보다 이해해주셨고, 서로에 대한 서운함과 원망, 힘든 일상에 지쳐 생각해보지 못했던 삶에 한 템포쉬어가며 생각해볼 화두를 던졌다. 신부님과 만나고 나면 그렇게 밉고 원망스러운 남편이 이해가 되었고, 불쌍한 내 처지에 대한 연민과 좌절로 점철된 이기적인 마음도 풀리는 것 같았다. 그 시간이 그 시절의 나를 버티게 해준 큰 힘이었다. 지금도 신부님이 던졌던 첫 번째 화두를 기억하고 있다.

"사랑해서 이해하는 것인가, 이해해서 사랑하는 것인가."

나는 아직 그 질문에 답을 하지 못했고, 예수 그리스도의 가르침대로 살지도 못하는 미생이다. 미국을 떠난 뒤로는 성당 한 번 가지 못한 날라리 신도라는 게 죄송할 따름이다.

나처럼
살았던 선배들

반복되는 싸움과 갈등으로 일을 그만두고 싶은 순간마다 내 마음을 다잡게 하는 데엔 성당에서 소개해준 대부님과 대모님의 영향도 있었다. 미국에 온 지 20년, 각각 박사과정을 마친 두 분은 본인들이 우리와 똑같은 경험을 가지고 있었기에 항상 마음을 다해 우리를 챙겨 줬다. 본인들 역시 두 자녀를 키우며 아이가 아픈 날엔 누가 케어할지를 두고 맨날 싸웠다고 했다. 대모님은 대부님보다 더 좋은 학교를 졸업했고, 성당 운영일을 하시는 것만 봐도 얼마나 일을 잘하는 분이었을지 보이는 대단한 분이었다. 하지만 포닥(박사 취득 후의 연구원, Postdoctoral Researcher. 한국에서는 이를 줄여서 '포스트 닥터Post Doctor' 혹은 '포닥'이라고 부른다) 기간 중 매일 체크해야 하는 실험 쥐를 관리할 수 없어 포기했다고 한다. 대부님은 미안한 마음과 고마운 마음이 공존했지만, 그래도 무엇보다 그만 싸울 수 있어서 좋았다고 했다.

미국에서 비슷한 사연으로 아내 쪽이 직업을 포기하는 숱한 커플들을 봤다. 어쩔 수 없는 희생이라는 걸 알지만, 허공에 뿌려진 재능과 노력이 안타깝고 마음이 아팠다. 동시에 같은 선택으로 몰려가는 듯한 내 처지가 너무 위태롭고 불안하게 느껴졌다. 나는 스스로 포기하지 않겠다는 마음도 커졌다. 남편의 학업이 성공적이지 않을 수도 있으니 내가 백업해야 한다는 핑계도 있었지만, 해외에서 경력이 단절되면 한국보다 더 복귀가 어려울 것 같아 두려웠다. 만약에 H1B 워킹 비자 뺑뺑이에서 떨어지면 그때는 원치 않아도 쉴 수밖에 없을 테니, 힘들어도 지금은 버티자는 생각뿐이었다.

실컷 자고 싶다는 생각만 하며 직장을 오가느라 사무실 바로 옆에 근사한 공원이 있다는 것도 취업 후 2년이 지나서야 알게 될 정도였다. 멀어진 남편에게 내 인생을 걸 수 없다는 생각과 어떻게든 버텨서 비자도 받고 안정적으로 아이를 키워야겠다는 마음뿐이었다. 남편과 헤어져 혼자서 일하며 미국에서 아이를 키우는 상황을 시뮬레이션하기도 했다.

낯선 도시에서 낯선 일을 하러 매일 고속도로를 달리며, 돌쟁이 아들을 키우는 미국에서의 삶은 지금 돌아보면 정말이지 어찌 지났는지 아득하다. 남편은 미국 유학 시절을 떠올리면 광활한 자연, 명품 잔디와 반딧불, 넓은 주차 공간, 값싸고 질 좋은 고기와 풍성한 과일이 생각난다고 한다. 하지만 나는 그런 좋은 기억을 덮을 정도로 힘들었던 기억이 더 커 그 시절로 다시 가고 싶지 않다.

새로운 시작,
홍콩으로

힘든 시간은 지나가기 마련이다. 아이는 커가면서 나에게 큰 행복과 웃음을 줬고, 무연고지의 삶이었지만 성당 커뮤니티에 들어가면서는 포근하게 정착했다. 아이가 18개월이 되었을 무렵 처음으로 한국을 잠시 다녀왔는데, 돌아오니 낯선 도시의 작은 우리 집이 어느덧 세상 어느 곳보다 편안하게 느껴졌다.

그렇게 이삼 년이 지나자 회사 생활도 익숙해지고, 남편은 학업을 마치고 취업을 준비했다. 우리는 남편의 직장이 있을 미국 어딘가에서의 새로운 삶을 상상하고, 나도 그곳의 같은 직장 다른 지점으로 옮겨가 일하는 큰 그림을 암묵적으로 그리고 있었다. 그런데 남편은 생각지도 못했던 홍콩의 직장에서 오퍼를 받았고, 우리는 서둘러 이주를 결정하게 되었다. 나는 남편이 미국에서 직장을 조금 더 찾아보길 바랐지만, 이미 학위 졸업을 한 상태에서 구직을 하느라 마음에 여유가 없던 남편은 서둘러 계약서에 사인을 했다.

그 무렵 둘째가 들어섰고, 임신 초기에 우리는 미국 생활을 정리했다. 내 입장에서는 이주를 결정 당한 셈이었다. 남편 먼저 보내고 혼자 미국에서 아이를 낳고 갈까 잠시 생각하기도 했지만, 남편 없이 큰아이를 돌볼 엄두가 나지 않았다.

전략 기획 부서에서 연간 계획, 단기 계획(2~5년), 중장기 계획(5~10년), 10년 20년을 내다보는 신비전을 설정하는 일을 하던 나는 다시 한번 내 의지와 상관없는 돌발 상황을 맞았다. 커리어 전환을 통해 미국에서 간신히 자리 잡아가던 생활을 돌연 포기해야 했다. 이런 국가와 업무의 널뛰기는 정말이지 나의 커리어 측면에서는 너무나 큰 시련이었다. 그러나 가정을 유지하려면 계속해서 장소의 변화가 생길 수 있다는 변수를 고려해야 했다. 내 배우자는, 내가 만든 인생 계획에 곱게 써 내려간 한두 챕터를 고쳐 쓰게 하는 것이 아닌 인생 노트를 몇 번이나 통째로 갈아치우게 만드는 사람이라는 걸 짜증 나지만 받아들일 수밖에 없었다.

그렇게 나는 홍콩으로 가게 되었다.

어디에서든
내 일을 찾을 수 있는 사람

공부하는 배우자를 둔 사람이라면 알겠지만 박사 학위 취득 후 첫 취업까지, 또 정년 보장을 받을 장기 직장을 구하기 전까지는 어디에 정착하고 살게 될지 알 수가 없다. 직장이 정해지기까지의 시간도 길고, 선택의 자유도 거의 없는 스트레스 상황을 함께 견뎌야 한다. 그러다 보니 이때 이혼하는 가정도 상당히 많다고 한다. 나도 남편과 살다 보니 그 이유를 자연스레 알 것 같았다.

종신 재직권을 확보하기까지의 연구직 교수의 삶은 '멍게유생'에 비유되곤 한다. 올챙이를 닮은 귀여운 멍게 유생은 바다를 헤엄치며 살 곳을 찾다가, 자리를 잡으면 더 이상 뇌를 쓸 필요가 없다고 판단해 자기 뇌를 먹어버린다고 한다. 테뉴어tenure(대학에서 교수의 평생 고용, 즉 종신 재직권을 보장해주는 제도) 받은 상태를 농담처럼 이렇게 표현했는데, 나는 얼른 배우자가 뇌를 먹는 성인 멍게가 되면 좋겠다는 바람이 간절하다. 하지만 아직은 멍게 유생인 남편과 두 아이 덕분에 나의 커리어 계획은 길고 정교하게 짤수록 더욱더 쓸모없는 것이 되기 십상이었다.

그러다 보니 커리어에 대한 접근도 바뀔 수밖에 없었다. 이제는 이동에 영향을 받지 않으면서 나에게 맞는 일, 그리고 가급적 원하는 시간과 장소에서 유연하게 할 수 있는 일이 필요했다. 이런 바람을 가진 나에게 홍콩 정착은 생각보다 힘들었다.

한국에서 처음 직장 생활을 하던 시절에 출장으로는 몇 번 와봤지만, 살기 위해 찾은 홍콩은 낯선 곳이었다. 살인적인 물가와 렌트비, 교육비를 알고 나니 적응 기간 없이 바로 일을 해야겠다는 판단이 섰다. 다행히 미국을 떠나기 전, 일하던 직장의 홍콩 오피스와 면접을 볼 수 있었고, 마침 둘째의 출산이 임박했던 터라 한국에서 아이를 낳고 복귀해 일을 시작하기로 했다. 둘째가 100일 무렵 출근을 시작한 홍콩 회계 사무소는 살인적인 업무량과 데드라인의 압박이 무척 심한, 나에게는 너무나 맞지 않는 곳이었다.

조금씩
좋아지는 홍콩

홍콩으로 이주하는 한인 가족을 보면 아이가 어느 정도 나이가 있고, 부모 중 한 명이 일을 하지 않는 상태라면 헬퍼를 고용하지 않기도 한다. 하지만 하루에 세 시간만 국제학교 유치부를 다니는 큰아이와 생후 75일 만에 홍콩으로 오게 된 둘째 아이를 둔 나는 선택의 여지가 없이 헬퍼가 필요했다. 갓난쟁이를 돌봐줄 헬퍼 외에 남편과 첫째 아이의 도움과 희생도 불가피했다. 처음에는 미국에서 그랬던 것처럼, 신규 국가 셋업 전문 인력이 되신 시어머니가 세 달 동안 도움을 주셨다. 모두가 우리 가족의 새 도시 적응을 위해 각자의 페달을 밟으며 또 한 번의 과도기를 보냈다.

그 무렵, 홍콩 민주화 시위의 여파로 가뜩이나 멀고 힘들었던 출퇴근길이 더욱 부담스러워졌다. 근무지가 입법부 옆 건물이다 보니 지금은 투옥 중인 민주화 투쟁의 상징 '조슈아 웡Joshua Wong'의 인터뷰 모습이나, 경찰에 쫓기는 모습을 보기도 했다. 말로만 듣던 최루탄과 신분증 검문을 여기서 겪을 줄이야! 우리 가족도, 홍콩도 불안하고 힘든 2019년이었다.

하지만 앞으로 적어도 몇 년은 홍콩에서 살아야 했으므로 생활을 차근차근 나에게 맞춰 나가기로 했다. 우선 직장을 몸을 갈아 넣어야 하는 야만적인 야근이 없는 한국계 컨설팅 회사로 옮겼다. 남편이 나를 위해 급하게 구해서 그런지 나와 마찰이 있던 헬퍼도 바꿨다. 청소 일을 좀 덜 신경 쓰더라도 푸근하고, 아이들을 노련하게 다룰 줄 아는 새 헬퍼를 만나 다행이었다. 홍콩살이를 좌우하는 3대 '복'이 있다. 학교 복, 집주인 복, 그리고 헬퍼 복이다. 기존 헬퍼와의 불편한 긴장이 사라지니 큰 숙제가 해결된 느낌이었다. 나는 서서히 홍콩 생활이 좋아지기 시작했다.

세 살 반이 된 큰아이는 고맙게도 급격한 환경 변화에 잘 적응했다. "홍콩에 살면 중국어도 하겠네" 하고 말하는 사람들의 기대는 무시하고, 가능하면 환경의 변화를 줄여주고 싶은 마음에 중국어 노출이 없는 미국계 학교를 선택했다. 한국어를 잊지 않게 해주려고 집에서는 꼭 한국말로만 이야기했다. 그렇게 아이가 네 살이 되자 학교에 아침부터 오후 3시까지는 있게 되었고 남편도 좀 더 시간을 쓸 수 있게 되었다.

미국에서 풀타임 데이케어에 보내며 부부싸움이 끊이지 않던 큰아이 때에 비하면, 필리핀 헬퍼가 전적으로 보살펴주는 둘째는 거저 키우는 느낌이었다. 들여다보면 콩나물이 크듯 어느새 기던 아이가 걷고, 말하고, 제 월령에 맞는 성장 과업을 해내며 큰 탈 없이 쑥쑥 자라고 있었다. 홍콩의 어지러운 정치나 사회적 불안과는 별개로 헬퍼의 도움을 받을 수 있는 환경에서 워킹맘으로 일할 수 있어 너무나 감사했다.

육아 시스템이 갖춰지고 홍콩의 삶이 점점 편안해질 만하니 COVID-19가 닥쳤다. 재택근무가 많지 않던 한국계 회사를 다니던 나는 그 시절 직장인이 모두 그랬던 것처럼 가혹한 시간을 보내야 했다. 이제 각각 두 살, 다섯 살이 된 아이들을 원격 수업에 맞춰 앉혀줘야 하는데 푸근한 우리 헬퍼는 컴퓨터를 잘 다루지 못했다. 15분이면 끝나는 비싼 국제학교 화상 수업을 접속 실패나 볼륨 조절 실패로 놓치는 일이 많았다. 신통하게도 큰아이는 출근하는 엄마 아빠와 자기 수업을 자꾸 놓치는 헬퍼를 대신해 다섯 살 무렵부터 자유자재로 줌 class를 설정하며 적응해갔다.

COVID-19가 조금 완화되던 무렵에는 학교에서 교육부 방침에 따라 일부 오프라인 수업을 허용했다. 덕분에 비정상적인 스케줄로 아이의 등교 일정이 잡히곤 했다. 주 3일, 11시부터 1시 반이었던 걸로 기억하는 이상한 수업 시간이었다. 홍콩의 한국계 회사들은 COVID-19가 극심한 때에도 거의 재택근무를 허용하지 않았다. 어쩔 수 없이 헬퍼가 둘째 아이를 업고 대중교통으로 큰아이를 등하교시켜야 했다. 날씨가 안 좋은 날이면 큰아이가 학교에 있는 세 시간 동안 근처 놀이터에서 대기해야 하는 둘째 생각에 일이 손에 잡히지 않았다. 나는 재택근무를 할 수 있는 직장을 찾거나 내 사업을 시작해야겠다는 생각을 점점 키워가고 있었다.

꿈의 시작,
스타트업으로

다음 스텝을 어떻게 할지 생각하다 보면 어려서부터 동경해오던 벤처, 스타트업, 창업, 사업, 국제 무역 같은 키워드가 머릿속을 맴돌았다. 남편은 오랜 기간 경제적으로 가장 역할을 해온 나에게 이제는 내가 진짜 하고 싶은 일을 하라며 응원해줬다. 아껴 쓰면 본인 벌이로 커버할 수 있으니 경제적 부담을 내려놓고 더 늦기 전에 나만의 일을 하라며 퇴사하는 날 꽃다발을 주기도 했다.

그때 커리어에 대해 상담을 했던 스타트업 헤드헌터가 말했다. "40대는 자기 일을 시작하기 좋은 나이고, 이직할 직장이 있든 없든 나는 나를 해고할 수 없고, 나의 커리어를 찾는 일은 소득도 지위도 상관없이 평생 해야 할 일입니다." 그 주옥같은 조언이 나를 움직였다. 그리고 나는 현재 몸담고 있는 '브링코'라는 작은 스타트업으로 자리를 옮겼다.

브링코는 'No.1 해외 생활자를 위한 필수 쇼핑앱'을 표방한다. 크로스보더 이커머스 스타트업으로 근 10년간을 해외에 살고 있는 나에게는 존재 자체가 관심이 가는 곳이었다. 내가 사업을 한다면 이런 플랫폼을 만들고 싶다는 감탄, 그런 서비스를 제공하는 회사의 내부자가 된다는 설렘을 안고 조인한 지 어느덧 2년이 넘었다. 시도하고 싶었던 일들을 벌여가며 크고 작은 실패와 성공을 경험했다. 해외 법인의 초기 멤버로, 한국에서 근무하는 여러 국적의 팀원들과 원격으로 소통하는 리더의 역할이 쉽지는 않다. 내 뜻대로 안 되고 기대에 부응하지 못한다는 생각에 좌절도 했지만, 그만큼 회사의 성장에 기여하고 싶은 마음도 크다.

해외 생활자로 살고 있는 나는 한국인의 정체성을 아이에게 물려주고 싶은 고객들의 니즈를 경험으로 알고 있다. 그리고 그 경험을 장점으로 살려 업무에 활용한다. 아울러 그 경험을 홍콩, 중국, 동남아시아의 고객들에게까지 전하고 싶다. 브링코를 통한 경험을 최대한 활용해 내가 갈 수 있는 곳까지 가능한 멀리 나아가고 싶다. 그러기 위해 오늘도 서울 홍대 사무실의 팀원들과 머리를 맞대고 회의를 한다.

이렇게 보낸 시간들이 쌓인 뒤, 다음의 나는 또 어디에서 무슨 일을 하고 있을지, 나의 정체성은 어떻게 변화하고 성장할지 스스로도 기대되고 궁금하다. 그리고 그렇게 앞으로 나아가는 엄마를 보며, 아내를 보며, 나의 아이들과 남편도 좋은 에너지를 받기를 바란다. 그들 또한 생각하는 본인들의 소명을 즐거운 마음으로 해나간다면 나에게 커다란 힘이 될 것이다.

"삶은 어느 걸 집을지 알 수 없는 초콜릿 상자와 같다"는 영화 속 대사가 기억난다. 나 역시 삶의 다음 단계에서 어떤 초콜릿을 집어 들게 될지 알 수 없다. 하지만 나는 나를 해고할 수 없고, 내 일을 찾는 과정이 계속되어야 한다면 그 임무를 게을리하지 않으려고 한다. 지금까지처럼 사랑하는 가족, 좋은 동료와 함께 서로 의지하고 응원하며 계속 나아가고 싶다.

■ 최지영

재미있게 사는 게 삶의 모토인 단순한 사람이다. 한국에서 태어나고 자라 직장 생활을 하다 홍콩으로 이주했다. 홍콩에서 남편을 만나 12년간 두 아이의 엄마로, 외국인 근로자로 살아가는 중이다. 글로벌 스포츠 브랜드의 APAC 지역 제품 기획 헤드이자 랩 다이아몬드 회사의 코파운더다. 메시지를 반만 읽거나 잊어버리는 것이 많아 '반읽 엄마'로 불리지만, 언제나 긍정 에너지를 발산하며 사는 허당 긍정맘이다.

허당 엄마의
해외 N잡 적응기

❦

"무조건적인 사랑을 주는 건
내가 아니라 오히려 아이들인 듯하다.
오직 엄마가 된 사람만이 느낄 수 있는 특권이랄까.
결국 이런 기쁨과 사랑을 알게 된 엄마들이
아이들이 살게 될 세상을 더 좋게
만드는 데 일조하는 것이 아닌가 싶다."

해외에서
일하기

일요일 아침, 아이패드에서 벗어나기 싫다는 아이들을 부추겨 대충 아침을 먹인 뒤 집을 나섰다. 어젯밤부터 내일은 뒷산(말이 뒷산이지 어른의 걸음으로도 왕복 2시간이 넘게 걸리는 제법 높은 산이다)에 갈 거라고 아이들에게 몇 번씩 말하며 마음의 준비를 시켰다.

평소에는 아이들과 많은 시간을 함께하지 못하는 바쁜 엄마이기에, 찜통 같은 여름이 오기 전 함께 등산을 하며 체력을 키워야겠다 결심했기 때문이다. 드디어 오늘이 처음 산에 가는 날이었다.

아들과 이제 대화가 된다

첫째 아이는 요즘 축구에 관심이 많다. 축구공에서 시작된 이야기는 축구용품을 만드는 나의 현재 업무 이야기로 이어졌고, 어쩌다 보니 나의 이력을 삼십 분이나 떠들었다. 아이는 이런 내가 신기했는지 이런저런 질문을 해가며 잘 들어줬다. "엄마는 엄마가 하는 일이 좋아?" 이제 아이와 이런 대화가 된다는 것이 신기했다. 그리고 다행히 나는 내가 좋아하는 일을 하고 있다고 말할 수 있었다.

나는 두 가지 일을 하고 있다. 본캐는 글로벌 스포츠 회사의 APAC 지역 본사 머천다이징 헤드로 홍콩, 타이완, 한국, 싱가포르, 호주, 중동, 아프리카 지역의 제품 기획과 론칭을 담당한다. 부캐는 워킹맘 친구 두 명과 스타트업한 랩 다이아몬드 브랜드의 대표로 주로 주말과 주중의 밤 시간을 이용하여 일하고 있다.

홍콩뷰를 내려다보며 새로운 인생을 꿈꾸다

한국에서 학교를 다니고 유학 경험도 전혀 없는 외국인 근로자의 신분으로 홍콩에 도착했다. 30대 초반 혼기 꽉 찬 딸이 갑자기 홍콩으로 일하러 간다니, 부모님은 "시집은 어떻게 가려고 하니" 하고 걱정과 응원을 동시에 하셨다.

부모님을 뒤로하고 도착한 홍콩. 공항에서 나오자마자 한국과는 차원이 다른 더위와 습기가 나를 맞이했다. 출장으로는 몇 번 와본 홍콩이었지만 이제 이곳에서 살게 되었다는 생각 때문인지 그날은 유독 더위가 온몸으로 느껴졌다. 회사에서 보내준 차에 올라 집에 도착하기까지 한 시간 남짓, 그때의 복잡한 감정은 10년이 훌쩍 지난 지금도 생생하게 기억난다. 인생에 새로운 변화를 맞이하며 생긴 부담감, 불편함, 그리고 기대감이 공존하는 묘한 기분이었다.

회사가 준비해준 내 인생의 첫 독립 공간은 기대 이상으로 좋은 곳이었다. 새로 지어진 고층 빌딩의 45층에서 내려다보는 홍콩섬, 무더웠던 한여름 토요일 밤, 나는 설렘과 두려움이 섞인 복잡미묘한 기분으로 늦게까지 잠을 이루지 못했다.

첫 직장 생활은 한국에서 다국적 IT 기업의 세일즈 부서 마케팅팀의 막내 역할이었다. 회사에는 똑똑한 선배도, 배우고 싶은 선배도 많았지만 부서의 특성상 회식 자리가 많다 보니 대학을 갓 졸업한 새내기가 받아들이기엔 벅찬 일들도 많았다. 그러다 우연히 나이키 입사 공고를 보게 되었다. 디맨드 플래닝demand planning(수요 예측) 업무를 위해 단 한 명을 채용한다는 공고였다. 막연히 제품 기획에 환상을 가지고 있던 나는 이 자리가 시작점이 될 수도 있겠다는 기대감으로 지원했고 몇 번의 면접을 거쳐 합격했다. 좋아하는 회사에서 하고 싶은 일을 하게 되다니! 내 커리어에서 손꼽을 정도로 기뻤던 일 중 하나였다.

나이키에서의 경험은 이후의 커리어를 쌓아 가는 초석이 되었다. 늘 엑셀을 다루는 일은 내 성격이나 지금의 업무와는 맞지 않아 힘들었지만, 그래서 배운 것도 많았다. 그리고 스포츠 회사가 주는 자유롭고 캐주얼한 분위기가 좋았다. 전에 다니던 다국적 IT 회사는 칼같이 각이 잡힌 셔츠를 입고 노트 정리도 잘하고 공부도 잘하는 범생이 이미지였다면, 나이키는 후드티에 반바지를 입고 노트 정리는 대충하지만 공부는 잘하는 자유로운 천재 이미지였다. 후자의 이미지가 내 이상형이었고, 그래서 그런지 이후로 계속해서 스포츠 회사로 지원을 했다. 그 이후, 국내 패션 회사를 잠깐 거친 후 홍콩으로 와 지금까지 홍콩에서만 12년 동안 커리어를 이어가고 있다.

IT 회사에서 나이키로 이직할 때 가장 존경하던 상사분이 축하해주며 떠나는 날 손 편지를 주셨는데, 아직도 필체와 편지의 내용을 생생하게 기억한다. (그분은 너무나 슬프게도 내가 이직을 하고 몇 년 후 암으로 돌아가셨다.)

'어느 자리에 있건 열정을 다해 일하십시오. 열정만큼 중요한 건 없습니다.'

성장과 편안함은 공존하지 않는다

지금은 알지만, 그때는 몰랐던 게 있다. 회사를 옮기면서, 혹은 직종을 바꾸면서 변화를 맞이하는 때의 두려움이 내가 즐겨야 할 감정이라는 것을. 하지만 당시에는 기대감보다 두려움과 부담감이 훨씬 더 컸다. 만약 그때로 다시 돌아간다면 변화를 즐기며 좀 더 용감해질 수 있을 것 같다. 나의 일에 조언해줄 사람이 없다는 것은 내가 그 분야에서 누구보다 앞서가고 있다는 뜻임을 알기에, 다시 돌아간다면 좀 더 자신 있게 부딪혀 볼 수 있을 것 같다.

청담동 사무실에서 엑셀을 마구 돌리고 있던 어느 날, 이메일에 낯익은 이름이 보였다. 전에 다니던 스포츠 회사의 아시아 지사장이었다. 무슨 일일까 열어보니, 누구를 통해 내가 외국에서 일하고 싶어 한다는 말을 들었다고, 마침 홍콩에 자리가 났다며 올 생각 없냐는 내용이었다. 평소 외국에서 일하고 싶다는 생각은 막연하게 하고 있었지만, 이렇게 갑자기 기회가 올 줄이야. 떨리는 마음으로 하루를 고민하고 'okay'라는 답변을 보냈더니, 곧바로 인사팀으로부터 메일이 왔다. 내가 원하는 패키지를 제시하라는 내용이었다.

몇 날을 고민하다 마침 홍콩의 같은 회사에 일하는 친구가 있어 연락을 했다. 친구로부터 회사와 멀지 않은 지역에 살기 괜찮은 곳의 정보 몇 개와 렌트비 같은 조언을 얻었다. 집을 볼 수 있는 홍콩 부동산 사이트도 이곳저곳 뒤져봤다. 그런 다음 나의 현재 월급에 인상률을 더하고, "넌 집 떠나서 외국으로 일하러 오는 거니 집에 일 년에 두 번은 가야지. 비행기 왕복 티켓도 두 번은 달라고 해"라는 친구의 말에 따라 이 조건도 내걸었다. 다 합쳐 보니 내가 월급을 너무 달라는 거 아닌가 걱정이 되기 시작했다. '내가 뭐라고 이만큼이나 줄까?' 그때까지 내가 알던 한국의 정서상, 원하는 것을 적극적으로 어필하는 게 매우 어색하고 조심스러웠다. 하지만 떨리는 내 마음과 무관하게 인사팀은 한 시간 만에 긍정적인 답을 보냈다. 그러고 나서 10분 만에 홍콩 이주 제안을 한 APAC 디렉터에게 전화가 왔다. "네가 원하는 패키지대로 다 된 거지? 인사팀에서 워킹 비자랑 다 준비해줄 거야." 내 인생의 2막이 열리는, 좁은 회의실에서 오간 벅찬 10분간의 통화였다.

홍콩에 이주하고 몇 달은 매일 이불 킥의 연속이었다. 입사하고 보니, 모두 영어를 모국어로 자유롭게 사용했다. 유일한 한국인에 영어가 모국어가 아닌 나는 글로벌 미팅을 할 때마다 위축되기 십상이었다. 특히 나의 주요 업무 중 하나는, 사람들 앞에서 새로운 시즌의 제품을 발표하는 프레젠테이션이었다. 생각만으로도 굉장한 부담이 밀려왔다.

그리고 또 하나의 부담스러운 순간은 모든 글로벌 미팅의 꽃이라고 하는 소셜social, 바로 큰 미팅이 끝나면 항상 기다리는 친목의 자리였다. 미팅 후 멤버들과 함께하는 식사와 술자리는 매우 중요한 이벤트인데, 이 문화에 익숙하지 않은 처음 몇 년간은 이 자리가 매우 부담스러웠다.

처음 홍콩에 왔을 때는 서서 대화를 나누는 스탠딩 파티에 익숙하지 않아서 주변의 의자를 다 끌어다가 사람들을 죄다 앉혔던 민망한 기억도 있다. 몇 번의 실망스러웠던 프레젠테이션, 심기일전한 프레젠테이션, 어색한 식사와 술자리를 견디면서 몇 년이 지나갔다. 서서히 프레젠테이션이 편해지고 스탠딩 파티에서 유쾌하게 대화를 이어갈 수 있게 되었다.

외국인 근로자로서 폭풍과도 같은 2년 정도를 보내고, 지금의 남편을 만나 결혼을 했다. 남편은 미국에서 자라고 일하다 홍콩 지사로 옮겨왔는데, 시부모님은 미국에 계셔서 한국에 계시는 우리 부모님과 서로 만나볼 기회가 없었다. 시댁 식구들이 결혼식을 위해 결혼식 일주일 전에 한국에 오셔서 상견례를 했다. 그리고 결혼 후 남편이 직장을 싱가포르로 옮기면서 나도 일을 그만두고 싱가포르로 이주했다. 싱가포르에서 직장을 구하려고 몇 번 인터뷰를 했지만 당시만 해도 싱가포르에는 APAC 지역 담당 회사가 많지 않았고, 모두 중국어를 기본으로 요구해서 잘 성사되지 않았다. 그렇게 지내던 중 임신을 했다. 직장을 구하고 임신을 하려던 계획이 틀어지자, 이대로 내 직업은 엄마가 되는 건가 하는 불안감으로 하루하루를 보냈던 것 같다.

미치도록 내리쬐는 햇빛 아래, 싱가포르를 구경한다고 땀을 뻘뻘 흘리며 한참을 걸은 어느 날이었다. 집에 돌아와 쉬려는데, 살짝 피가 비치더니 갑자기 하혈을 하기 시작했다. 그리고 곧 뭔가 밑으로 쑥 빠져나오는 것 같았다. 직감적으로 더 이상 내 몸 안에 아기가 없다는 것이 느껴졌다. 병원에 가서 의사 말을 들었는데, "미안하지만…"이라는 말 다음은 아무것도 기억나지 않는다. 쨍쨍한 햇빛은 비현실적으로 느껴졌고, 모든 게 슬로모션으로 천천히 움직였다.

다시 홍콩

회복하는 동안 어두운 시간이 무겁게 흘러갔다. 얼마나 그렇게 지냈을까. 어느 날 남편을 기다리며 세탁기를 멍하니 바라보다가 정신이 번쩍 들었다. "이건 아니야!" 갑자기 각성한 나는 그날 밤 곧장 남편과 취업의 기회가 많은 홍콩으로 이주하는 것을 상의했다. 다행히 남편도 다니던 회사의 홍콩 지사로 옮길 수 있는 기회가 있었다. 우리는 급하게 홍콩으로 돌아왔다.

홍콩으로 돌아와서 전에 다니던 회사에 연락해봤지만 원하는 자리는 없었다. 그동안 남편이 번 돈을 쓰고 살려니 괜히 주눅이 들고, 마음대로 쓰기도 미안해서 여간 답답한 것이 아니었다. 그리고 일을 안 하고 있으니 정체된다는 느낌에 괜히 위축되기도 했다. 열정을 가지고 일할 수 있는 곳을 찾고 싶은 마음에 더 절실하게 구직 활동을 했다. 그러다 헤드헌터로부터 전에 다니던 회사와 비슷한, 미국에 본사를 둔 스포츠 회사의 머천다이징 자리에 사람을 뽑는다는 연락이 왔다. 마침 좋아하는 브랜드였고, 이 기회를 꼭 잡아야겠다고 생각했다. 그리고 그 회사에서 나는 12년째 일하고 있다.

그동안 세 번의 승진을 했고, 두 아이를 낳았다. 전에 다니던 홍콩 회사의 상사가 얼마 전 미국 본사의 상사로 오게 되면서 13년 만에 다시 만나는 재미있는 일도 있었다. 불변의 법칙을 다시 되새겨본다.

'세상은 좁다. 그러니 평소에 잘하자.'

홍콩의 직장 생활은 대체로 워크&라이프 밸런스를 중요시하고 유연한 편이다. 한국에서 다녔던 회사들 역시 글로벌 기업이었지만, 그때만 해도 수직적인 문화가 많이 남아 있었다. 지금 나와 일하는 한국팀만 봐도 아직 9시 정각 출근에, 칼퇴

근은 눈치를 봐야 하는 분위기가 느껴진다. COVID-19 이후 조금 달라지긴 했지만, 아직 한국 회사는 재택근무가 거의 없는 것 같다. 이에 비해 홍콩의 다국적 회사들은 좀 더 자유롭다. 나만 해도 일주일에 이삼일은 재택근무를 한다. 미국 본사나 내가 맡고 있는 다른 나라와의 회의는 보통 아침이나 밤에 많다. 그래서 아이들이 하교하는 오후에 퇴근해서 함께 시간을 보내다 밤에 회의와 남은 일을 하곤 한다.

일의 강도나 업무량이 적은 것은 아니지만 이렇게 유연한 스케줄로 일하면 아이들이 나를 필요로 할 때 옆에 있어 줄 수 있어 일과 육아 양립에 도움이 된다. 나 역시 할 일만 제대로 잘한다면 일하는 장소는 상관없다고 생각하기에 팀 분위기도 그렇게 만들고 있다. 이곳에서 일하는 다른 워킹맘들 역시 자신의 스케줄을 조절해 가며 한국에 비해 유연하게 일하는 편이다. 당연히 훨씬 더 일과 육아에 잘 대응할 수 있다.

어제보다 1프로 나은 오늘

나의 별명은 '반읽'이다. 왓츠앱 메시지를 반만 읽고, 무언가를 잘 빠뜨리고 다녀서 친하게 지내는 워킹맘들이 붙여준 별명이다. 이런 허당끼 많은 내가 해외에서 회사 생활을 나름대로 잘 유지하는 팁을 조금 나누고 싶다.

하나, 겸손은 미덕이 아니다

원하는 게 있으면 어필하자(회사 내 이동, 승진 등). '회사가 내 능력을 최대치로 이용해 이득을 보려면 나에게 무슨 서포트를 해줄 수 있는가'라는 관점으로 바라보자. 원하는 것을 어필하면 당장은 아니더라도 언젠가는 기회가 꼭 생긴다. 내가 홍콩에 가고 싶어 할 때 보스가 나를 기억해준 것도 내가 언젠가 그에게 이야기한 적이 있었기 때문이었다. 마찬가지로 부하 직원이 있다면 그 사람들이 능력을 잘 발휘할 수 있도록 같은 관점으로 바라보고 서포트해주자.

둘, 나만의 셀링 포인트를 찾자

회사에서는 일을 잘해야 한다는 당연한 말을 하고 싶다. 내가 일을 잘해야 회사에 무엇을 요구하는 데 당당해진다. 재택 제도가 없었을 때 출산 전 두 달간 재택을 하게 된 것도, 월급 인상 기간이 아닐 때 월급 인상을 요청해 받을 수 있었던 것도 일에 대한 자신감에서 비롯된 것이었다. 일을 잘하는 것에 대한 나만의 작은 팁이라면, 일을 할 때 회사가 이루고자 하는 목표를 생각하는 것이다. 또 그 목표를 지금까지 하던 것과 다르게 좀 더 효율적인 방법으로 할 수 있도록 고민을 많이 한다. '내가 사장이라면 직원에게 무엇을 원할까'를 부캐를 시작한 이후로 더 생각하게 되었는데, 그런 관점을 가진 이후로 회사 일에 더 자신감이 생긴 것 같다. 그리고 매우 중요한 것이 있다. 내가 첫 직장을 떠날 때 상사분이 주신 손 편지에 있던 내용, '열정'이라는 단어를 항상 기억하려 노력한다는 것이다.

셋, 자기 관리

내 모습에 내가 만족스러우면 자신감이 더 생긴다. 스포츠 회사에서 일하는 터라 제품 테스트를 위해서도 그렇고 평소에도 고강도의 운동을 한다. 운동을 하고 몸이 건강해지면서 자신감이 더 생겼다. 그리고 직업적으로도 트렌드를 알아야 하고 쇼핑도 좋아해, 평소 옷차림에 신경 쓴다. 옷차림도 전략이다.

넷, 소셜 스킬

역시 회사 일도 사람이 하는 일이라 친분이 있으면 일이 쉽게 진행된다. 요즘 나이가 들면서 더 느끼는 건, 결국 나다움이 가장 중요하다는 것이다. 이것저것 재기보다는 오픈 마인드로 대하니 사람들도 나를 그렇게 대하는 게 느껴졌고, 다른 팀에서 서포트를 받기도 쉬워서 일이 잘 풀린다. 정치가 아닌, 나의 편을 만들자. 단, 공과 사의 밸런스를 잘 맞춰야 한다.

다섯, 영어에 주눅 들지 말기

외국에서 일하며 여러 나라 사람들과 일해보니 한국에서 평타만 해도 외국에선 빠릿빠릿한 편이라고 생각한다. 지금 외국에서 일하는 입장에서 한국 사람들을 보면 영어 때문에 괜히 주눅 들거나, 너무 심각하거나, 완벽하게 말하려고 말할 기회를 많이 놓친다. 순수 국내파인 내가 그랬고, 이걸 극복하는 데 시간이 걸렸다. 모국어가 아닌 외국어로 일을 하는 것이 얼마나 대단한가. 중요한 건 말이 아니라 그 속에 담긴 메시지다. "지금 못 알아들었는데 천천히 다시 말해줘"라고 말하기까지 몇 년이 걸린 나였다. 영어로 말하는 데 자신감을 가지라고 이야기해주고 싶다.

위기에서 찾아낸 긍정의 힘

COVID-19가 시작되고 거의 2년 이상을 아이들과 홍콩의 좁은 집에서 재택근무와 온라인 수업을 병행하게 되자, 하루에도 몇 번씩 멘탈이 무너졌다. 낮에는 아이들과 씨름하느라 일을 하는 둥 마는 둥 하고, 아이들이 잠들고 난 후에야 일을 시작하는 정신없는 날들이 지속되었다. 이건 정말이지 사람이 할 짓이 아니다 싶었다.

그렇게 지내던 어느 날, 나는 갑자기 마음을 고쳐먹었다. '이렇게 시간에 치이지 말자. 오히려 혼란스러울수록 루틴을 만들어서 새로운 일에 도전해보자!' 그동안 잦은 출장 때문에 하고 싶어도 도전하지 못했던 일, 커리어와 미래에 보탬이 되는 일, 그리고 내가 좋아하는 일을 찾아서 해보자고 생각했다.

그렇게 도전한 것은 요가 강사 자격증! 누가 알까, 내가 늙어서 노인정에서 친구들에게 요가를 가르칠 날이 올지. 남편은 젊고 예쁜 요가 강사에게 배우고 싶어 하지, 누가 아줌마 강사에게 요가를 배우고 싶겠냐고 놀려댔고, 당시 여덟 살이던 첫째는 "엄마, 그럼 회사는 그만두는 거야? 요가 강사는 월급이 많지 않을 것 같은데"라고 해서 웃었던 기억이 난다.

자격증에 도전한 이유는 또 있었다. 오랫동안 스포츠와 관련된 일을 하다 보니, 자격증을 가지면 업무에 있어서도 설득력이 있을 것 같았다. 시즌마다 스포츠 의류 론칭 프레젠테이션을 해야 하는데, 요가 강사 자격증을 가진 사람이 스포츠 의류 론칭 프레젠테이션을 한다면 구매자 입장에서 더 솔깃하게 들리지 않을까 하는 생각도 있었다.

3개월 동안 300시간의 이론 수업과 수련을 한 후 테스트 레슨을 거쳐 자격증을 따는 과정이었는데, 그 기간 동안 정말 열심히 요가를 했다. 어떤 날은 하루에 네 시간 이상 요가를 한 적도 있었다. COVID-19로 요가원이 문을 닫으면 온라인으로 수업을 받으면서 마침내 자격증을 땄다. 자격증을 손에 쥐었을 때의 그 뿌듯함은 말로 다 표현할 수 없을 정도였다.

COVID-19 기간 동안의 도전 그 두 번째는 사업의 시작이었다. 식당도 6시면 모두 문을 닫고, 아이들도 항상 집에 있으니 답답함이 이루 말할 수가 없었다. 그 우울감을 떨쳐버리고자 하루가 멀다 하고 같은 동네에 사는 워킹맘들이 모였다. 각자의 집에서 돌아가며 모여 음식도 해먹고 술자리도 하곤 했는데, 힘든 시간을 함께 보내면서 사이가 매우 돈독해졌다.

그날도 역시 온라인 수업과 재택근무로 마음이 지친 날이었다. 정부로부터 며칠 후 저녁 6시 이후에 모든 식당의 영업을 멈춘다는 지침이 떨어졌다. 우리는 그 전에 외식을 하자며 음식점으로 달려갔다. 모임에 참석한 세 명은 모두 워킹맘이고 아이들의 나이도 비슷해서 친해진 사이였다. 저녁을 먹기 직전, 갑자기 잡힌 온라인 회의 때문에 이어폰을 꽂은 한쪽 귀로는 회의를 하고, 한쪽 귀로는 다른 워킹맘의 온라인 수업과 재택근무의 고충을 듣고 있었다. 그러고 보면 쉬는 시간조차 바쁜 워킹맘의 삶이었다. 온라인 회의를 마치고 우리끼리 대화를 하는 도중 누가 먼저랄 것도 없이 우리는 갑자기 사업을 해야 한다는 주제에 꽂혀 한참을 상의하다 모임을 마쳤다. 그리고 몇 달이 지난 어느 날, 그날도 함께 와인을 마시고 있던 우리는 지인이 영국에서 랩 다이아몬드 사업을 하는데 그 공급 회사가 홍콩이라는 이야기를 들었다. 그 소식에 두근거리는 가슴을 진정하려고 애쓰며 우리는 마음 깊은 곳에서 우러 나오는 건배를 했다. 또 다른 도전의 시작이었다.

나도 사업도 조금씩 커 나간다

랩 다이아몬드는 다이아몬드 씨드를 연구실에서 천연 다이아몬드가 생성된 것과 동일한 열과 압력으로 키워낸 것을 말한다. 그래서 채굴을 해야 하는 천연 다이아몬드보다 환경 훼손이 적고 노동 착취가 없다. 그리고 랩 다이아몬드는 가격이 합리적이면서 천연 다이아몬드와 100% 동일한 성분이다. 이런 사업이라면 시작하지 않을 이유가 없었다. 무엇보다도 이 아이템을 널리 알리고 싶다는 마음이 컸다. 가치 소비를 원하는 사람이라면 반드시 관심이 있을 거라는 자신감으로 우리는 똘똘 뭉쳤다. 어느새 브랜딩을 시작하고, 퀄리티와 가격을 만족시킬 공급자를 찾아 헤맸다. 그리고 빠르게 패키지를 만들고 몇 달이 지났을 때 첫 매출이 일어났다. 첫 주문이 들어온 그 순간, 눈물이 날 정도로 기뻤다.

물론 회사 일과 사업을 병행하는 것은 쉽지 않다. 이제 시작한 지 1년 반이 된 사업은 아직 챙길 것도 많고, 헤쳐 나가야 할 일도 많고, 미흡한 점도 많다. 제품 디자인, 셀렉트, 검수, 배송, 수선에 이르는 제품과 관련된 모든 과정에서부터 세무 처리 같은 관리까지 모두 우리 스스로 해내고 있다. 아웃소싱에 나가는 돈도 아껴가며 한 땀 한 땀 일궈 나가는 중이다.

사업을 하다 보니 아이러니하게도 꼬박꼬박 들어오는 월급이 얼마나 소중한지도 알게 되고, 상대적으로 내 분야에만 집중하는 회사 일이 쉽게 느껴졌다. 이런 관점으로 일하다 보니 회사 일을 좀 더 거시적으로 바라보는 장점도 있었다.

신경 써야 할 일도 많고 골치 아픈 일도 많은 사업이지만, 프로페셔널한 동료와 서로를 격려하며 해나가고 있다. 마케팅 전문가이지만 프로세스가 많은 서류 작업도 마다하지 않고 꼼꼼하게 해내는 팀의 막내 세영, 그리고 이 책에 같이 참여하고 있는 소셜 버터플라이이자 비즈니스 개발을 담당하고 있는 희정이 나의 코파운더다. 크리에이티브 파트와 제품 기획, 소셜 미디어는 내가 담당하고 있다. 각자 맡은 업무가 있긴 하지만, 구분이 무색할 정도로 우리는 서로의 일을 돕는다. 본인의 화려한 퇴직을 상상하는 게 큰 이유 같긴 하지만, 잘될 거라고 격려해주고 공사다망한 나를 대신해 아이들과 함께 시간을 보내는 남편도 정신적으로는 같은 팀이라고 볼 수 있겠다.

이제 우리 셋 다 다시 출장이 많아진 탓에 사업에 매진할 시간도 많이 줄어들어 다시 새로운 업무 모델을 고민해봐야 하는 시기다. 나는 아이를 처음 키울 때의 마음가짐으로 사업을 바라본다. 조바심 내지 말고 차근차근 해보자는 마음이다.

일하면서
육아하기

첫째 아이를 낳기 전까지 두 번의 유산을 겪었다. 두 번 모두 3개월이 막 지나던 즈음, 아이의 심장이 멈춰버렸다. 두 번째 유산 후 검사 결과 '항인지질 항체 증후군'이라는 진단을 받았다. 평소에는 이상이 없지만 임신을 하면 태아로 혈액 공급이 잘 되지 않으니, 임신이 되면 곧바로 병원으로 오라고 했다.

덕분에 두 아이의 임신 기간 내내 혈액을 묽게 하는 주사를 내 배에 스스로 놓아야 했고, 배에는 항상 피멍 자국이 있었다. 홍콩에서는 담당 의사를 찾기가 힘들어 몇 달에 한 번씩 한국을 오가며 진료를 받고, 주사약을 홍콩으로 가져와 매일 밤 배에 주사를 놓으며 임신을 유지했다. 한국에 갈 때마다 다 쓴 주사기를 쇼핑백 하나 가득 들고 갔다.

엄마라는 이름 하나 더했을 뿐인데
첫째 아이의 임신을 확인한 건, 미국 출장 전날이었다. 몸이 너무 피곤하고, 소화가 잘 안 되어서 혹시나 하고 해본 테스트기의 두 줄을 본 순간 반가운 마음보다는 두려움이 앞섰다. 중요한 출장이었던 탓에 취소도 할 수 없었다. 스트레스와 임신

유지에 대한 걱정으로 병이 날 정도였다. 약도 못 먹고 공항에 앉아 혼자 눈물을 훔치던 기억이 난다. 역시 남의 돈 벌기는 힘들다.

커리어상으로도 중요한 시기였다. 조직이 바뀌었고, 아시아 지역의 책임자가 필요했다. 그때야말로 내가 어필할 때였다. 회사는 나에게 지역 디렉터 자리를 제안했다. 하지만 그때의 나는 임신을 어떻게 유지할 것인지, 홍콩에서 아이를 낳을 수나 있을지 불안했다. 또 유산이 될까 봐 빨리 의사를 만나러 한국에 가고 싶은 생각뿐이었다. 나는 회사에 고위험 임신이라는 사실을 알리고, 출장이 많은 그 자리를 고사했다. 디렉터로는 다른 사람이 왔다. 나는 싱가포르나 중국, 타이완같이 가까운 출장만 소화하고, 장거리 출장은 가지 않는 것으로 회사와 조율했다.

과다 출혈의 위험으로 출산은 반드시 한국에서 해야만 했다. 출산일이 가까워지면 비행기를 탈 수 없으니 적어도 60일 전에는 한국으로 가야 했는데 내 휴가는 그렇게 길지가 않았다. 인사팀에 재택 여부를 물었더니 매우 보수적인 홍콩 사람이었던 인사팀 부서장의 대답은 NO였다. 그녀는 회사에 이런 재택 사례가 없으니, 한국에 가려면 무급휴가를 내라고 했다. 그렇게 하면 내가 없는 동안 내가 하던 일은 누구에게 맡길 건지 대안도 없었다. 큰 그림을 보지 못하고 원칙만 고집하는 결정에 부당함을 따져 봤지만 인사팀과 사이만 나빠질 뿐이었다. 이런 경직된 사고방식을 너무 싫어하는 나였기에 이 기회에 이걸 깨뜨리고 싶어서라도 더 오버해서 인사팀과 부딪혔던 것 같다. 결국 사장에게 SOS를 보냈고, 인사팀과 조율해 출산 전 60일 동안 재택을 하는 것으로 결론이 났다.

우선순위를 정하면, 방법이 보인다

출산 후 몇 년간은 인생의 하강기였던 것 같다. 체력도 외모도 머리숱도, 말 그대로 엉망이었다. 머리는 왜 이렇게 많이 빠지고 몸은 항상 부어 있는지. 회사로 복귀하고 첫째가 4개월이 될 무렵부터 시작된 출장으로 모유 수유도 끝이 났다. 두 아이 모두 3개월 정도 분유와 혼합으로 근근이 버텨 냈다. 모유 수유를 하면서 오는 어깨 통증과 정신적 피폐함이 너무 커서 잘한 결정이었다고 생각한다.

세상의 모든 엄마들이 다 나 같은 일을 겪는다고 생각하니, 그때서야 세상의 모든 엄마가 진심으로 위대해 보였다. 아기를 키우면서 저렇게 일상을 유지할 수 있다니, 모두가 슈퍼우먼으로 보였다. 길을 지나다 아기를 데리고 다니는 엄마를 보면 '저 사람도 나같이 이렇게 힘들었을까?' 생각하며 흘끔흘끔 처다보곤 했다. 사실은 모든 엄마들이 치열하게 하루를 살고 있는데 말이다. 그래도 하루가 저물고 피로 속에서도 밤에 잠든 아기의 얼굴을 보면 세상의 모든 행복이 나를 감싸는 것처럼 느껴졌다.

지금 생각하면 출산 전, 디렉터 자리를 고사한 것은 잘한 결정이었다. 덕분에 커리어와는 비교도 안 되는 소중한 것을 지킬 수 있었기 때문이다. 출산 이후 몇 년은 잦은 출장으로 고민이 많았다. 첫째 아이가 말을 배우기 시작하고 처음으로 했던 말이 "마미, 에어플레인"이었다. 나는 정말 비행기를 많이 탔다. 미국, 남아프리카, 중국, 동남아시아, 호주, 중동 등 정말 여러 나라로 출장을 다니느라 한 달에 한 번은 꼭 홍콩을 떠나 있었다. 어떤 달은 한 달 동안 세 번의 출장, 세 개의 나라를 간 적도 있었다. 아이들이 많이 큰 지금은 출장 가는 비행기 안에서 드디어 갖게 된 나만의 시간에 마음의 여유를 갖고 술 한잔을 할 수 있지만, 그때는 출장 갈 때마다 마음이 참 무거웠다.

첫째는 겁이 많고, 부끄러움을 많이 타는 편이었다. 어느 날 유치원 참여 수업에 갔더니 아이가 나를 보고 인사도 제대로 못 하고 부끄러워하기만 했다. 그 순간 가슴이 쿵 하고 무너져 내리는 것 같았다. '아이와 보낸 시간이 너무 부족했나. 잘못 키운 건가?' 엄청난 죄책감이 몰려와 회사를 그만둘까 하는 고민에까지 이르렀다. 하지만 여러 현실적인 이유와 주위 워킹맘들의 조언, 그리고 그 당시 절박한 마음으로 읽은 법륜 스님의 《엄마 수업》이라는 책이 나의 고민을 해결해줬다. 처음 3년은 아이와 많은 시간을 보내야 하지만 그 이후에는 아이를 지켜보고 자립할 수 있게 하는, 겉으로만 냉정한 엄마가 되라는 가르침이었다. 불교 신자는 아니었지만 법륜 스님의 말씀이 마음에 와닿았다. 덕분에 마음의 중심을 잡고, 3년은 회사 일에 몰두하기보다 커리어를 지속할 수 있는 정도로 유지하며 아이 중심으로 지내자고 결심했다.

만약 다시 그때로 돌아간다 해도 아마 나는 같은 결정을 할 것 같다. 하지만 그때보다 마음을 편하게 가지고 싶다. 내가 목표했던 커리어 패스를 이삼 년 늦게 가면 된다고 느긋하게 생각하며 아이와 함께하는 시간을 온전하게 즐기고 싶다. 인생에 가장 소중한 것은 결국 가족과 나 자신이니까. 당시에는 일과 육아 사이에서 허우적대느라 아이와의 시간이 즐겁기보다는 부담으로 다가왔다. 어찌 되었든 결국 3년 후 나는 디렉터의 자리로 승진할 수 있었고, 아이도 그때의 고민이 무색하게 씩씩하게 잘 자라고 있다.

홍콩의 학교는 무엇을 가르치나

다문화 교육 환경을 제공한다는 점이 홍콩 국제학교의 장점이 아닐까 싶다. 다양한 국적과 문화를 가진 학생과 선생님이 함께 수업하는 시스템이다 보니 자연스럽게 이런 환경이 조성된다. 한국적 사고방식과 매너에 익숙해진 내가 외국에서 일하면서 가장 힘들었던 것이 국제 감각이었는데, 어릴 때부터 해외에서 자란 아이들은 다국적 친구, 선생님과 커뮤니케이션하며 자연스럽게 국제 감각을 익힌다. 이러한 국제 경험은 나중에 외국에서 취업하거나 글로벌 비즈니스에 참여할 때 큰 장점이 되리라 생각한다. 적어도 스탠딩 파티에 의자를 모아오는 짓은 하지 않겠지.

홍콩에는 다양한 학제의 학교가 있는데, 첫째 아이는 IB 커리큘럼을 채택한 영국식 국제학교에 다니고 있다. 한국의 학제로 보면 5학년이지만, 여기에서는 9월에 중고등 과정인 세컨더리 스쿨Secondary School로 진학한다. 숙제도 없고 교과서도 없다 보니, 학교에서 뭘 배우나 할 때도 있는데 가끔 피피티 PPT도 만들고 발표도 하는 걸 보면 나름대로 지식을 쌓아가고 있는 것 같다. 물론 학원에 다니거나 과외를 하는 아이들도 있지만, 학교가 끝나자마자 과외 수업으로 바쁜 한국 아이들에 비하면 홍콩 국제학교의 아이들은 노는 시간이 더 많은 편이다.

Love the life you live,
Live the life you love

나의 모토는 '인생을 즐기면서 행복하게 살기'다. 일과 사업, 아이들 사이에서 힘들 때도 있지만, 결국 이것도 자아실현의 행복을 위한 일이기에 일상에서 소확행을 찾으려 애쓴다. 재택을 하는 날에도 일부러 커피가 맛있는 카페를 찾아가거나 해변의 카페에서 일을 하며 긍정 모드를 유지한다.

이른 아침에 혼자 파워 워킹을 하며 짧은 등산을 하기도 하고, 바쁠수록 일부러 틈을 내 고강도의 운동을 하며 멘탈 관리를 한다. 홍콩에는 미슐랭 맛집들이 많은데 비싼 메뉴들도 점심 세트는 저녁에 비해 가격이 저렴하다. 이 점을 이용해 점심에 짧고 굵게 맛집 탐방도 하는 등 평범한 일상에 재미 한 방울을 더하려 노력하는 편이다. 모든 곳이 가깝고 이동 거리가 짧은 홍콩이라 이런 라이프 스타일이 가능하다.

사람들과 만나는 것을 좋아해서 저녁 약속이 종종 있는 편인데 이런 날은 재택을 하며 오후 시간을 아이들과 보낸다. 그리고 운동은 아이들이 학교에 간 아침 일찍이나 점심시간을 이용한다. 이렇게 일과 아이들, 나만의 시간의 밸런스를 유지하며 살고 있지만, 가장 행복하다고 느끼는 시간은 하교하는 아이의 손을 잡고 이런저런 이야기를 하며 같이 걷는 그 짧은 시간이다.

미안하게도 남편은 우선순위에서 밀려나 있지만, 공사다망한 아내를 묵묵히 지켜봐 주는 것만으로도 감사하다. 그래서 가끔 같이 회식을 하며 팀빌딩을 다지곤 한다.

아이가 생기고 자라는 것을 보는 기쁨은 세상 무엇과도 비교할 수가 없다. 승진이나 집을 장만했을 때의 기쁨과는 견줄 수도 없는 아주 완벽한 기쁨이다. 아이 덕분에 내가 이렇게 사랑이 많은 사람이었나 놀랄 정도로 큰 사랑과 벅찬 감정을 경험한다. 아이를 낳기 전에는 타인에 대한 이해의 폭이 지금보다 좁았다. '저 사람은 왜 저럴까'라고 생각하는 일이 종종 있었다. 하지만 아이를 낳고 나서는 '그럴 수도 있지', '저런 사람도 세상엔 필요해' 하는 마음으로 타인을 바라보게 되었다.

내가 주는 사랑보다 더 큰 것은 아이들이 나에게 주는 사랑이다. 무조건적인 사랑을 주는 건 내가 아니라 오히려 아이들인 듯하다. 오직 엄마가 된 사람만이 느낄 수 있는 특권이랄까. 결국 이런 기쁨과 사랑을 알게 된 엄마들이 아이들이 살게 될 세상을 더 좋게 만드는 데 일조하는 것이 아닌가 싶다.

아이가 자립하고 좋아하는 일을 찾도록 조용히 옆에서 지켜봐 주는, 법륜 스님의 가르침을 실천하는 엄마가 되고 싶다.

여기저기 기웃거리며 우왕좌왕하는 나를 말없이 지켜봐 준 나의 엄마. 다른 엄마들처럼 비 오는 날 학교에 데리러 오거나 집에서 맛있는 간식을 만들어 주는 대신 박공예 취미가 깊어져 집에서 수업을 열었던 나의 엄마. 홈패션을 배워 결국 홈패션 숍을 차렸던 나의 엄마.

나의 엄마가 그랬듯이 우리 아이들이 커서 떠올리는 내 모습이 '희생의 아이콘'이거나 미안함의 대상이 아니길 바란다. 대신 '엄마는 본인이 하고 싶은 일 하며 인생을 참 재미있게 살았어. 나도 엄마처럼 즐겁게 살 거야'라고 생각했으면 좋겠다.

빈틈 많은 나의 생존기가 누군가에게 한 점 미소가 되고 작게나마 용기를 주기 바라며 글을 마친다.

선 넘은 여자들

1판 1쇄   2024년 2월 8일
1판 2쇄   2024년 2월 12일

지은이 김희정 외
펴낸이 김병우
펴낸곳 생각의창
주소 서울 서대문구 거북골로 120, 204-1202
등록 2020년 4월 1일 제2020-000044호

전화 031)947-8505
팩스 031)947-8506
이메일 saengchang@naver.com

ISBN 979-11-977311-9-8 (03810)